TEMPOS FÉRTEIS

Beatriz Moreira Lima

Tempos Férteis

1ª Edição
POD

Petrópolis
KBR
2012

Edição de texto **KBR**
Editoração **KBR**
Capa **(adaptação da edição original) Mariana Avillez**

ISBN: 978-85-8180-080-6

KBR Editora Digital Ltda.
www.kbrdigital.com.br
atendimento@kbrdigital.com.br
55|24|2222.3491

B869- Literatura Brasileira

Beatriz Moreira Lima nasceu em 1970, no Rio de Janeiro. Formada em Direito, exerceu a advocacia por um breve período e há dez anos trabalha como funcionária do Tribunal de Justiça do Estado do Rio de Janeiro. *Tempos Férteis,* seu primeiro romance publicado, teve edição prévia pela 7 Letras, RJ., tendo sido um dos primeiros romances lançados pela KBR em versão digital.

E-mail da autora: beatrizcmlima@globo.com

Esta é uma obra de ficção. As personagens e situações apresentadas não se referem a pessoas ou fatos reais.

Para Chico e Zeca.

Sumário

1. LUÍSA

Os dias de pouco movimento são os mais extenuantes. Odeio a sensação de perda de tempo. Mas a loja em que trabalho é assim mesmo. Pouca gente tem coragem de entrar. Os preços são tão exorbitantes que às vezes tenho até vergonha de informá-los aos clientes.

Olho o relógio. Quinze para as seis. Antônio já deve ter saído da escola. Será que ainda está chovendo? Espero que Paulo não pare a van muito longe. Se Antônio pegar chuva, o resfriado vai piorar... Vou ligar para casa e dizer para Alice dar uma vitamina C para ele. Não, melhor ligar mais tarde, que aí aproveito e falo com ele. Ainda bem que esta semana não pego mais turno da noite. Não gosto que Antônio fique acordado até tarde me esperando. Mas também não gosto quando dorme antes de eu chegar. Acho que me preocupo demais. Estou virando uma mãe obsessiva. Deve ser a falta do que fazer.

Ah, finalmente uma cliente! Essa é minha, Valéria que não venha tentar me passar para trás! Tem cara de rica. Bolsa de grife. Cafona, mas cara. Sorrir e mentalizar. Vou vender. Vou vender. Vou vender. A abordagem tem que ser muito simpática, mas sem desespero. Oi, meu nome é Luísa, posso ajudá-la em alguma coisa? Ela está só dando uma olhadinha... Não desanimar, isso não quer dizer nada. Eu também digo isso para afastar vendedores intrometidos. Agora é só deixá-la olhar à vontade. Isso... Mais daquele lado, onde estão os vestidos de festa... Ótimo, esse modelo que ela pegou é caro, mas não chega a assustar. As cores? Além do verde, tem preto, cinza e azul. Estampado? Não, estampado só este outro modelo. Sinto muito. De nada. Boa tarde! Devia ter mostrado o azul petróleo... Agora já era.

Seis e quinze. O tempo não passa. Antônio já deve ter chegado em casa. Mas Valéria está ao telefone, ligando para as clientes para avisar que chegou a nova coleção. É melhor nem chegar perto para não correr o risco de Berenice me mandar telefonar também. É muito constrangimento. Dificilmente vou dar a mesma sorte de ontem. Não é todo dia que você liga para vinte clientes e só encontra três... Tá quase na hora do lanche. Preciso de um cigarro.

Pensei que esse dia não fosse acabar nunca. Finalmente em casa, encontro Antônio fingindo dormir diante da televisão. Considerando que já passa das dez da noite e que ele está assistindo a um vídeo do Barney, é incrível que ainda esteja acordado. Finjo grande decepção para Alice e, ainda de olhos fechados, ele não consegue controlar o riso. Aproveito para abraçá-lo, apertá-lo e beijá-lo. Nada mais gostoso do que um menininho cheiroso de pijama.

O que poderia ser o início de uma noite relaxante começa a desandar quando, inadvertidamente, levo para a cozinha o prato contendo quatro biscoitos pelos quais a doce criança se desinteressou e não resisto a comer um deles no percurso, muito embora o mesmo não valha as calorias que contém.

Alguns minutos mais tarde, Antônio diz que está com fome e que quer os biscoitos. Sem hesitar, volto à cozinha para pegar o prato com os três biscoitos que sobraram e levo-os ao príncipe da casa. Ele dá uma espiada de rabo de olho e, ao invés de pegar um biscoito, arma um bico que anuncia o começo de um piti. Informa que quer quatro biscoitos. Docemente, sem deixar transparecer qualquer sinal de irritação, respondo que, assim que ele comer os três biscoitos, eu busco mais um. Antônio insiste que quer os quatro biscoitos e no prato. Vai começar de novo... Eu já vi esse filme. Mais uma vez explico que vou pegar mais biscoitos depois que ele comer os três. Mas a criatura que saiu de dentro de mim grita e esperneia. Quer quatro biscoitos agora ou então não vai comer nenhum. Pois então não coma, pra mim tanto faz, respondo confiante de que ele perceberá que chegou num beco sem saída. Talvez ele não saiba ainda reconhecer um xeque-mate, pois não se dá por vencido. Começa a chorar, dizendo que está com fome e insistindo nos quatro biscoitos. Tentando manter o controle e a coerência, repito que, se ele está com fome, pode comer os biscoitos do prato. Depois eu pego mais. Quem disse que paciência e firmeza levam a algum lugar? Antônio ignora meus esforços e parte para o território das chantagens e ameaças. Se eu não lhe der seus quatro biscoitos, não vai comer mais nada: nem comida, nem almoço, nem jantar. Nunca! Ingênua, tento persuadi-lo com lógica e cálculos matemáticos. Afinal, qual é a diferença entre quatro e três mais um? Nenhuma, pois três mais um é igual a quatro. Ele já aprendeu isso na escola. Como esse último argumento tampouco surte efeito, resolvo apelar para a autoridade. Vou contar até três, e se ele não parar com a manha, vai para a cama imediatamente. Um..., dois..., três! Alguns instantes de silêncio. Nos encaramos seriamente. Mantenho a fisionomia impassível. Mas não adianta, ele volta à estaca zero. Chora e faz exigências absurdas até desmoronar a minha fachada de rainha do autocontrole. Grito que o que ele quer é me aporrinhar. Me infernizar. Estragar a minha noite. Depois, arrependida, tento uma abordagem psicológica. Pergunto se há algum problema que o esteja afligindo, se está chateado comigo, ou com saudades. Sei lá, qualquer coisa... Mas ele continua no mesmo assunto e, encarando-me seriamente, pergunta:

— Sabe por que você tem que me dar os quatro biscoitos? Sabe?

— Não. Por quê?

— É para o seu próprio bem — revela, triunfante.

É realmente incrível como as crianças, no fundo, prestam a maior atenção ao que a gente diz. Só que não é para entender o que a gente está explicando ou para aprender o que a gente está tentando ensinar. Não. Elas prestam atenção apenas para usar o que for possível contra nós, em alguma oportunidade futura. Quando a gente tem filhos, deveria aparecer um policial americano e avisar: "Você tem o direito de permanecer calado. Tudo o que disser poderá ser usado contra você no tribunal".

Eu nem sei mais por que insisto em negar o quarto biscoito. Mas parece que peguei um caminho sem volta. Quando dou por mim, estou na cozinha, chorando e falando das crianças que não têm nenhum biscoito. Antônio, por sua vez, também chora, dizendo que vai morrer de fome (a tendência ao dramalhão deve ser genética). Estou exausta, não aguento mais. Ele também parece esgotado e não opõe resistência quando o levo para a cama. Já deitado, pede que eu chame Alice para ficar com ele, deixando bem claro o que eu já suspeitava: ele não me ama, eu sou uma péssima mãe. Será que algum dia ele vai entender que a minha intenção era boa? Que eu só queria educá-lo para a vida, para o mundo? Não ceder a todos os caprichos por preguiça. É muito fácil atender a todas as vontades, difícil é dizer não. Impor limites. A criança precisa de limites. Enfim, será que ele não percebe que eu lhe neguei o raio do quarto biscoito "para o seu próprio bem"? Talvez eu esteja enlouquecendo, melhor chamar logo Alice, que embora não seja propriamente babá, mas responsável por todo o serviço da casa, tem uma paciência infinita com Antônio. E comigo também. Não me censura por perder a cabeça nem por pedir ajuda às quase onze horas da noite. Como estou com os nervos em frangalhos, tomo um Lexotan e vou ver televisão.

Acordo desorientada, às três da manhã, ainda no sofá da sala. Vou até o quarto de Antônio. Ele dorme profundamente, de barriga para cima, com os braços estendidos acima da cabeça. Como é doce e inocente. Me dá um aperto no coração... Vou chorar na minha cama.

Desperto com o toque insistente do telefone. Olho o despertador. Sete e três. Alice atende na cozinha. A esta hora, só pode ser meu ex-marido. Será que nem depois de me abandonar ele vai me deixar dormir em paz? Será que não pode acordar seja lá quem for que anda dormindo com ele? Confirmando minhas suspeitas, Antônio irrompe no quarto:

— Mãe, o papai quer falar com você. Ele vai me levar para uma fazenda que tem cavalos e patos e cachorros e alface e tomate e cachoeira e mais um monte de coisas legais...

O desgraçado agora quer aliciar meu filho...

— Que ótimo, filhote! — exclamo, com o melhor sorriso que consigo esboçar a esta hora da madrugada — E quando vai ser esse passeio maravilhoso?

— No fim de semana. Agora vai lá falar com ele pra combinar tudo. Ele disse que eu não preciso ir na escola no dia da viagem...

— Ah é, é? — respondo com um tom de ironia imperceptível para uma criança enquanto ligo o telefone do quarto na tomada — Agora vai lá pra cozinha que a mamãe vai atender aqui, tá? Depois eu te conto tudo.

Espero ele sair do quarto e atendo:

— Alô.

— Oi Luísa, tudo bem?

— Tudo, e você?

— Tudo ótimo. Escuta, desculpa eu te ligar a essa hora, mas é que eu preciso tomar umas providências urgentes e dependo de você concordar. É que eu descobri uma pousada maravilhosa na região de Mauá, que é tipo uma fazenda, um lugar genial para crianças, e eu tava querendo levar o Antônio esse fim de semana.

— Bom, a essa altura, você não me deixa muita escolha, não é não? Você já falou pro menino que vai levar ele pra viajar... Se eu não deixar, eu sou a monstra. Como sempre, aliás...

— Porra, Luísa, muda o disco. Eu te liguei numa boa, pra perguntar.

— Só que antes de me perguntar você falou com ele, que, é óbvio, já está animadíssimo. Ou seja, trata-se de um fato consumado. Mas, tudo bem, eu desmarco o almoço com a minha avó. Afinal, ela não é nenhuma criança, tem noventa e cinco anos, vai entender perfeitamente...

— Não, Luísa, sem essa. Se você não quer, nós não vamos. Eu não vou levá-lo se for pra aturar reclamações por meses. Não tem problema, a gente combina em outra oportunidade. Só não sei quando é que eu vou ter condições de matar uma sexta-feira de trabalho. Esta semana está especialmente calma lá no escritório...

— Ah, Otávio, não fode! Agora você vai levar ele sim. Porra, que inferno, será que nem a gente estando separado você me dá sossego? SOSSEGO! É só o que eu peço.

— Bom, Luísa, se você vai ficar histérica, é melhor a gente falar outra hora...

— Que outra hora?! Você não disse que ligou agora porque precisava decidir? Ou ligou só pra me acordar, hein?

Antônio abre a porta do quarto e enfia a cara, com um ar preocupado.

— Oi, meu filho, pode deixar que a mamãe já tá combinando tudinho. Espera lá com a Alice que já, já eu vou lá.

— É que eu queria falar com o papai pra saber se eu vou dormir no quarto com ele...

— Tá bom, meu filho, quando a gente acabar de falar eu te chamo, tá?

— Tá.

Sai e fecha a porta.

— Então, Otávio, faz como você quiser e depois me avisa a que horas você vem buscá-lo. Agora ele quer falar com você. ANTOO-NIOOO!!! Atende aí na cozinha!!!

Espero ele atender e desligo. Vou fazer xixi e aproveito para me trancar no banheiro e chorar um pouco. Que merda de vida. Que bosta. Na verdade, não tem problema nenhum em Otávio levar Antônio para viajar. Eu não combinei coisa nenhuma. Mas o que eu vou ficar fazendo sozinha no Rio? Sem marido, sem filho, sem dinheiro, sem amigos (todo mundo está casado e ninguém faz nada de interessante), sem porra nenhuma. Como é que eu cheguei nesta situação? Eu que tinha tudo? Eu que era feliz e não sabia?

2. Otávio

Pelo menos não tenho mais que aturar o mau-humor matutino de Luísa. Não fosse por Antônio, nem falaria mais com ela. Mas ex-mulher é para sempre. Ainda mais quando é mãe do seu filho. Não dá para evitar. E eu não liguei às sete da manhã para provocar — embora ache um pouco engraçado acordá-la —, liguei porque tenho que ir para um julgamento em Brasília. O táxi para o aeroporto já deve estar chegando. Queria ter ligado ontem, mas estava trabalhando em um recurso que precisava deixar pronto antes de viajar e perdi a hora. Quando percebi, já passava das onze da noite.

Acho que estou trabalhando demais. No fundo eu gosto. O trabalho no escritório é muito mais interessante do que o da gravadora. É uma mudança da qual não me arrependo. Já faz quatro anos que eu estou lá e sempre tem um assunto novo, um desafio. Na gravadora eu sentia que não tinha mais nenhuma perspectiva de crescimento, seja econômico, seja intelectual. Era só trabalho administrativo, burocrático. A vantagem era ter uma rotina mais organizada, com férias de trinta dias corridos e expediente de oito horas. No escritório não tenho horário certo. Se precisar cumprir algum prazo, viro a noite, trabalho no fim de semana, faço o que for preciso. A verdade é que gosto da adrenalina. E agora não tenho mais Luísa para reclamar. Ela nunca conseguiu entender como funciona a advocacia liberal. Achava lindo eu estar ganhando mais dinheiro, mas não entendia que tinha que haver uma contrapartida. O cliente não quer saber se você pretendia ir ao cinema com a sua mulher ou se tinha outros planos para o fim de semana. Se você não puder fazer o trabalho, ele vai procurar outro. E o que não falta é escritório de advocacia. Mas Luísa não entendia. Sempre achava que eu estava sendo explorado pelo cliente ou pelos meus sócios. Dava palpite até no tamanho das minhas petições. Dizia que eu era muito perfeccionista, como se ela tivesse conhecimento jurídico para opinar sobre a qualidade do meu trabalho. O que nunca entendeu é que eu gosto do que faço e gosto de fazer bem feito.

O problema é a falta de tempo. Hoje, vejo que Luísa tinha alguma razão ao se queixar. Reclamava que nunca conseguíamos planejar férias com antecedência e que mal nos encontrávamos durante a semana. Eu mesmo só sentia falta de passar mais tempo com Antônio. Apesar de que sempre dava um jeito de estar com ele, nem que fosse de manhã cedo, antes de sair para o trabalho, pois quando chegava ele invariavelmente já estava dormindo. Em relação a Antônio, até que Luísa não me criticava. Achava que não tinha razão para me sentir culpado, pois não era um pai ausente. Racionalmente, reconheço que sempre participei bastante da vida de meu filho mas, por algum motivo, sempre me sinto em mora. Enfim, embora seja tarde para corrigir eventuais erros que eu possa ter cometido na vida conjugal, não posso permitir que a separação prejudique meu relacionamento com Antônio. Preciso me esforçar para manter a naturalidade e a espontaneidade de nossa convivência. Este fim de semana em Mauá vai ser uma excelente oportunidade para curtir meu filho. A vantagem de ir com amigos que têm filhos da mesma idade é que, além de as crianças brincarem com Antônio, a mãe delas vai acabar providenciando comida, banho e todas essas coisas chatas. Assim eu posso relaxar e apenas brincar com meu filho.

Sexta-feira. Acordo bem cedo para me preparar para a viagem. Quero aproveitar ao máximo o dia. Arrumo minhas coisas e chego à casa de Luísa às oito em ponto. Toco o interfone que fica do lado do portãozinho do prédio e fico aguardando. Adoro esta rua. Parece uma cidade do interior, a apenas um quarteirão da Rua Jardim Botânico. Antônio logo aparece na porta do apartamento térreo, que fica no alto de uma escadinha, de frente para a rua. Me chama para entrar, pois ainda precisa escovar os dentes. Prefiro esperar na rua. Quanto menos contato eu tiver com Luísa, melhor. A porta fica aberta. Alguns minutos depois, Antônio volta a aparecer, acompanhado da mãe. Nos cumprimentamos de longe: ela no alto da escada e eu na rua, do outro lado do portão. Ela abraça e beija Antônio, fazendo milhares de recomendações, que eu percebo que são mais para mim do que para ele. Não esquecer de usar o cinto de segurança, tomar cuidado com o rio, comer direitinho, usar um agasalho, escovar os dentes, passar protetor solar e repelente para mosquitos. A bagagem do menino parece suficiente para um mês. Luísa aciona a abertura do portão e me pede para pegar a mala. Pego Antônio e a mala. Com as duas mãos ocupadas, desejo um bom fim de semana para Luísa e partimos.

No carro, vamos cantando e comendo biscoitos e salgadinhos. Depois, Antônio dorme profundamente. Só paramos perto de Resende para ir ao banheiro e espichar as pernas. Na subida da serra, os solavancos do carro na estrada de terra esburacada mantém Antônio alerta. Falta muito? Só mais um pouquinho. Invento uma brincadeira de adivinhar a cor do próximo carro que vai passar na direção contrária. Depois outra. Conto piadas e invento canções.

Quando chegamos à pousada, por volta do meio-dia, Leandro e Celina já estão lá. Celina sugere que Antônio durma no quarto com Camilla, Pedrinho e a babá. A ideia até que é boa, pois ele não dorme sozinho e assim eu não tenho que dormir no mesmo horário. Assim mesmo me sinto um pouco rejeitado quando ele concorda sem titubear e sai correndo atrás de Pedrinho pelo gramado. Ele não deveria estar com mais saudades de mim? Não deveria querer ficar comigo o máximo de tempo possível? Será que me culpa por alguma coisa? Posso até ouvir a voz de Luísa repetir: "Otávio, é natural que Antônio prefira estar com os amigos do que com você.... Não quer dizer que ele não gosta de você...". Não preciso de Luísa para me lembrar dessas coisas. Também não preciso de análise, como ela frequentemente sugeria. Não tenho problemas de relacionamento. Sei lidar com meu filho. Sou seu amigo. E pouco importa onde Antônio vai dormir, o fato é que vamos nos divertir muito juntos.

Na hora do almoço, Celina organiza uma mesa para as crianças e a babá e faz os pedidos. Sento-me em outra mesa junto com os demais adultos e peço uma caipirinha. Faz tempo que não converso com Leandro. Somos amigos da época da faculdade e desde então sempre mantivemos contato. Celina e Luísa se davam bastante bem, então costumávamos sair para jantar de vez em quando. Mas, desde que me separei, só estive com Leandro em um almoço de confraternização de ex-alunos da

PUC. Então, nem chegamos a conversar sobre a separação. Agora Leandro está tentando puxar o assunto, mas não estou a fim de entrar em detalhes. Não vou falar disso na frente do irmão e da cunhada dele, que eu mal conheço. Como se não bastasse, tem a tal da Luciana — a amiga de Celina, que ela insiste que é o par ideal para mim.

— E a Luísa, como está? — pergunta Leandro, pegando um pedaço de queijo.

— Acho que vai bem. Não temos conversado muito — respondo e tento desviar o rumo da conversa, dirigindo-me a todos: — Vocês estão pensando em almoçar propriamente ou vamos ficar só nos petiscos?

— Eu estava pensando em pedir uma saladinha — informa Luciana, permitindo que ouça sua voz pela primeira vez, já que tinha permanecido calada desde a chegada à pousada. É uma mulher bastante estranha. De uma magreza preocupante e idade indefinida, veste um *jeans* justíssimo, botas de salto alto e uma camiseta preta que parece ter sido recortada com tesoura, por cima de outra camiseta, só que sem mangas e branca. Ainda assim, por baixo de tudo, aparecem umas alças vermelhas que só podem ser de sutiã. Deve ser alguma moda que eu não conheço, pois Celina anunciou que a amiga é *personal stylist*. Não entendo por que Celina acha que podemos nos dar bem. À primeira vista, a única coisa que temos em comum é que ambos nos separamos há poucos meses.

— Eu acho que aqui não tem salada, não — informa Joaquim, irmão de Leandro, com o cardápio em mãos. — Eles fazem mais o estilo tutu de feijão e linguiça... Mas a gente pode perguntar, não é mesmo? — acrescenta, fazendo sinal para a garçonete.

— Por mim, a gente podia pedir mais umas porções de tira-gosto e deixar para comer uma pizza em Maringá, à noite — sugere Celina, enquanto se acomoda ao lado de Leandro.

— Eu topo — responde ele e, virando-se para mim, tenta retomar a conversa: — Mas e a vida de solteiro, como vai? Muitas mulheres?

— Que nada... Nem tenho tido tempo para isso.

— Imagina, sempre se dá um jeitinho — insiste, dando uma piscadela.

Como é que eu nunca percebi que Leandro é tão inconveniente? Parece achar que a minha separação é um acontecimento festivo. É verdade que Luísa nunca foi muito com a cara dele e provavelmente a antipatia é mútua. Agora só falta ele fazer algum comentário sobre o episódio da boate gay... Pode parecer uma bobagem para ele, mas eu ainda não engoli. Também, como é que me deixo levar pela onda do Carlinhos, um quarentão recém-saído de um casamento de vinte anos, que resolve recuperar o tempo perdido? Mas ele foi o único que se deu ao trabalho de me arrastar para a rua, quando eu estava completamente mergulhado em um luto rancoroso pelo rompimento com Luísa. Estava me sentindo um lixo até ele me apresentar às infinitas possibilidades da minha nova condição de solteiro: leia-se, gatinhas que tinham idade para ser nossas filhas e que buscavam sexo sem compromisso. No começo eu me sentia um pouco ridículo frequentando boates em que a maior parte do público estava na faixa dos vinte anos. Mas quando percebi que estava fazendo sucesso, perdi um pouco a noção... Sabe aquelas mulheres fantásticas que a gente cobiça na adolescência e que não nos dão a menor bola? Aquelas que só se interessam pelos caras mais velhos e experientes? Pois então, eu era o cara mais velho e experiente!

Foi preciso um vexame para que eu caísse na realidade. A última *balada* foi num sábado à noite em uma boate gay para a qual fui levado pela gatinha *clubber* que conheci na praia. Nem sabia que a boate era gay. Muito menos que a moça era "bi". Não entendi nada quando a vi se esfregando com uma amiga na pista de dança. De repente, percebi que havia casais homossexuais por todos os lados. Mas sou um homem sem preconceitos. Desde que não mexam comigo, não tem problema.

Quando a pancadaria estourou, estava comprando um drinque e observando a pouca vergonha da gatinha na pista de dança. Talvez fosse realizar minha fantasia de transar com duas mulheres de uma vez... Não tive tempo para reagir quando um sujeito enorme, de cabeça raspada, me deu um soco no queixo. Ainda aturdido pelo golpe, tentei pegar uma garrafa do bar para me defender, mas a essa altura o pau já estava comendo solto e nem sabia mais a quem devia atacar. Fui sendo empurrado no meio da multidão e acabei tomando uma cadeirada na cabeça. Desmaiei. Quando acordei, a polícia já estava no local e fui levado para a delegacia junto com meia-dúzia de gays, duas moças e quatro *pitboys*. A gatinha tinha sumido de cena.

Na delegacia, tentei em vão explicar que não sou homossexual, mas que também não tenho nada contra quem seja. Consegui evitar uma autuação apresentando minha carteira de advogado e ameaçando chamar um representante da OAB. O fato de nenhum dos presentes me identificar como agressor também ajudou. Mas, como se não fosse humilhação suficiente, na segunda-feira seguinte sai uma notinha no jornal citando o meu nome como envolvido em tumulto provocado por *pitboys* em uma boate gay. Foram semanas ouvindo piadinhas de amigos... Eu tinha a impressão de que até o porteiro do meu prédio me olhava de forma diferente... Enfim, não dava para continuar dando uma de tio Sukita. Agora estou dando um tempo e tentando assimilar tudo o que aconteceu nesses últimos meses. Mais cedo ou mais tarde vou acabar conhecendo uma mulher interessante... Não tenho pressa. Minha prioridade é meu filho.

— Você sabe que a Luciana também se separou há pouco tempo? Quando foi mesmo que você se separou, Lu? — Leandro pergunta à moça, fazendo-a participar da conversa.

— Foi em novembro do ano passado — responde ela, educada.

— E você tem filhos? — pergunto. Se não é possível evitar o tema separação, ao menos posso puxar um sub-tema.

— Tenho uma filha — informa Luciana, esboçando um sorriso.

— E por que ela não veio? Está com o pai?

— Não. Na verdade, está na casa de uma amiga. Sabe como é, ela tem quinze anos, e nessa idade eles têm sempre uma festinha ou outro programa. Tudo é melhor do que ficar com os pais...

— É mesmo. Por isso eu procuro aproveitar ao máximo a convivência com o meu filho enquanto ele ainda é pequeno.

— Faz muito bem, porque depois você vira um zero à esquerda. Minha filha mal me cumprimenta — concorda Luciana, com ar amargurado.

Olho em volta, à procura de socorro, mas Leandro e Celina já estão absortos em uma fofoca familiar com Joaquim e Elizabeth. Só me resta conversar com Luciana. Dá um pouco de preguiça, mas não custa nada. Talvez até ela seja um bom papo, embora meio tímida... Se desse ao menos para mudar o assunto. Mas não, ela insiste em falar do ex--marido... Eles estão brigando em juízo. Ainda bem que eu não sou advogado de família, porque ela não parece muito satisfeita com o dela...

Não conseguiu aumentar a pensão provisória oferecida pelo ex, embora ela tenha apresentado os comprovantes de despesas de cartão de crédito do casal dos últimos doze meses antes da separação. Porque é claro, o sujeito é empresário e nunca declarou seus verdadeiros rendimentos... Será que ninguém vai me resgatar dessa conversa? Não sei mais o que dizer. Ouço gritos vindos da direção do rio, onde as crianças foram brincar depois que acabaram de almoçar. Peço licença e vou ver o que está acontecendo. Salvo pelo gongo.

Encontro Antônio e Pedrinho chorando. A babá acabou de apartar a briga entre os dois. Diz que Antônio empurrou Pedrinho no rio. Antônio diz que foi Pedrinho quem começou e me mostra um arranhão no braço. Camilla também acusa Antônio. Menininha dedo-duro... As testemunhas parecem determinadas a culpar meu filho, que teria empurrado Pedrinho no rio a troco de nada. Tendenciosas. É claro que Pedrinho deve ter provocado e, como se não bastasse, em retaliação ao suposto empurrão, arranhou o braço de Antônio. Mas a situação exige diplomacia, de forma que procuro apaziguar as crianças, embora minha vontade seja dar uns bons sopapos em Pedrinho. Afinal, o moleque é consideravelmente mais alto e mais forte do que Antônio, o que torna injustificável e desproporcional a sua reação, por qualquer ângulo que se tome a questão. Consolo meu filho, que continua chorando, e depois proponho que ambos peçam desculpas. Acalmados os ânimos, aproveito para ficar na beira do rio, ensinando os meninos a quicar pedras na superfície da pequena lagoa que o rio forma em frente à pousada. Só volto à mesa quando Celina me chama para um pouco do tutu de feijão que Joaquim insistiu em pedir. Luciana conseguiu uma salada de alface, tomate e cenoura. A conversa, graças a Deus, agora está centrada na comida.

3. LUÍSA

Na sexta-feira, saio do trabalho às quatro da tarde. Antônio já está em Mauá, então aproveito para fazer as unhas no shopping. Na volta para casa, como sempre, o trânsito está infernal. Eu, como em vinte e cinco por cento dos dias da minha vida, estou na TPM.

Na Lagoa, em frente ao Clube Militar, um engraçadinho finge que não sabe que todos aqueles carros enfileirados nas pistas da esquerda estão aguardando o sinal mais adiante abrir e passa na frente de todo mundo pela pista da direita, que segue desobstruída em direção à Rua Oliveira Rocha, que leva à Rua Jardim Botânico, para voltar para a esquerda bem ao lado do sinal e seguir pela Lagoa. O desgraçado na certa pretende enfiar o carro na frente do meu, assim que o sinal abrir. Mas ele não sabe com quem está lidando... Engato a primeira e praticamente encosto no carro à minha frente, de forma que o babaca não possa imbicar entre nós. Permaneço em posição de alerta, engatada, com o pé na embreagem e os nervos à flor da pele, até o sinal abrir. O imbecil não consegue entrar na minha frente, mas certamente vai entrar alguns carros depois. E um dos otários que ficou aguardando em fila deve ter perdido mais um sinal por culpa dele. Por que será que isso me tira do sério? Agora, mais injuriada fico quando percebo que estou fazendo o caminho da minha ex-casa, atual casa do meu ex-marido, e que na realidade eu devia ter entrado na Rua Oliveira Rocha, em direção à minha atual residência... Eu sou uma besta mesmo...

Abro a porta de casa e, mesmo estando consciente do que me aguarda, me surpreendo com o silêncio e a escuridão da sala. Estou completamente só. Não tive tempo para programar nada. Aliás, não sei bem se o problema foi falta de tempo. O fato é que eu pouco tenho cultivado meus amigos nos últimos anos e me sinto meio sem graça de ficar ligando para saber "qual é a boa", se é que ainda se usa essa expressão. Ainda por cima, quase todo mundo está casado ou namorando sério e a impressão que eu tenho é de que ninguém mais dá festas. A não ser os amigos de Otávio, que não me convidam mais (eu sei que é compreensível, mas, assim mesmo, magoa). No fundo, acho que eu nem gostaria de ir a festa alguma. Talvez seja melhor ficar em casa descansando e vendo televisão. Mas é tão deprimente... Resolvo ligar para Maria. Quem sabe ela não topa tomar um chopinho rápido? Se necessário, eu posso apelar, dizendo que estou péssima, que preciso conversar. Afinal, é a mais pura verdade, embora seja patético e humilhante. Dane-se. Ligo.

— Alô — atende o marido dela.

— Maurício? Oi, é Luísa. Tudo bem? — tento soar alegre e simpática.

— Oi, Luísa. Tudo bem?

— Tudo. A Maria tá aí?

— Tá. Espera um minutinho que eu vou chamar. Um beijo, tchau.

— Outro...

Fico esperando e ouvindo os barulhos da casa. Maurício chamando Maria. Maria falando com a filha. A televisão ligada no noticiário.

— Alô.

— Oi, perua, tudo bem? — pergunto, fingindo uma animação que estou longe de sentir.

— Tudo indo. Minha casa tá uma loucura, mas eu tô sobrevivendo.

— Por quê? O que está havendo? Problemas com as crianças? — pergunto, já vendo desmoronar meus planos de dar uma saidinha.

— Não, menina! É a obra. Não lembra que eu te falei que a gente tá re formando o banheiro? Os caras saíram daqui há pouco mais de uma hora e continua tudo sujo. Fora a fila pra tomar banho no banheiro social. Enfim... Mas o que você conta?

— Eu? Nada. Tudo na mesma. O Antônio foi passar o fim de semana em Mauá com Otávio e eu estou aqui largada. Acabei de chegar do trabalho e ia te propor um chopinho pra espairecer. Topas?

— Poxa, bem que eu queria. Mas acho que o Maurício tava querendo ir ao cinema...

— Mas e se a gente fosse rapidinho? Ainda são sete e pouco. Vocês podiam pegar a sessão das dez — insisto, esperançosa e carente.

— Não sei se dá tempo. Você não quer vir ao cinema com a gente?

— Não, tudo bem. Na verdade, eu tô meio cansada. Vou aproveitar para botar o sono em dia. Vamos ver se a gente combina alguma coisa amanhã — respondo, tentando manter uma leveza despreocupada na voz.

— Tá bom, você que sabe. Mas, se mudar de ideia, me liga, tá?

— Tá. Um beijo.

— Outro.

Desligo com vontade de chorar. Será que ninguém percebe que eu estou precisando de ajuda? Será que as pessoas não lembram que eu me separei há poucos meses e que estou carente, precisando de atenção? Mas não é hora de começar a chorar, ou terei de desistir de qualquer programa, porque não dá para sair com a cara toda inchada. Seguro a onda da autopiedade e vou buscar o caderno de telefones para ver se tenho alguma ideia brilhante. É quando encontro um convite para um *vernissage* de uma pintora que foi minha professora em um curso no Parque Lage. É em uma galeria no Shopping da Gávea e já deve estar começando. Decido não parar para pensar nos prós e contras do programa, nem sobre o inconveniente de ir sozinha. Entro num banho rápido, me visto com um modelito casual estudado: uma calça jeans justíssima com uma blusinha preta de alças finas; sandálias rasteiras, também pretas; e uma bolsa indiana colorida, com espelhinhos, a tiracolo. No carro, penso em como pode ser chato chegar lá sozinha. Se não tiver ninguém conhecido, vou ficar deslocada. Os possíveis conhecidos também são pessoas com as quais eu não tenho a menor intimidade. Não sei se vou conseguir me entrosar. Além disso, não pega bem todos verem que eu estou sozinha numa sexta-feira à noite. Mas ainda são oito e pouco. Posso perfeitamente fingir que estava fazendo compras no shopping, quando passei, por acaso, em frente à galeria e vi que era a exposição da Ingrid... Excelente ideia!

Quando chego em frente à galeria, ainda está muito vazia. Passo direto e vou dar uma volta no shopping, o que contribui para a veracidade da minha história. Mas após uma voltinha, desisto. Não tenho dinheiro para comprar nada. Já passei a semana toda enfurnada no Rio Sul, não vou ficar passeando que nem uma idiota pelo Shopping da Gávea. Melhor fazer hora tomando um cafezinho.

Vou para a cafeteria que fica em frente à galeria, de onde eu posso observar o movimento do *vernissage*. Peço um expresso no balcão e dou de cara com um sujeito que eu poderia jurar que conheço, mas não sei de onde. Um cara bonitão, daqueles que dificilmente passam despercebidos. Estatura mediana, moreno, forte, olhos cor-de-mel, cabelos cacheados e uma certa pinta de canalha. Ele olha na minha direção, mas nossos olhares não se encontram. Fico observando discretamente. O meu café chega junto com o dele. Ficamos lado a lado no balcão. De repente, cai a ficha. Ele era meu colega na escola primária. Não consigo lembrar seu nome, apenas a sua imagem, de uniforme, na aula de educação física. Era um menino bem esquisito, feioso, baixinho, meio tímido e problemático. Não lembro dele na adolescência. Deve ter mudado de escola. Fico com vontade de falar com ele, mas não tenho coragem. Se eu mal o reconheci, é provável que ele não me reconheça. Apesar de achar difícil que eu tenha mudado tanto quanto ele. Parece o patinho feio transformado em cisne. Procuro meus cigarros na bolsa. Esqueci em casa. Enquanto vou até o caixa comprar um novo maço e pagar o café, o cara some.

Desapontada, sigo para a galeria, que agora já está bastante movimentada. Ainda do lado de fora, aceito uma taça de vinho branco e fumo um cigarro, observando as pessoas, com ar de quem está procurando alguém. Até estou. Só que, para encontrar a minha professora, seria mais fácil entrar logo na galeria e perguntar por ela. Mas antes eu quero ver se tem mais alguém conhecido. Localizo alguns rostos familiares, mas de pessoas que eu apenas conheço de vista. Apago o cigarro e entro. Dou uma volta básica na exposição. Tudo muito bonito, mas nem dá para ver direito com tanta gente. Finalmente, avisto a artista no fundo da galeria, sua trança grisalha inconfundível. Está com um vestido vermelho de linho amassado que contrasta com sua pele morena e com seus longos cabelos brancos. Uma figura não propriamente bonita, mas impressionante, nos seus sessenta, movendo-se e vestindo-se como se tivesse vinte anos a menos. Para minha surpresa, ela está conversando justamente com o cara do café. Ele está de costas para mim, mas eu o reconheço pela camisa. *Timing* perfeito.

— Oi, Ingrid! Há quanto tempo!

— Oi, Luísa, que bom te ver — responde ela, vindo beijar-me, entusiasmada.

— Parabéns, a exposição está maravilhosa.

— Obrigada, querida. Mas, onde você tem andado? Abandonou a pintura?

— Nem te conto...Tanta coisa aconteceu nesses últimos meses — desconverso, aproveitando para dar uma encarada no sujeito que ficou um pouco deslocado, nos observando. Sorrio deliberadamente, como quem cumprimenta. Ele sorri meio maliciosamente (que covinhas são essas??!!!), estende a mão e se apresenta:

— Prazer, Marco Túlio.

— Luísa. Tudo bem? — respondo enquanto aperto sua mão.

Ingrid finalmente se dá conta de que é a anfitriã:

— Me desculpe, Marco, eu nem te apresentei... A Luísa foi minha aluna naquele curso que eu dei no Parque Lage há alguns anos atrás. Lembra? — e, virando-se para mim — Há quanto anos foi aquele curso, hein?

— Acho que já faz uns quatro anos. O Antônio tinha um ano e pouco...

— Como passa o tempo... Mas a Luísa foi a minha melhor aluna. Um talento!

— Para com isso, Ingrid. Além de não ser verdade, você me deixa encabulada — respondo, sem jeito, enquanto o tal Marco me olha com um ar meio sacana e cheio de charme.

— Tá bem. Não quero te constranger. Mas conta, o que você tem feito? — pergunto quando, graças a Deus, sou interrompida por um casal que chega para cumprimentá-la.

Assim, ficamos eu e Marco Túlio, frente a frente. Eu, sorrindo como uma imbecil e pensando o que eu poderia dizer para puxar assunto com aquele homem. Digo que lembro dele da escola? Pode parecer uma cantada barata. Por outro lado, se ele efetivamente foi meu colega, o comentário não pode ser mal interpretado. Mas, e se eu estiver enganada? Dane-se! o que não dá é pra ficar com essa cara de idiota, sorrindo amarelo e sem saber o que dizer para um homem interessante. Então pergunto:

— Vem cá, você por acaso estudou no Pequeno Príncipe?

— Estudei, sim — responde sorridente — Por quê?

— Porque eu também estudei lá e estou me lembrando de você — respondo, segura, quase arrogante, vislumbrando uma pontinha de constrangimento no sujeito, talvez por perceber que eu sei que ele não nasceu com aquela pose e segurança todas.

— Verdade? — pergunta, tentando soar simpático e fazendo cara de quem estava forçando a memória — Eu não me lembro de nenhuma menina tão bonita como você no primário. É incrível como as mulheres florescem com a idade.

Diante de cantada tão óbvia e piegas, meu coração dispara. O que responder a um comentário desses? Se eu tivesse tomado mais algumas taças de vinho, certamente lhe diria que ele também floresceu muito ou coisa que o valha. Mas, sóbria e desprevenida, só me resta desconversar.

— Pois é, a gente muda muito, mas sempre conserva alguns traços. Eu tenho boa memória para rostos. Já para nomes, sou uma desgraça... — e me controlo para não seguir falando desesperadamente e dar mais bandeira ainda do meu nervosismo.

— Quer dizer que você também pinta? — pergunta, enquanto pega um salgadinho daqueles de casamento, que eu adoro.

É incrível como pão com salame não tem nada a ver com "fina fatia de pão cortado em forma de círculo com uma fatia de salame em cima, enfeitado com ketchup, maionese ou mostarda". A segunda opção é muito melhor. O canapé de casamento consegue exaltar as qualidades de ingredientes muitas vezes simples, como presunto, salame, atum, queijo etc... Demoro para responder porque tenho que dar um jeito de pegar mais de um canapé de uma vez, de forma que enfio um direto na boca e guardo outro para depois. Só não dá para pegar um terceiro porque a minha outra mão está segurando a taça de vinho.

— É, acho que pintava...

— Mas que pena, desistiu das artes? Por quê?

— Na verdade, nem eu sei bem. Mas, oficialmente, acho que foi por falta de tempo. E você, também pinta? — pergunto, me arrependendo da pergunta babaca na mesma hora em que a fiz.

— Não. Aliás, não entendo nada do assunto.

— Ah, é? Que coisa... — respondo, me entregando completamente à estupidez dos comentários que me vêm à cabeça e logo emendando com o inevitável lugar-comum — E o que é que você faz?

— Eu fico só dando uma olhada, tomando um vinho e comendo uns salgadinhos — responde ele, olhando ao redor e fazendo um gesto vago com a mão que segura a taça de vinho. Depois ri. Ai, as covinhas...

— Tá bem, nada mais justo — concluo, sorridente, e, tentando disfarçar meu constrangimento e embarcar na piada, aviso: — Então chega de conversa mole, porque o garçom tá vindo ali com a bandeja de salgadinhos, é melhor a gente se adiantar, senão, até ele chegar aqui, não vai ter mais nada — e sigo em direção ao garçom, sem olhar para trás.

Quando acabo de atacar os salgadinhos, constato que Marco não me acompanhou. Está onde eu o deixei, cumprimentando efusivamente uma loura turbinada.

Não sou loura e não sou turbinada. Não sou feia, mas também não sou muito bonita. Sou mais ou menos. Há quem goste. Graças a Deus. Mas acho que aparência não é o meu forte. Uma vez perguntei a um namorado o que o tinha atraído em mim, e ele, após refletir um pouco, disse apenas que gostou do fato de eu ser fumante. Isso acaba com a auto-estima de qualquer uma. E com os pulmões, também. Mas devo ter algum charme, pois alguns homens já foram muito apaixonados por mim, inclusive um antitabagista. Talvez o meu charme tenha se esgotado, pois Marco Túlio parece ter esquecido completamente da minha existência. Como ainda me resta orgulho, pego mais um canapé e procuro me afastar. Vou para a fila do banheiro, nos fundos da galeria. Estou fugindo. Merda. Timidez é uma merda. Se eu fosse mais segura, não me deixaria abalar pela chegada de uma loura vulgar. Afinal, se ela é loura, eu estou ruivíssima (foi um erro do cabeleireiro, que ao invés de fazer mechas, passou o produto no cabelo todo e me deixou parecendo uma *punk* londrina). E pode ser apenas uma amiga... Se for, eu espero aqui na fila do banheiro, que está enorme, e depois volto. Mas acho improvável. Posso me enganar com os homens, mas mulher eu conheço. Aquele jeito de se jogar em cima do cara não é de amiga não.

4. MARCO TÚLIO

— Lucila! Você por aqui? — exclamo, quando finalmente ela me liberta do abraço que me mergulhou em peitos, braços e cabelos. Sobretudo peitos. Procuro Luísa, que parece ter evaporado.

— Se a montanha não vai a Maomé...— responde Lucila, insinuante. E a confusão que ela faz com o ditado não poderia ser mais apropriada. Me sinto mesmo como uma montanha, pregado no chão e incapaz de fugir de Maomé. Essa mulher tem o dom de aparecer nos lugares mais inapropriados...

— Mas o que você está fazendo por aqui? — insisto.

— Tava fazendo umas comprinhas, quando passei aqui na frente e te vi conversando com uma ruiva... Você anda me evitando, ou é impressão minha?

— Imagina, minha deusa, é que eu ando trabalhando muito... — por mais que eu tente ser seco, não consigo deixar de flertar com uma mulher bonita.

— Sei, mas não custava nada dar uma ligadinha de vez em quando... — responde ela, fazendo biquinho.

— Desculpa, Lucila, mas eu achei que você tinha entendido que a gente precisava dar um tempo... Tem o seu marido...

— Mas o Nestor tá viajando, só volta no fim da semana que vem — insiste ela. — A gente podia aproveitar para matar a saudade...

Que saudade? Pensei que tivesse conseguido encerrar esse caso, mas acho que me enganei. Nunca tinha me ocorrido que pudesse ser mais difícil dispensar uma mulher com a qual se faz sexo sem compromisso do que uma namorada. Pra namorada a gente diz que não está preparado para assumir um compromisso, que precisa de liberdade ou qualquer outra coisa que dê a entender que a gente não quer casar e ter filhos com ela. Em último caso, um belo par de chifres liquida a fatura. Mas a Lucila é diferente. Ela não quer nada. Ou melhor, só quer sexo. Eu devia ter caído fora assim que descobri que ela é casada. Mas não consegui resistir... Agora fica difícil dizer pra ela: "Olha, você é muito gostosa e coisa e tal, mas o seu marido é um armário e eu acho que não vale a pena me arriscar a apanhar só pra trepar com você". A única solução é outra mulher...

— Pois é, Lucila, seria ótimo... Mas é que não dá... Sabe como é... — respondo, evasivo, olhando em volta como quem aguarda a chegada repentina de alguém...

— Aahh, já entendi! Aquela ruiva... Poxa, então eu fui trocada? — pergunta com ar magoado.

— Imagina se eu ia te trocar por alguém... Nunca! O problema é que você não está disponível... — explico. Afinal, nunca se sabe o dia de amanhã... Não vale a pena magoar a moça... Além do mais, ela já deu mostras de ser bastante desequilibrada. Pode ser perigoso.

— Sei... — diz ela, analisando as enormes unhas vermelhas — É uma pena, porque a gente tava se divertindo tanto — conclui, levantando o olhar e sorrindo.

— Melhor assim, paramos no auge... — ponho a mão em seu ombro e procuro conduzi-la em direção à porta — Agora vai, Lucila, que eu não quero mais encrenca.

Ela me olha pensativa, mas logo abre um sorriso maldoso e pergunta:

— A ruiva é ciumenta, é? — e sem aguardar resposta me tasca um beijo estalado e molhado no rosto — Então tá, já tá na minha hora mesmo... Tenho que comprar um sapato antes que as lojas fechem... A gente se vê por aí.

Fico observando ela se afastar pelo corredor do shopping. Ufa! Acho que agora ela se convenceu. De qualquer jeito, acho melhor colar em Luísa... Onde se meteu? Lá está, saindo do banheiro.

5. Luísa

Quando saio do banheiro, dou de cara com o Marco Túlio, todo sorridente:

— Você sumiu, já estava até achando que tinha ido embora.

Ou seja, eu achei que o cara tinha cansado de conversar comigo e fiz o papel ridículo de praticamente fugir para o banheiro sem falar nada. Ele provavelmente estava só cumprimentando uma amiga e deve ter achado que sou louca ou, pior, que estava fugindo dele porque não estava interessada. Como eu de fato estou bastante interessada, tenho que dar um jeito de demonstrar (mas sem dar bandeira demais).

— Desculpa, mas é que eu precisava fazer uma coisa que ninguém pode fazer por mim... — e faço a cara de idiota que corresponde a essa piadinha infame que um tio metido a engraçadinho repete desde que me entendo por gente. É óbvio que não consigo demonstrar o sutil interesse que pretendia. Ele deve achar que, além de louca, sou meio retardada. Às vezes, acho que deveria andar amordaçada...

Felizmente, Marco Túlio parece ter superado completamente qualquer problema de baixa auto-estima que possa ter tido no passado de patinho feio e, embora faça cara de quem não entendeu do que eu estou falando, engata a segunda e me chama para tomar um chope no árabe do shopping. Como sou pega de surpresa, nem dá para considerar a hipótese de fazer ares de quem já tem muitos compromissos para a noite. Aceito sem hesitar. Nos despedimos de Ingrid, que, como era de se esperar, lança olhares maldosos ao nos ver saindo juntos e dá aquela constrangedora recomendação, que quebra completamente a espontaneidade da situação:

— Cuidado com ele, hein, Luísa!

Ele é que deve tomar cuidado comigo! Estou na seca há meses. É a primeira vez, desde a minha separação, que saio com um homem que me interessa sexualmente. Aliás, é o primeiro sujeito interessante e aparentemente disponível que eu conheço desde então. Afinal, é famosa a falta de homem no Rio de Janeiro. Mas sempre há quem discorde... Uma amiga defende que o problema das mulheres da Zona Sul é que não cruzam o túnel, pois além túnel haveria milhares de homens interessantes e disponíveis. Sustenta que nós — todas as mulheres da Zona Sul, exceto ela mesma — somos umas burguesas fúteis à procura de homens que, além de bonitos, simpáticos, inteligentes, charmosos e gostosos, tenham carro, casa própria e um bom emprego, o que limita muito a nossa escolha. É verdade que tais atributos acrescentam bastante, mas não são essenciais quando se trata de amor verdadeiro. Sei lá, eu nunca fui conferir esse suposto oásis suburbano. Podem me chamar de preconceituosa, mas acho que, no fundo, sou é preguiçosa mesmo. E, além disso, discordo da teoria da minha amiga. A questão não é geográfica: tanto na Zona Sul quanto na Zona Norte, de leste a oeste, os bons homens de mais de trinta anos já foram fisgados. Então, se é para ficar com o rebotalho, melhor pegar um que pelo menos more perto.

Enfim, seguimos em direção ao árabe praticamente em silêncio. O único assunto que me ocorre é o inevitável "o que você faz da vida?", do qual ele já se esquivou na minha primeira tentativa, e que eu tampouco tenho pressa em abordar. Afinal, o meu emocionante dia-a-dia de vendedora de butique dificilmente despertaria o interesse de alguém...

O restaurante está bastante cheio, mas damos sorte de pegar uma mesa bem no meio do corredor e do movimento. Peço um chope e ele uma caipiroska. Pergunto se ele não quer uma porção de pasta de grão-de-bico com pão árabe e ele diz que está sem fome. Um pouco desapontada, escolho um sanduíche.

— Mas quer dizer que você estudou no Pequeno Príncipe! Você ainda tem contato com alguém de lá? — pergunta, finalmente lançando um assunto.

— Contato frequente só com a Maria, muito minha amiga até hoje. Mas, de vez em quando, ainda encontro mais uns dois ou três colegas de lá. Você deve lembrar da Maria, o sobrenome é Motta, e ela parece japonesa, mas não é — explico, enquanto ele faz cara de quem está forçando a memória.

— Acho que lembro. Uma bonitinha, de olhinho puxado?

— Isso, ela mesma, de cabelo preto, nós andávamos sempre juntas.

— Tô lembrando, mas ela andava sempre com uma menina magrela, que eu não lembro o nome...

— Pois é, era eu — respondo, sem saber bem se orgulhosa ou envergonhada de mim mesma no passado ou no presente. Quando criança, eu era baixinha e muito magra, mas muuuiiito magra mesmo. Tem umas fotos minhas na praia, aos oito anos, em que pareço uma criança da Etiópia, com as costelas todas aparecendo. Tinha o maior complexo, mas não conseguia engordar por nada. Até os vinte e poucos anos eu ainda era bem magra, e aí já tinha noção de que isso era uma vantagem. Só que, lá pros vinte e cinco, eu engordei cerca de dez quilos, num período que coincidiu com o início do meu namoro com Otávio (e com a consequente frequência exagerada a restaurantes ótimos), e nunca mais emagreci. Aliás, minto, depois da separação eu emagreci uns cinco quilos. Hoje, não sou propriamente gorda — tenho apenas uma bela barriguinha e um bundão — mas ninguém mais se refere a mim como aquela mulher magra.

— Mas como você cresceu... — diz ele, rindo e arregalando os olhos — Quem diria!

— É, cresci pra cima e pros lados também. É engraçado como eu era a mais baixa e mais magra dentre as minhas amigas e hoje sou a mais alta e mais gorda — acrescento, rindo, logo me arrependendo de me chamar de gorda, sem a menor necessidade. Eu sou uma anta mesmo!

— Você quer dizer a menos magra das suas amigas, não é? — diz ele, um verdadeiro *gentleman*.

— Obrigada — respondo, minha expressão uma caricatura de timidez. — São seus olhos... Mas você também mudou muito desde os tempos da escola... — acrescento. Afinal, a melhor defesa é o ataque. Só não sei bem do que estou me defendendo... Mas isso não tem a menor importância.

— É, eu era bem franzino, mas minha mãe me deu Sustagen e eu cresci — responde ele, rindo. — Brincadeira, não foi Sustagen não, eu tomei corpo depois que aprendi a nadar, aos quatorze anos.

— Nossa, você não sabia nadar até os quatorze anos? Morando no Rio de Janeiro? Que loucura!

— É verdade...

Fico com uma vontade danada de insistir no assunto e obter mais detalhes sobre a transformação de Marco, mas, graças a Deus, ainda não bebi o bastante para ficar inconveniente e começar a fazer perguntas constrangedoras sobre a infância certamente difícil do cara. Assim, esquecendo de que pretendia evitar o tema, pergunto:

— Mas, afinal, o que é que você faz da vida? Virou nadador profissional?

— Não, não cheguei a tanto. Sou engenheiro.

— Ah... — e antes que eu possa fazer qualquer comentário, vem a pergunta que eu não queria ouvir:

— E você, trabalha com o quê?

— Bem, eu sou formada em Comunicação Visual, mas atualmente trabalho numa loja de roupas — e lá se vão todo o mistério e charme artístico e intelectual que eu poderia tentar dar à minha imagem. — Você pede uma caipiroska dessas pra mim, por favor?

— Claro. Garçom, uma caipiroska pra moça, por favor! — e, voltando-se para mim com um ar de semipiedade — Mas, por que você não trabalha na sua área? E a pintura?

— Ah, Marco, essa é uma longa história, que prefiro não contar agora. Mas, em resumo, quando engravidei, parei de trabalhar e, quando precisei voltar, não tive tempo para batalhar o emprego ideal e peguei a primeira coisa que apareceu.

— Sei, mas, e a pintura?

— Não tenho tido tempo, nem cabeça. Me separei há poucos meses... Mas, e você? Já sei que é engenheiro, mas trabalha no quê?

— Numa construtora, na parte de projetos.

— Você faz as plantas dos prédios?

— Não exatamente, trabalho mais na área de orçamentos.

— Ahhh.... E qual é a construtora, será que eu conheço?

— É a MDL.

— Pô, mas vocês constroem um monte de prédios por aqui. Tem um do lado da minha casa! — exclamo, fingindo empolgação, enquanto imagino que o trabalho do cara deve ser chatíssimo, além de totalmente destituído de *glamour*.

— Onde você mora?

— No Jardim Botânico, na Rua Oliveira Rocha, bem em frente àquela pracinha, sabe? Acabaram de construir um prédio da MDL mais adiante, perto da Rua Jardim Botânico.

— Legal, é um ponto bem bucólico, né? Mas, em frente à praça só tem prédios antigos...

— É, o meu prédio é bem antigo... — respondo, pensando "o que será que esse merda tá querendo dizer? Qual o problema com o meu prédio?", e acrescento, para deixar claro que gosto do meu apartamento — Eu moro no térreo, parece uma casa e, da janela da sala dá pra ver o meu filho brincando na praça.

— Que bom... — diz ele, com cara de quem na verdade acha isso uma bosta — Tem garagem?

— Não, não tem garagem, mas tem sempre lugar pra estacionar na rua... — e deixo de comentar que, com a construção de novos prédios enormes, com um monte de apartamentos minúsculos, está cada vez mais difícil achar vaga, já que a ideia não é brigar com o sujeito antes mesmo de levá-lo para a cama.

A conversa vai fluindo meio aos trancos e barrancos e nós (ou pelo menos eu) vamos ingerindo caipiroskas sem a quantidade aconselhável de petiscos para acompanhar, pois o cara definitivamente não quer comer e eu fico sem graça de pedir mais alguma coisa.

Acordo de madrugada, desorientada, com um gosto horrível na boca. Levo algum tempo para recapitular a noite anterior. O *vernissage*, Marco, o restaurante árabe... Não consigo lembrar como saí de lá. Confiro o homem ao meu lado. Está nu, apenas semi-coberto pelo lençol. Tem a pele morena, o peito e os braços musculosos (sem exageros), um rosto másculo, com o nariz forte e reto, lindos cabelos negros encaracolados e a barba mal feita (tipo George Clooney). Bonito demais para mim. Assim mesmo, congratulo-me pelo bom gosto e competência da noite anterior. Pena que não lembro muita coisa. Só alguns *flashes*, o suficiente para saber que transamos. Espero não ter feito ou dito nenhuma bobagem... Mas não é hora para essas preocupações.

Preciso de água, muita água. Levanto da cama e começo a procurar minha roupa. Quando já estou quase desistindo e pegando a camisa de Marco, que está jogada sobre uma cadeira, encontro minha calcinha embaixo do travesseiro e minha blusa caída entre a cama e a parede (uma pena, porque já estava achando bem cinematográfico usar uma camisa masculina ao amanhecer...). Visto-me rapidamente e sigo, pé ante pé, à procura da cozinha. Passo pela sala, bastante ampla e mobiliada apenas com um enorme sofá de couro preto (argh), uma mesinha de centro de vidro, uma enorme mesa de jantar de madeira escura, com cadeiras forradas de couro preto e uma estante preta, cheia de equipamentos eletrônicos. As paredes são absolutamente brancas e nuas (sujeito estranho...). Chego até a janela, protegida por persianas verticais (argh, argh) e enfio a cara para fora para respirar um ar matinal — o sol já está nascendo — tentando me localizar (acho que estou no Leblon, mas não tenho certeza). Com alívio, constato que efetivamente estou no Leblon, pois, de um lado, avisto o mar e, de outro, a padaria Rio-Lisboa. Um pouco mais segura, entro na cozinha (simples e equipada com os eletrodomésticos básicos) e abro a geladeira. Na primeira prateleira, ao fundo, há algumas latas de cerveja enfileiradas; mais à frente, três garrafas de uísque cheias de água; na porta, uma garrafa de coca-cola, três ovos, meio pacote de manteiga (nitidamente cortado, com papel e tudo, e cuidadosamente embrulhado em filme plástico), e algumas pilhas; de resto, nas prateleiras inferiores, dois iogurtes (sendo que um deles parcialmente consumido e tampado com filme plástico), algumas maçãs, um *tupperware* com umas poucas fatias de pão de forma e variadas embalagens de condimentos, todos com aparência de estarem com a validade expirada.

Fico algum tempo contemplando o conteúdo daquela geladeira e imaginando que o mesmo só pode ser fruto de uma mente doentia, até que meus olhos pousam novamente na garrafa de coca-cola. Que água, qual nada! O que eu preciso é de coca-cola. Na veia. Encontro um copo no primeiro armário que abro, mas, assim mesmo, depois de me servir, vou abrindo todos os demais para ver se são tão estranhos quanto a geladeira. Já estou quase desistindo da investigação, após deparar-me apenas com copos, pratos, panelas e outros utensílios básicos de cozinha, quando acho a "despensa" meticulosamente organizada, com produtos enfileirados — sempre um na frente, seguido por outros iguais atrás. Ou seja, uma lata de leite condensado na primeira fila e mais três atrás. Ao lado, uma lata de creme de leite e mais duas atrás. Em seguida, um vidro de molho de tomate, com seus colegas atrás. E assim por diante, com os demais mantimentos e produtos de limpeza. Para completar, pendurado na prateleira, um aviso: "Utilize sempre o produto da frente e guarde os produtos novos atrás dos que já estão no armário".

É muito cedo e a minha cabeça está estourando. Tudo indica que o cara não bate bem, mas não deve ser nada grave. Sigo para o banheiro da suíte, à procura de um remédio para dor de cabeça. Ali tudo é mais ou menos normal. Não há a imensa quantidade de frascos, vidros, potes e bisnagas que eu tenho no banheiro da minha casa, mas, também, acho que poucos homens têm o mesmo fascínio que eu por produtos de higiene e beleza. No armário de remédios — tão organizado quanto os da cozinha — encontro facilmente o comprimido que preciso, bem como uma escova de dentes novinha que não hesito muito em utilizar. Afinal, tendo dormido com o cara, tenho intimidade suficiente para pegar uma escova de dentes sem pedir licença, não é mesmo? Até porque as outras opções seriam: a) usar a escova de dentes dele (péssima ideia, tanto do meu ponto de vista, quanto do dele), e b) escovar os dentes com o dedo, o que não vai acabar com o gosto horrível na minha boca. Acho a pasta de dentes no armário em cima da pia e, ao fechar a porta de espelho, encontro um cotonete solitário, aparentemente usado de um dos lados, em cima do armário. Possuída pelo espírito de organização da casa, jogo-o no lixo. Depois verifico se deixei tudo arrumadinho e volto para o quarto, onde Marco continua dormindo tranquilamente.

Deito na cama e tento voltar a dormir. Meu corpo está um bagaço, mas a minha cabeça não para. Estou na cama de um sujeito que eu conheci ontem. Até aí, tudo bem. Nunca fui de me fazer de difícil. Se estou a fim do cara e ele a fim de mim, por que adiar o sexo? Para que ele saiba que eu sou uma moça direita, que só transa quando há um envolvimento maior, quando estou apaixonada, quando há intenções sérias? Eu não, hein? Vai que ele perde o interesse... Diria a minha avó que o interesse ele perde por obter muito facilmente aquilo que todo homem quer. Nunca acreditei nisso. Uma coisa não tem nada a ver com a outra. Você pode conhecer um sujeito, ir logo para a cama com ele e ele nunca mais aparecer. Certamente porque não gostou, ou porque só queria mesmo um sexo casual. Mas, se ambos gostaram e estão a fim de namorar, nada impede que engatem um relacionamento. Não posso crer que um homem seja estúpido ao ponto de conhecer uma mulher, se interessar por ela e descartá-la justamente porque ela também gostou dele e foi logo para a cama com ele. Aliás, se o cara pensar assim, azar o dele. O melhor é dar logo e se livrar de uma vez por todas do sujeito.

A maior prova da minha teoria foi o meu casamento com Otávio. Eu o conheci no trabalho. Era recém-formada em Comunicação Visual e arranjei um emprego numa gravadora, fazendo capas de discos. O trabalho era legal e tinha até um certo *glamour*, embora eu não tivesse muita autonomia criativa e a minha chefe fosse do tipo que se apropria de todas as boas ideias e bota a culpa dos erros nos outros. Mas foi graças a uma falha — cuja responsabilidade ela não hesitou em me atribuir — que eu conheci o Otávio. Nós fizemos a capa de um disco de um cantor de MPB, usando uma fotografia que nos foi fornecida pelo próprio. Eu era nova no negócio e não tinha a menor noção de como funcionavam as coisas. Sequer me ocorreu perguntar sobre a autoria da foto. Simplesmente fiz o trabalho, aprovado pela minha chefe, e o disco foi lançado. Só que a foto era de um fotógrafo de renome, que não tinha autorizado sua utilização na capa do disco e que naturalmente não foi remunerado pela gravadora. Em resumo, deu a maior merda, e a minha chefe, que tampouco tinha questionado a origem da foto, pôs a culpa em mim. Assim eu fui parar numa reunião com o diretor do Departamento Jurídico da gravadora, que vinha a ser ninguém menos que Otávio.

Eu tinha vinte e poucos anos e fiquei muito impressionada com aquele sujeito mais velho, de terno e gravata (até então eu só tinha namorado caras que sequer possuíam um terno...), que falava em jargões jurídicos e cifras elevadíssimas com total segurança. Jamais pensei que ele pudesse se interessar por mim, uma jovenzinha meio *riponga* que tinha causado um problema grave à empresa (ou melhor, eu achei que fosse grave, mas Otávio depois me disse que era uma bobagem). Aliás, imaginei que um homem daquela idade (uns quarenta, pensei eu) já devia ser casado, ou divorciado, ou pior, gay. Mas não era, e depois que fechamos ("fechamos", maneira de dizer, Otávio fechou, eu só fiquei lá sentada tentando fazer cara de inteligente) um acordo com o fotógrafo, ele me convidou para jantar.

Convidou assim, depois da reunião, no meio de um monte de

gente, o que me levou a crer que fosse uma confraternização geral. Só percebi que era um jantar a dois quando entrei em seu carro e ele me perguntou se gostava de um restaurante caríssimo ao qual eu só tinha ido uma vez, num aniversário de casamento dos meus pais. Naturalmente disse que gostava, mas fiquei um pouco preocupada, achando que acabaria gastando todo o meu salário se tivesse que dividir a conta com ele. Não que algumas vezes os homens não pagassem a conta para mim (em geral, no início do relacionamento), mas sempre em restaurantes compatíveis com o meu orçamento. E nunca fui daquelas mulheres que já saem sem bolsa, deixando claro que não têm a menor intenção de arcar com qualquer despesa, até porque tenho que levar cigarros, isqueiro, chaves, documentos, escova de cabelo, batom (embora nunca me lembre de retocá-lo), celular, caneta, óculos, comprimidos para dor-de-cabeça, absorventes, o.b., além daquelas coisas que já vivem em algumas bolsas e que, desde que me tornei mãe, incluem pirulitos semi- -chupados, restos de biscoitos, desenhos a mim dedicados, figurinhas, carrinhos, bonecos do super-homem, argolas de latas de refrigerantes, conchas, pedras e quaisquer outros elementos que meu filho resolva transportar ou guardar em local seguro.

Pelo menos agora, que estou separada, não preciso reservar espaço para acomodar também o celular do meu ex-marido, sua carteira, seus óculos, suas chaves, seus cigarros e tudo mais que um sujeito deveria guardar na sua própria bolsa, se a nossa sociedade não tivesse convencionado que homem — sabe-se lá por que cargas d'água — não usa bolsa. Aliás, não sei como meu ex fazia antes de me conhecer. Ou melhor, até sei. Ele usava os bolsos. Só que, por alguma razão, após o casamento, qualquer moedinha passou a pesar e incomodar muito, de forma que eu tinha de carregar a tralha dele também. Agora já deve ter dado um jeito de acomodar seus pertences, talvez na bolsa de outra otária.

De qualquer jeito, aceitei o convite de Otávio para jantar e, depois, para dançar. Bebemos demais (principalmente eu) e, quando dei por mim, já estávamos aos beijos no meio da pista de dança. No final da noite, ele me convidou para ir à casa dele. Eu, fiel aos meus princípios, aceitei. E não tenho motivos para me arrepender. É bem verdade que não estava tão bêbada quanto ontem. Tanto que lembro até hoje como

estranhei o mobiliário da sala. Sofás pesados, carpete cor-de-burro-
-quando-foge, móveis de madeira escura, uma grande mesa de jantar
e até uma cristaleira com um ostensório de prata e pratos de porcelana
dentro. Muito esquisito... No quarto dele, uma cama de solteiro, uma
poltrona, uma escrivaninha, uma estante com uma televisão e, em cima,
uma prancha de surf. Nos vidros da janela, um monte de adesivos do
tipo *hang loose*. Aí, finalmente, a ficha caiu. Ele morava com os pais e
aquele era o seu quarto, ainda de adolescente. Suspeitas confirmadas
quando ele advertiu:

— Fala baixo, que "os meus velhos" estão dormindo...

Assim começou nosso romance. Aos poucos, fui reformulando
a imagem que tinha dele. Otávio não tinha quarenta anos, mas trinta e
poucos, o que se percebia quando não estava de terno. Se, por um lado,
era o diretor jurídico de uma grande gravadora, por outro ainda era o
filhinho da mamãe. Apaixonados, casamos em pouco tempo.

Continuei trabalhando na gravadora por mais uns dois anos,
agora gozando de mais respeito da minha chefe e menos camaradagem
dos demais colegas. Afinal, eu era esposa de um membro da diretoria,
embora de outro departamento, o que fazia com que alguns me vissem
como carreirista e até como possível delatora. Quando engravidei, combinamos que deixaria de trabalhar, já que o salário de Otávio era suficiente para nos sustentar e o meu sonho era ser artista plástica. Resolvemos que, no primeiro ano, eu me dedicaria exclusivamente ao bebê, e
depois tentaria seguir a minha verdadeira vocação.

No começo, foi tudo como planejado. A própria gravidez foi totalmente planejada. Eu até queria deixar para mais tarde, mas Otávio
tinha pressa em ser pai, se achava velho. Embora nunca tivesse pensado
em ser mãe antes dos trinta, aceitei adiantar o projeto. Afinal, dentre
todos os meus receios em relação à maternidade, o maior era o de não
ter condições financeiras para criar um filho com conforto, segurança e
manter minha vida social e profissional. Mas isso Otávio podia garantir. Então combinamos ter um filho. Otávio, talvez por ser filho único,
sempre quis dois. Mas, logo de cara, eu só concordei com *um*. Disse que
sobre o segundo decidiríamos depois. E ele aceitou. Ou, pelo menos,
fingiu aceitar.

Não dá. Não vou conseguir dormir. Após meses de seca, finalmente tiro o atraso, mas não consigo lembrar como foi a noite. E, como se não bastasse, ainda fico pensando em Otávio. Melhor ir para casa de uma vez. Deixarei um bilhetinho simpático para Marco. O único problema é que não tenho a menor ideia do que escrever. Começo com o seguinte: "Marco, tive que ir para casa e achei melhor não te acordar. Beijos, Luísa". Muito seco. Depois tento: "Marco, infelizmente tive que ir para casa, pois tinha um compromisso marcado logo cedo, e não deu para esperar você acordar. Beijos, Luísa". Continua seco e, ainda por cima, mentiroso. Então ouso: "Marco, a noite foi ótima, mas acordei com a cabeça estourando e achei melhor ir curar a ressaca em casa. Fiquei com pena de te acordar. Me liga. Beijos, Luísa". Mas, será que a noite foi realmente ótima? Será que eu fiz alguma merda? Será que eu devo pedir para ele me ligar e dar os meus números? Será que eu quero que ele me ligue? Enquanto estou remoendo essas enormes dúvidas e contando quantas folhas restam no meu bloquinho, Marco começa a mexer-se e, enfim, acorda. Enfio o bloco na bolsa e disfarço.

Ele se espreguiça, olha em volta, sorri ao me ver, e pergunta:

— Oi, já vai? Que horas são?

— É muito cedo ainda, continua dormindo — respondo, aproximando-me da cama. — Eu tenho que ir porque marquei com uma amiga de ir caminhar logo cedo.

(Como fui casada muito tempo com um advogado, aprendi que é sempre melhor mentir ao vivo do que por escrito.)

— Você não quer nem um café?

— Não, obrigada, eu tomo em casa. Pode dormir, que hoje é sábado... — e debruço-me sobre ele para dar um beijinho de despedida. Ele me abraça e me beija um tanto mais profundamente do que eu pretendia (afinal, eu tinha escovado os dentes, ele não), mas até que é bom.

— Hmm, tá com um gostinho de pasta de dente... — comenta, e eu, educadíssima, vou logo explicando:

— Ah, tomei a liberdade de pegar uma escova de dentes nova que estava no armário do banheiro, espero que você não se importe...

Não sei se é impressão minha, mas o rosto dele muda de expressão por alguns instantes, até abrir-se novamente num sorriso, um pouco amarelo, e ele responder:

— Não, claro que não. Fez muito bem. Tem certeza que não quer ficar mais um pouco? — pergunta, com um olhar insinuante.

Com a dor de cabeça que eu estou sentindo, não fico nem um pouco tentada. Recuso o mais gentilmente possível:

— Não, Marco, tenho que ir mesmo... Mas vou deixar o meu telefone lá na mesa da sala, tá? Quando quiser, me liga. Agora dorme porque tá muito cedo — dou-lhe mais um beijinho e vou embora, deixando um bilhete básico, somente com os meus telefones.

6. Luísa

Em casa, minha solidão me aguarda.

Houve épocas em que sonhava em passar o fim de semana sozinha, sem marido e sem filho. Agora que o sonho se tornou realidade, não consigo mais lembrar o que era mesmo que eu queria fazer com tanto tempo livre. Chego a achar bom quando tenho que trabalhar nos fins-de-semana em que Antônio vai ficar com o pai. O problema é que, às vezes, como neste maldito fim de semana, não dá para fazer coincidir o meu "plantão" na loja com os dias de solidão absoluta. Preciso me ocupar com alguma coisa divertida, ou ao menos útil. Em tese, poderia aproveitar para pintar. Mas a coisa não é tão simples assim. Teria de encontrar o material que está guardado há tempos e arrumar um local no meu apartamento, não tão amplo, onde eu possa deixar tudo armado. Depois, teria de buscar forças e inspiração para começar alguma coisa que certamente não seria terminada tão cedo. Poderia também tentar continuar uma tela inacabada... Mas não tenho ânimo. Nem gosto. Para quê? Eu não quero um *hobby*. Eu quero ser artista em tempo integral. Esse sonho, porém, que cheguei a estar próxima de realizar, foi cancelado. Agora que estou separada de Otávio, tenho que ganhar a vida. Preciso de um salário no fim do mês para pagar as contas. Talvez seja melhor assim. Afinal, que artista sou eu, que desisto diante do primeiro obstáculo? Quantas pessoas persistem, enfrentando adversidades muito maiores? Basta ler a biografia de qualquer artista importante, ou mesmo assistir a um programa sobre um deles no GNT (sempre optei pela segunda hipótese, já que não sou muito chegada a biografias), para ver que os bons não desistem jamais. A História está cheia de músicos surdos, pintores manetas, bailarinas cegas, atrizes mudas, escritores paralíticos, pianistas com artrose, cantores órfãos, atletas famintos e todo tipo de gente que enfrenta problemas gravíssimos e que nem por isso deixa de perseguir e conquistar seus objetivos. Mas Luísa Tomasetti não pode pintar se não tiver um ateliê espaçoso, arejado, com iluminação adequada e, se possível, música ambiente. Ah, e sem distrações! Com telefone tocando toda hora, não há a menor condição de trabalhar. Por mais que eu me dê conta do absurdo e do ridículo das minhas exigências e pretensões, não consigo tomar uma atitude. Muito pelo contrário. Meu senso crítico me leva à conclusão de que talvez não seja realmente vocacionada para as artes. Talvez tenha inventado esse desejo de pintar, acalentado esse sonho apenas como forma de não me entregar ao ofício para o qual estudei. Assim não preciso batalhar por um lugar ao sol no mercado de trabalho cada vez mais disputado e nem sofrer as inevitáveis derrotas da vida profissional. Sendo artista, também não precisaria acatar ordens de superiores, cumprir prazos, implorar por um aumento, ter medo de ser despedida, pedir para sair mais cedo, virar a noite trabalhando etc. Pelo menos no meu sonho que, como todo sonho, não tem nada a ver com a realidade. Além disso, no meu sonho eu teria um marido que trabalha para garantir o sustento da família. Assim, se eu não ganhasse nada, as contas seriam pagas do mesmo jeito. E por que trabalhar, se eu não precisaria? Ora, muito simples, para ser alguém, e não uma dona-de-casa ociosa.

Não, acho que eu estou em crise de baixa auto-estima, não sou tão covarde assim. Afinal, quando foi preciso, aceitei o primeiro trabalho que apareceu. Péssimo, aliás... Vendedora de butique. Tem hora certa para chegar e não tão certa para sair. Minhas colegas são moças universitárias não muito brilhantes (para não ser má); a gerente, Berenice, que vive implicando com tudo que eu faço, é mais nova e menos "preparada" (como diria a minha avó, antes de o termo adquirir novo significado através do funk) do que eu. Ao sair da loja, sou obrigada a abrir a bolsa para que a piranha verifique se eu não estou subtraindo alguma roupa. As clientes, em sua maioria, são pessoas normais e educadas, mas algumas são absolutamente intragáveis e, na qualidade de vendedora, eu não posso reagir aos eventuais abusos e/ou grosserias.

Mas eu não ligo muito para essas coisas, nem para as críticas e desman-dos da gerente. Afinal, o que importa se eu não sei dobrar direito as roupas? Acabo aprendendo. E qual o problema em servir um cafezinho para uma cliente ou mesmo para Berenice? Nenhum. Eu estou ali de passagem e sei que sou muito superior àquela mulherzinha infeliz. Era ela quem precisava se auto-afirmar na sua posição de gerente. Eu, since-ramente, apenas quero vender o máximo possível, pois, em matéria de auto-afirmação ou realização pessoal, a loja não tem nada a me oferecer. Só que eu sou uma negação para vendas. Não sei dizer para a clien-te que a roupa "vestiu superbem" quando, na verdade, ficou péssima. Tampouco sei empurrar aquela "blusinha que fica linda com esta calça"; nem aquele cinto que "está num preço ótimo". Não consigo oferecer um vestido azul para quem pediu especificamente um preto; nem uma saia para quem quer uma calça. Também não tenho muito jeito para elogiar alguma coisa na cliente, o que, de acordo com a vendedora mais expe-riente da loja, é muito importante. Pode ser qualquer coisa: a cor do batom, a bolsa, o sapato, o penteado, desde que sirva para demonstrar que há uma "compatibilidade de gostos" entre vendedora e cliente.

Preciso começar a procurar outro emprego. Porém, como é sá-bado, e o caderno de empregos só sai no jornal de domingo, resolvo dormir mais um pouco, até curar a ressaca. Quando acordo, preparo um sanduíche de presunto de peru e salada e assisto a uma "maratona" do seriado *Sex and the City* na televisão. A vida de solteira parece ser bem melhor em Manhattan.

No final da tarde, ligo para Maria para contar as novidades da noite anterior. Ela também se lembra de Marco e sinto que não acredita que ele possa ter se transformado em um homem interessante. Me con-vida para ir comer uma pizza mais tarde. Recuso o convite, alegando que ainda estou meio enjoada por conta dos excessos da noite anterior. Na verdade, tenho esperanças de que Marco ligue.

Ele não liga.

Domingo acordo deprimida. Depois de tomar café e ler o jor-nal (evitando o caderno de empregos, pois não estou com cabeça pra isso), me instalo no sofá com um *best-seller* que promete ser tão alie-nante quanto a overdose de televisão que tomei no sábado. Superadas as primeiras páginas, esqueço completamente da minha vida e entro na pele de uma jovem inglesa, cheia de amigos malucos, com uma vida profissional palpitante e uma família excêntrica. Ela pensa que é apaixonada pelo namorado infiel, mas logo na segunda página a gente percebe que, no decorrer das próximas duzentas páginas, ela vai descobrir que o grande amor de sua vida é um velho amigo que sempre esteve bem debaixo do seu nariz. A previsibilidade do livro não me incomoda, acho até reconfortante. Os diálogos são ultra-inteligentes. Todos têm uma resposta sarcástica na ponta da língua. Ninguém fica no "Ah, é, é...". Eu também queria ser assim. Já pensou, nunca mais ficar remoendo: "Eu devia ter dito isso, aquilo e aquilo outro...". Enfim, o livro está servindo lindamente ao propósito de me afastar o máximo possível da realidade, até que chega numa parte em que a heroína encontra um ex-namorado da adolescência. Fico um pouco intrigada com o surgimento desse personagem do passado. Afinal, se ela vai ficar com o amigo, pra que ressuscitar esse ex? Continuo lendo e descubro que ela engravidou do cara quando tinha apenas dezesseis anos e acabou fazendo um aborto.

Pronto. É como se eu fosse aspirada de Londres de volta para o meu sofá na Rua Oliveira Rocha através de um canudo gigante. Se a minha vida está uma merda, é justamente por causa de um aborto. Não aquele que eu fiz na adolescência, como a protagonista do romance. Afinal, naquela época, eu não tive muita opção.

Na primeira vez em que transei, aos dezessete anos, a camisinha arrebentou. Quando Ricardo me disse que a camisinha tinha estourado, não entrei em pânico. Tinha tanta coisa na cabeça: tipo "será que eu me saí bem?"; "será que vamos namorar?"; "será que é assim mesmo?"; "será que com o tempo vai ser melhor?". Enfim, não achei que fosse engravidar. Seria muito azar... Assim mesmo, fiquei preocupada. No dia seguinte, fui ver na minha agenda quando tinha sido minha última menstruação. Estava no período fértil. Nas próximas vezes em que estivemos juntos, sempre cercados de amigos, procurei evitar uma nova transa. Conforme o tempo foi passando, fui ficando aflita, mas não falei nada para Ricardo. Até que um dia, quase desmaiei na praia. "Teto preto", tentei me convencer, baixa de pressão causada pelo baseado que tinha fumado. Poucos dias depois, vomitei o café-da-manhã. Fui entrando em pânico. Não queria contar para os meus pais. Tinha medo da reação deles. Era imprevisível. Tinha medo, também, de não ter dinheiro para fazer o aborto. Devia ser caríssimo. Não conhecia ninguém que tivesse feito. Passei dias que pareceram semanas, esperando a menstruação, que ainda nem estava atrasada, e pensando em como arranjar dinheiro. Amigos ofereceram-se para fazer uma vaquinha. Quando, finalmente, a menstruação atrasou, comecei a fazer exames. Primeiro, o de farmácia. Deu negativo. Depois um exame de urina em um laboratório. Negativo, também. Mas os resultados não me animavam. Sabia que ainda era cedo. Somente depois que consultei minha ginecologista e fiz um exame de sangue é que obtive a confirmação da gravidez. A médica me deu o resultado pelo telefone. Perguntei-lhe o que fazer, ou melhor, como fazer. Ela me deu o telefone de um famoso médico, "especialista" na área.

Tomei coragem e liguei para Ricardo, que nem sabia das minhas preocupações. Fomos conversar, à noite, no carro dele, parado na Avenida Atlântica. Chorei muito e ele tentou me tranquilizar, dizendo que tudo ia dar certo e que conseguiria o dinheiro com o pai dele. Ficou chateado por eu ter considerado a ajuda financeira de amigos. Afinal, ele não era homem de fugir às suas responsabilidades. E como eu poderia saber disso? Ele era um garoto da minha idade. Nos conhecíamos há pouco tempo e nem estávamos ainda namorando. A hipótese de ter o filho sequer foi considerada. No dia seguinte, liguei para a clínica:

— Eu queria fazer uma pequena cirurgia, quanto custa? — perguntei, usando o código que a médica me havia informado.

— São trezentos dólares.

— E como eu faço para marcar uma hora?

— Está de quantas semanas?

— Não sei bem, minha última menstruação foi há seis semanas.

— Então é só marcar o horário e vir, em jejum, munida de carteira de identidade. Quantos anos você tem?

— Dezessete.

— Então tem que vir acompanhada do responsável.

— Mas os meus pais estão viajando — menti.

— Então nada feito.

— Mas, eu preciso muito... — implorei, chorosa.

— Anota aí o número do Dr. Azevedo. Lá não precisa de responsável.

Anotei o telefone e liguei logo em seguida. Atendeu um sujeito com uma voz de bronco, que foi logo perguntando:

— É de menor? Então é mais caro.

Desliguei apavorada. Devia ser um açougueiro louco. Já desesperada, resolvi apelar para a minha prima Ângela, que era mais velha e meio doidona. Felizmente, ela tinha várias amigas que já tinham feito abortos, de forma que em meia hora me arranjou o telefone de um local em Copacabana, onde uma de suas amigas tinha abortado quando era menor, usando uma identidade falsa. Seguindo suas instruções, parti rapidamente para a falsificação. Maria, que já havia completado dezoito anos, me emprestou sua carteira de identidade, sobre a qual colamos uma fotografia minha, com plástico adesivo. Ainda fizemos, com uma agulha, uns furinhos iguais aos que o Instituto Felix Pacheco fazia nas fotografias das carteiras de identidade. Não ficou lá essas coisas, bastaria puxar o "contact" para encontrar a foto verdadeira. Mas nós achamos que era um trabalho de mestre. Ainda havia a vantagem de eu saber imitar com perfeição a assinatura de Maria, graças a horas de treino durante as aulas chatas.

Como o atendimento era por ordem de chegada, no dia seguinte bem cedo saí como quem vai à escola e encontrei o pessoal que ficou de me acompanhar à clínica. Éramos quatro: eu, Maria, Ângela e Ricardo, que nos apanhou de carro, na esquina da minha casa.

A clínica, na verdade, não passava de um grupo de salas em um grande prédio de consultórios, todos meio xexelentos, na Rua Figueiredo de Magalhães. A sala de espera em que fomos recebidos era mobiliada com móveis simples e velhos, o que me causou uma péssima impressão. Afinal, eu nunca tinha sido submetida a qualquer cirurgia, e esperava algo mais asséptico. Não aquele moquifo com carpete sujo. Mas o meu pânico era tão grande que nem me ocorreu voltar atrás.

A senhora que me atendeu nos olhou com um ar desconfiado e murmurou que, com aquela quantidade de gente me acompanhando, parecia que eu era "de menor". Era óbvio que eu era menor, a minha cara não era de dezessete anos, mas de quatorze. Mas, como ela queria mesmo ser enganada, aceitou a carteira de identidade que lhe apresentei e me mandou aguardar. Pouco depois, me chamou. Tentei me despedir dos amigos sem muito drama (embora minha prima insistisse em lembrar que estava disponível para uma eventual transfusão de sangue) e segui pela porta indicada. Com grande alívio, percebi que a sala de espera era um disfarce e que a sala seguinte era bem mais limpa e moderna, parecendo realmente uma clínica. A recepcionista me fez escrever uma declaração dizendo que eu tinha um problema ginecológico qualquer e precisava de uma curetagem. Escrevi com a minha letra e assinei com o nome e a caligrafia de Maria. Depois me mandou vestir uma bata verde, aberta na frente, e botar uns sapatinhos e uma touca, tudo do mesmo material da bata. Fui, então, encaminhada à "sala de cirurgia", onde me acomodaram em uma maca com aqueles suportes para os pés, próprios para exames ginecológicos. Uma enfermeira me enfiou uma agulha na veia e chamou o médico, um senhor de seus cinquenta anos, grisalho, baixinho, com um ar simpático, que me cumprimentou pelo meu nome falso:

— Oi, Maria, mal saiu das fraldas, hein...

Eu apenas sorri e achei melhor não responder nada. Ele avisou que ia injetar qualquer coisa na minha veia e que eu dormiria. Me mandou contar até dez e acho que eu só cheguei até quatro.

Quando acordei, estava deitada, sozinha, na salinha em que havia trocado de roupa. Logo apareceu a enfermeira, que me ajudou a sentar e me deu suco e uns biscoitos. Perguntou como eu me sentia. Respondi que estava bem. Na verdade, estava ótima. Tonta, me sentindo meio bêbada, mas sem o menor sinal de dor. O alívio por ter feito e sobrevivido ao aborto era enorme. Ela me deu algumas instruções, um absorvente, uma receita de um remédio que eu devia tomar de qualquer jeito, e outro que deveria tomar em caso de dor. Depois me ajudou a vestir minha roupa e me acompanhou até a saída.

Saí por uma porta diferente, que já dava no *hall* dos elevadores, onde todos me aguardavam. Estava muito aliviada e também um tanto embriagada. Minha prima, esquecida de que só deveria me chamar de Maria, veio ao meu encontro, quase gritando:

— Luísa, você está bem?!! — ela sempre foi muito dramática.

Àquela altura, pouco importava o nome pelo qual me chamassem. O que poderiam fazer? Denunciar-me por falsidade ideológica? Fomos todos para a minha casa. Minha mãe tinha saído. A empregada estava lá, mas não suspeitou de nada. Já era hora de voltar da escola mesmo e, embora eu não costumasse receber amigos em casa com frequência, ninguém prestava muita atenção ao que eu fazia ou deixava de fazer...

No decorrer da tarde, outros amigos foram me visitar. Levaram mimos e guloseimas. O clima ficou meio festivo. A amiga da minha prima, que havia indicado a clínica, apareceu para encontrá-la para ir a algum lugar. Depois, Ângela me contou que a amiga não tinha aprovado aquela alegria toda depois de um aborto. A tal moça já tinha feito três abortos! Mas deve ter ficado arrasada depois de cada um deles... Eu não. Apenas resolvi redobrar os cuidados para evitar novo acidente. Fiquei até meio paranoica. Volta e meia achava que estava grávida. Assim foi por anos a fio. Durante o tempo em que namorei Ricardo — apesar do começo turbulento, tivemos um relacionamento longo, meu primeiro amor — e depois, até finalmente decidir engravidar de Otávio, sempre fui muito cuidadosa.

Mas, exceto pelo medo de outra gravidez indesejada, diria que não fiquei marcada pela experiência. Não fico imaginando se a criança teria sido um menino ou uma menina, se estaria com dois, três, dez, ou quinze anos. No livro, a moça pergunta ao ex-namorado:

— Você pensa nele?

Demoro a entender de quem ela está falando. Quando percebo que é do bebê que ela abortou, paro para fazer os meus cálculos e concluo que já poderia ter um filho de quase dezessete anos. Mas é difícil imaginar aquele embrião como uma pessoa. Ele foi, no máximo, uma hipótese. E bem remota. Não lembro desse aborto com tristeza ou arrependimento. Talvez com um pouco de nostalgia ou melancolia — porque me remete à minha adolescência, aos tempos que não voltam mais — e não pelo filho que eu não tive. Não tenho a menor dúvida de que tomei a decisão mais acertada. Já não posso dizer a mesma coisa em relação ao meu segundo aborto, realizado recentemente, em circunstâncias completamente diferentes. Afinal, eu ainda estava casada e tinha condições de ter a criança. E pior, Otávio queria tê-la. Para completar, eu tomei a decisão sozinha. Se na minha adolescência já havia uma amiga da minha prima para me criticar, dessa vez acho que ninguém realmente me compreendeu.

A gravidez, mais uma vez, foi um total acidente. Eu usava DIU desde o nascimento de Antônio, mas comecei a ter problemas: cólicas, inflamação, fluxo muito forte. Então minha ginecologista me aconselhou a tirar o DIU de cobre e, após aguardar um período para curar a inflamação, botar um modelo muito melhor e mais moderno, que libera hormônio de forma tópica. Concordei e tirei o DIU. Passamos a usar camisinha associada a tabelinha. Ou seja, não transávamos no período fértil e, fora dele, somente com camisinha. Já não estava mais tão paranoica, pois achava que não engravidaria assim tão fácil. Se para engravidar de Antônio, cinco anos antes, havíamos tentado por mais de seis meses... Até hoje não sei o que deu errado. Ciclo menstrual alterado, camisinha furada ou com defeito de fabricação... Não sei... E pouco importa.

Quando me dei conta de que estava grávida, fiquei desesperada. Não tive coragem de contar para ninguém. Passei várias noites em claro, pensando no que fazer. O meu casamento não estava muito bem. Um dos pontos de conflito era justamente que Otávio queria ter outro filho, e eu não. Se eu contasse para ele da gravidez, o mínimo que teria de ouvir é que "era coisa do destino". Ele ia me pressionar e eu tinha certeza de que não queria ceder. Destino é o cacete! Não ia deixar o destino tomar uma decisão tão grave por mim. Eu estava começando a me desenvolver na pintura. Estava conseguindo fazer o que gostava. Tinha feito minha primeira exposição — coletiva, é verdade. Até vendi um quadro (para o meu pai, mas ele prometeu pendurá-lo no consultório, onde seria visto por muitas pessoas). Além disso, Otávio e eu tínhamos outros problemas, e eu acreditava firmemente que filho não salva casamento. E se a gente acabasse se separando? Com um filho de cinco anos era uma coisa; agora, com dois, sendo um deles bebê, seria muito pior. Finalmente, havia ainda o medo de passar por mais uma gravidez, que ia desde o medo de morrer ou de ter um filho com algum problema, até o medo de engordar vinte e cinco quilos e não emagrecer nunca mais. Mas acho que o que eu mais temia era acabar como a minha mãe. Ela se casou com meu pai quando tinha vinte e poucos anos. Largou a faculdade de Letras e foi trabalhar para ajudar nas despesas, enquanto meu pai terminava a faculdade de Medicina e fazia especialização em Neurocirurgia. Quando a situação financeira deles permitiu, ela engravidou. Eu nasci e, dois anos depois, ela engravidou do meu irmão. Nunca voltou a estudar ou trabalhar. Por mais que eu soubesse que o que a impediu não foram os filhos, mas a bebida, o discurso dela, ao longo da vida, ficou gravado no meu subconsciente (ou no meu consciente mesmo). Ela dizia que não podia trabalhar ou estudar porque tinha que cuidar da gente sozinha, já que meu pai estava sempre trabalhando. Ela bebia porque a vida dela era vazia porque ela não podia trabalhar e porque o meu pai nunca estava em casa. E, realmente, a vida dela era vazia. Aliás, era uma verdadeira merda.

Por um lado, eu me sentia culpada por ter nascido, arruinando as perspectivas profissionais de minha mãe; por outro, eu a culpava por não ter conseguido sequer ser uma boa mãe. Durante a minha infância, eu não entendia bem qual era seu problema. Havia dias em que estava ótima, alegre, interessada em mim e no meu irmão. Noutros, chegávamos da escola e ela ainda estava dormindo. Tinha enxaqueca. Não gostava que levássemos amigos lá em casa. Dizia que faziam muito barulho.

Da primeira vez em que ela foi internada, eu tinha uns oito anos. Papai disse que ela estava doente e que ia ter que ficar um tempo no hospital. Não nos deixou visitá-la, dizendo que não era permitida a entrada de crianças. Eu sabia que não era bem assim, pois já tinha visitado minha avó no hospital, mas também sabia que não adiantava discutir com meu pai. Ele era uma espécie de Deus que salvava vidas e sabia de tudo. Se ele dizia que era proibido, tínhamos de aceitar.

Quando ela voltou, um mês mais tarde, estava muito bem, e assim permaneceu por alguns meses. Mas depois, tudo voltou a ser como antes. Talvez um pouco pior. Às vezes ela ficava nervosa e gritava muito com a gente. Falava de um jeito esquisito, que eu logo comecei a associar com a garrafa de uísque no aparador da sala. Acho que aos dez anos eu já sabia que o problema da minha mãe estava relacionado à bebida. Aos doze, eu já tinha desenvolvido várias estratégias para tentar impedi--la de se embebedar. Nenhuma delas muito eficiente. Se lhe pedia para não beber, ela não atendia e ainda me dava uma bronca. Se escondia o uísque, ela aparecia com uma garrafa nova, demonstrando que tinha esconderijos melhores que os meus. Se tentava distraí-la com alguma atividade que julgasse incompatível com a bebida, ela me surpreendia com suas habilidades. Minha mãe era capaz de fazer de tudo enquanto bebia, inclusive tricô, crochê e bordado em ponto de cruz. Só dava uma trégua na bebida quando Felipe, meu irmão, ficava doente, o que era bastante frequente. Aos três anos, ele caiu de cima da bancada da cozinha e machucou a cabeça. Precisou levar pontos e ficar em observação por um bom tempo. Minha mãe, que o havia deixado sozinho na cozinha enquanto ia buscar mais uísque na sala — conforme ela mesma me contou há poucos anos atrás — ficou arrasada de culpa. Felipe deve ter gostado da atenção e prolongou as sequelas o quanto pôde. Volta e meia ele sentia fortes dores de cabeça e chegava a vomitar. Fez inúmeros exames e ficou constatado que não tinha nada de errado. Mas ele continuava passando mal. Qualquer coisa que o abalasse emocionalmente levava a dores de cabeça, vômitos, diarreias, cólicas, febre, palpitações, falta de ar e mais uma série de sintomas de males não identificados.

Enfim, a minha família era muito louca, como a maior parte das famílias. Eu tinha os meus motivos para não querer outro filho, mas arrependo-me muito do que fiz e, principalmente, de como fiz. Se pudesse voltar atrás, teria enfrentado a situação de frente e conversado com Otávio. Sei que é fácil dizer isso agora, depois que deu tudo errado... O tiro saiu pela culatra e me acertou na testa. Pensei que ia eliminar um problema e poupar o meu casamento, e acabei fazendo exatamente o contrário. Hoje, percebo que talvez Otávio pudesse ter respeitado minha vontade. Poderíamos ter superado este e outros problemas.

Mas tentei resolver tudo sozinha. Usei de toda a minha capacidade de autocontrole e não contei a *ninguém* sobre a minha gravidez, com exceção da minha analista e da minha ginecologista, ambas obrigadas a sigilo profissional. Aproveitei uma viagem de trabalho de Otávio a São Paulo para ir, sozinha, à clínica em Botafogo. Era uma clínica antiga — que eu conhecia desde os vinte e poucos anos, quando lá levei uma amiga que engravidou de um canalha que sequer se deu ao trabalho de acompanhá-la —, mas era bem moderna. Continuava tudo igual: o vidro fumê da fachada; o guichê que recebia o pagamento em dinheiro; a consulta preliminar que consistia em exame de toque básico e pergunta sobre a última menstruação. Submeti-me a todos os procedimentos, procurando não parar para pensar. Só quando sentei no táxi, de volta para casa, é que me deu um aperto no coração e um certo pânico diante da irreversibilidade do que eu tinha feito.

No dia seguinte, Otávio voltou de viagem. Não percebeu nada. Não comentou sobre as minhas olheiras. Aliás, nem me deu muita atenção. Estava cansado. Tampouco teve qualquer iniciativa sexual. Este era mais um ponto do casamento que andava bem devagar, mas, por via das dúvidas, eu estava preparada com uma desculpa para evitá-lo: cólicas e menstruação. Tudo ia conforme o planejado até que, de madrugada, acordei com dores horríveis, febre, e sangrando muito. Não tive como esconder de Otávio, até porque me faltavam forças para tomar qualquer atitude. Ao invés de ligar para minha ginecologista, fiquei inerte, gemendo. Apavorado, Otávio telefonou para meu pai, que mandou (é, mandou mesmo, assim é o meu pai) que ele me levasse para o Hospital Samaritano, onde ele iria nos encontrar. A febre e a dor deixaram as minhas ideias tão enevoadas que eu percebia que ia dar merda, mas não conseguia fazer nada para impedir a situação. Quando dei por mim, já estava na emergência do hospital, sendo atendida por um jovem médico muito simpático e atencioso, sob os olhares preocupados de Otávio, meu pai e minha mãe. Diante do quadro de hemorragia, ele me perguntou se havia alguma chance de eu estar grávida. E eu, com medo de morrer, respondi que não, que tinha feito um aborto na véspera. Evitei o olhar dos meus familiares, especialmente o de Otávio, e só senti, vagamente, quando ele soltou a minha mão e saiu da sala em que estávamos.

Só o encontrei novamente quando voltei para casa, três dias depois. Ele sequer telefonou enquanto estive internada. Chegou quando eu tinha acabado de botar Antônio para dormir. Não o ouvi entrar. Estava indo ver a novela, quando dei de cara com ele, na sala, tirando o paletó.

— Oi — disse eu, na falta de coisa melhor e sem me aproximar muito.

— Oi — respondeu ele, com um olhar triste, derrotado. — Como você está?

— Fisicamente, acho que bem — respondi, e procurei desviar o assunto, na vã esperança de que talvez pudéssemos fingir que nada tinha acontecido. — Antônio acabou de dormir, pena que você não tenha chegado um pouco mais cedo. Você já jantou? Alice preparou...

— Para, Luísa! — ele me interrompeu, pegando no meu braço de forma um tanto agressiva.

— Tá bem, já parei — tentei olhá-lo diretamente, embora minha vontade fosse sumir.

— É melhor a gente conversar logo.

— Claro, eu também acho, mas você não quer jantar?

— Não, Luísa. PORRA, eu não quero jantar! Eu só quero que você me explique o que aconteceu com o nosso casamento. Vamos lá pra cima para conversar sem interrupções. Fala pra Alice atender o telefone e anotar os recados e não nos chamar de jeito nenhum. Te espero lá em cima — virou as costas e subiu as escadas em direção à sala do segundo andar (morávamos em uma cobertura, onde, aliás, ele continua vivendo).

Minha vontade era sentar e chorar. Não queria falar nada com ninguém. Mas, como eu conhecia Otávio, sabia que não adiantaria nada adiar a conversa. Então procurei me controlar e seguir as instruções. Subi as escadas como quem vai para a forca. Ele estava preparando um uísque.

— Você pode beber? — perguntou, com um leve tom de ironia. Ou seria impressão minha?

— Sei lá, mas não importa — respondi, enchendo um copo de gelo e servindo um pouco de uísque. Lembrei que tinha esquecido meus cigarros no andar de baixo. Ganhei mais alguns instantes enquanto ia buscá-los. Na minha cabeça, eu já tinha tido a conversa que estávamos prestes a iniciar por diversas vezes, e concluíra que não havia alternativa para mim. Nem as explicações mais doidas justificavam o que tinha feito. Pensei até em inventar que estava tendo um caso com outro homem e que, pelos meus cálculos, o filho era desse cara. Embora essa hipótese justificasse plenamente o meu aborto secreto, tinha o inconveniente de significar outra traição. É verdade que tal traição seria infinitamente menor e mais perdoável do que a que eu tinha cometido. Mas não sei se Otávio pensaria assim... Além disso, sei que mentiras, por mais brilhantes que sejam, acabam sendo descobertas. Só me restava enfrentar a situação e tentar explicar as minhas razões (que, naquele momento, nem eu mesma compreendia). Depois, imploraria por perdão.

Subi novamente as escadas, desta vez com uma determinação kamikaze. Otávio estava sentado, bebendo e fumando, com ar impaciente. Sentei-me no sofá à sua frente, acendi um cigarro e tomei um gole do meu uísque antes de começar o meu discurso. Falaria tudo de uma vez, sem fazer drama e sem apelação. Deixaria claro o meu arrependimento. Diria que ainda o amava, que ele era o homem da minha vida e pediria mais uma chance.

— Otávio, eu sei que errei. Sei que o que eu fiz não tem justifi-cativa. Se eu pudesse voltar atrás, faria tudo diferente. Mas já está feito, e não tem volta. Mas eu te amo e não queria que o nosso casamento terminasse assim e... — aí eu caí em prantos, soluçando, enquanto ele me olhava friamente, como se eu fosse uma estranha, ou uma atriz no palco. Sem um pingo de pena no olhar.

— Acho melhor você se controlar, chorar não vai adiantar nada. Você não é a vítima dessa situação. Muito pelo contrário — disse seca-mente, enquanto eu tentava controlar os meus soluços.

Levantei-me e fui até o banheiro lavar o rosto e assoar o nariz. As lágrimas continuavam a brotar nos meus olhos, por mais que eu ten-tasse me controlar. O meu choro é assim: às vezes não consigo parar. O que pode ser bom. Mas, naquela hora, era errado. Eu não tinha o direito de apelar. Respirei fundo, tentei me concentrar. Eu tinha que falar fria-mente, mesmo. Voltei para a sala mais calma e acendi outro cigarro.

— Desculpa, Otávio, eu sei que não tenho o direito de bancar a vítima. Não é essa a minha intenção — falei, com ar penitente.

— Pois é, você parece que sabe tudo, não é mesmo? Mas eu acho que não sabe porra nenhuma. Você só pensa em você. Na verdade, acho que não temos muito o que conversar. Eu só quero mesmo é me cer-tificar dos fatos. Esse aborto, o filho era meu, ou será que você andou trepando com algum pintor de merda da bosta do seu curso de desocu-pados? — perguntou Otávio, cujos olhos já estavam vermelhos, embora eu soubesse que dali não sairiam lágrimas.

— Era seu, sim, eu nunca te traí — respondi, percebendo o equí-voco da última oração quando já era tarde demais.

— Se isso não é traição, não sei o que poderia ser...

— Você tem razão. Agora vejo que é. Mas eu tive muito medo. Achei que você poderia tentar me obrigar a ter o filho e que fosse querer se separar de mim se eu não concordasse... — respondi, sem conseguir controlar as lágrimas que voltavam a escorrer dos meus olhos.

— Pena que você não me conheça até hoje... — disse Otávio, com um tom arrogante que me dava nos nervos.

— É fácil você dizer isso agora, dar uma de bom moço, com-preensivo, quando a merda já está feita. Queria ver se você seria assim tão razoável se a coisa fosse pra valer. Até parece que você não ia me pressionar. Do jeito que você fala, parece até que ia me levar pra clínica e segurar a minha mão...

— Isso eu não sei. É claro que ia tentar te convencer a ter o filho. Você está cansada de saber que outro filho é o que eu mais quero. Mas eu vinha aceitando a *tua* decisão e nem por isso desisti de você. Mas agora você resolveu que eu não tenho o direito sequer de opinar.

— Otávio, eu sei, você está coberto de razão, mas não sei mais o que eu posso fazer. Me diz o que você quer que eu faça. Eu faço qualquer coisa pra você me perdoar — implorei, caindo novamente em prantos.

— Pode ser que um dia eu possa te perdoar, mas, por enquanto, acho difícil — respondeu, se levantando. — Vou dormir aqui em cima hoje, e amanhã vou para um apart-hotel.

— Por favor, Otávio, espera... Eu te amo... — balbuciei, numa cena digna de dramalhão mexicano, embora tenha controlado o impulso de me jogar aos seus pés e me agarrar às suas pernas, gritando para ele não me abandonar (tipo "e me agarrei nos teus cabelos, nos teus pelos, teu pijama, nos teus pés..."). Como ainda tinha um pingo de compostura, fiquei sentada no chão, entre o sofá e a mesa de centro (já que não havia "tapete atrás da porta"), chorando até sentir a cabeça pesada e inchada.

Otávio desceu e voltou uma meia hora depois, carregando um travesseiro e um despertador. Passou pela sala, me ignorando completamente. Eu permanecia no mesmo lugar, olhando pela janela, quase em transe. Quando ouvi o barulho da porta do quarto de hóspedes sendo fechada e depois trancada a chave (será que ele receava que eu invadisse o quarto no meio da noite?), concluí que era melhor descer e me preparar para dormir (o que, no estado em que me encontrava, significava tomar um Lexotan).

Enfim, não adianta ficar remoendo o passado. Melhor acelerar a leitura do livro para superar logo essa parte do aborto. Tudo indica que a personagem só encontrou esse ex-namorado para poder lembrar como o grande amigo dela já era super solidário, gente boa etc. naquela época. Não vai virar um dramalhão com mais aborto, divórcio, frustração profissional e outras agruras. Vai ter final feliz (no meu estado, um final infeliz, ou mesmo inconclusivo, é motivo pra processo).

Passo o resto do dia entre o sofá, a cozinha e o banheiro. Só desperto novamente para a realidade quando Antônio chega de viagem, no início da noite. Está todo vermelhinho (o pai naturalmente não se deu ao trabalho de passar o protetor solar que eu pus na mala) e cheio de novidades para contar. Tento dirigir a conversa para extrair informações sobre uma possível namorada nova de Otávio, mas não dá para chegar a nenhuma conclusão. Havia um grupo de amigos na pousada e Antônio dormiu com as demais crianças. Fica difícil perguntar: "E o seu pai, dividiu o quarto com alguém?". Então, tenho que me conformar em ouvir detalhes sobre o jogo de *game-boy* do Pedrinho e a hora em que a Camilla quase se afogou no rio. Tem também a parte sobre como o papai é o melhor atirador de pedrinhas...

7. OTÁVIO

Domingo à noite é sempre um pouco deprimente. Mas quando você deixa o seu filho em casa — uma casa que não é mais a mesma que a sua — é mais deprimente ainda. Entro no apartamento enorme e vazio. Não era isso que eu esperava quando me casei. Tinha um ideal de família e separação não combinava com o quadro. Talvez por ser filho de um casal à moda antiga: meu pai o típico provedor; minha mãe a esposa perfeita, completamente dedicada ao marido e ao filho. Eles sempre exerceram os seus papéis com uma harmonia invejável. Nunca os vi brigar de verdade. Quando discutiam, era sobre questões corriqueiras e superficiais, como a troca do estofamento do sofá da sala ou o destino da família nas próximas férias. Na maior parte das vezes, minha mãe acabava conseguindo o que queria, mas, quando fracassava, acatava a decisão de meu pai, por quem sempre teve uma enorme admiração. Cresci ouvindo-a afirmar que meu pai era o maior economista do país. Um verdadeiro gênio. Embora não entenda nem tenha o menor interesse em entender nada sobre Economia, minha mãe foi a maior incentivadora da carreira de meu pai. Acompanhava-o a todos os eventos em que sua presença era requerida. Organizava jantares para seus colegas, superiores e clientes. Fazia amizade com as esposas dos homens influentes. Enfim, apoiava incondicionalmente o marido, fazendo tudo que estivesse ao seu alcance para facilitar a vida dele.

Nem mesmo quando, na minha adolescência, tivemos que nos mudar para Brasília, ela reclamou. Era uma grande oportunidade profissional. Uma chance que meu pai teria de influir no destino da nação! Que filho era eu que não percebia a irrelevância de uma mudança de escola, às vésperas do vestibular, ante a importância do cargo que meu pai ocuparia no Ministério da Fazenda? Amigos, namorada, faculdade... Isso tudo eu encontraria também em Brasília. E assim fui parar na UNB, onde cursei o primeiro ano de Direito, até que meu pai se desiludiu com o governo e voltamos para o Rio. Orgulhosa dos princípios do marido, minha mãe nem pensou em questionar sua decisão. Em tempo recorde, organizou a mudança de volta para o apartamento que tinha ficado fechado. Também não se queixou durante o tempo de vacas magras que se seguiu. Como sempre, fez a sua parte ao ajudar meu pai a restabelecer os contatos sociais e profissionais.

Minha mãe não parece ter nenhuma frustração. Acho que ela nunca desejou estudar mais e ter uma carreira. Ela foi criada para ser esposa e mãe e foi muito bem-sucedida. Sente-se valorizada como "a grande mulher atrás de um grande homem". Orgulha-se das conquistas do marido e do filho como se fossem dela. E não deixam de ser, como meu pai sempre soube reconhecer. Ele tampouco jamais pareceu sentir falta de uma companheira com maiores ambições intelectuais, com quem pudesse discutir temas mais profundos do que o casamento da filha do vizinho ou a última gafe social cometida por um amigo. Até porque, na intimidade, o Dr. Gregório é um homem muito simples, que prefere discutir futebol com o porteiro do que economia ou política com os colegas. Minha mãe reúne todas as qualidades que ele aprecia em uma mulher: é bela, elegante, educada, leal, generosa, amorosa e está sempre de bem com a vida. Enfim, por mais que eu nunca tenha procurado uma mulher igual a ela e nem tenha pretendido reproduzir o modelo de casamento dos meus pais, eles me levaram a acreditar na possibilidade de harmonia conjugal duradoura. Mas eu fracassei. O aborto foi apenas a gota d'água para o fim do meu casamento. A prova final de que não consegui construir uma relação de confiança e respeito com Luísa. A crise começou muito antes.

Talvez a culpa tenha sido minha. Será que não prestei atenção às necessidades da minha mulher? Será que não valorizei seus esforços como administradora do lar, função que ela jamais almejou, mas que aceitou desempenhar em um acordo tácito de divisão de tarefas na sociedade conjugal? Menosprezei suas ambições profissionais? Deixei que os obstáculos do dia-a-dia — especialmente os intermináveis problemas relacionados à execução da obra com a qual tanto sonhamos — minassem o nosso companheirismo? Porque, quando tudo começou a dar errado e nos vimos destituídos de nossas reservas financeiras — inteiramente aplicadas na reforma — e cercados de goteiras por todos os lados, começamos a cobrar um do outro a fiscalização do serviço. É evidente que nenhum de nós dois era culpado pela irresponsabilidade e incompetência da arquiteta contratada. Mas, assim mesmo, quando chegava em casa e encontrava a sala de televisão com a pintura completamente descascada e um balde em frente ao sofá, justamente onde deveria ficar o pufe para apoiar os pés, não conseguia controlar a ânsia de exigir uma providência qualquer por parte de Luísa. E essa exigência quase sempre vinha precedida de um "você que passou o dia em casa", o que bastava para despertar a fúria de Luísa. Ela, então, aproveitava a deixa para reclamar da goteira ao lado da cama, que a impedia de dormir, e exigir que eu processasse a arquiteta. Isso ela sabia muito bem que eu não faria, não só porque a dita senhora era amiga da minha mãe, mas também porque, como advogado, prefiro não ser parte em disputas judiciais.

Enfim, pode até ser que eu tenha errado... Quem não erra? Mas foi Luísa quem pôs tudo a perder. E agora ela está em casa com o meu filho. Mas a gente se adapta a tudo nessa vida. Já estou aprendendo a driblar a solidão. Tenho muitos amigos e uma vida social animada. E tenho meu filho. Sempre dou um jeito de estar com ele durante a semana. Amanhã cedo, por exemplo, vou passar no Piraquê para assistir à sua aula de futebol. Ele fica tão feliz quando me vê lá... Acho até que atrapalho um pouco a sua concentração... O amor incondicional de Antônio é comovente. Ele é tão inocente... Parece estar aceitando bem a separação, mas às vezes solta uns comentários que demonstram que ainda é um poço de dúvidas e inquietações. Volta e meia quer combinar um programa comigo e com Luísa juntos. "Vocês não são amigos? Amigos não vão ao cinema juntos? Quando é que vão voltar a ser casados? Por que você ficou morando no apartamento grande e mamãe foi morar no pequeno? Se eu tenho duas casas, qual é meu endereço? Por que mamãe agora tem que trabalhar? Ela ficou pobre? Por que você não dá mais dinheiro para ela? Se eu vou ganhar dois presentes de aniversário, podem ser dois *playstations*? Onde vai ser a festa? Por que vai ser só uma? Se você e a mamãe podem ir à mesma festa, por que não podem ir almoçar comigo no Porção no domingo?" E assim por diante. Eu esclareço o melhor que posso, mas às vezes ele me confunde de tal forma que eu mesmo começo a achar minhas respostas incoerentes.

8. Luísa

Já estou completamente adaptada à minha rotina de mulher descasada e me esforço para ver suas vantagens. Por enquanto, a maior delas é ter um banheiro só para mim, um luxo que nunca tive. Na minha infância, eu tinha o meu próprio quarto, mas o banheiro eu tinha que dividir com meu irmão. Na adolescência, era um horror. Não bastasse a bagunça — xixi no assento da privada, piso encharcado, roupas pelo chão — ele demorava séculos no banheiro.

Aos vinte e poucos anos, logo que fui "efetivada" na gravadora, resolvi que era a hora de sair de casa. Não aguentava mais a convivência com a minha mãe e suas bebedeiras. Meu pai, para minha surpresa, apoiou a minha decisão. Inclusive me emprestou um apartamento que costumava alugar por temporada. Era um dois quartos (e apenas um banheiro), de fundos, no vigésimo segundo andar de um prédio no final da Rua Alberto de Campos, em Ipanema, com vista para a favela do Cantagalo (ou Pavão, ou Pavãozinho, nunca consegui descobrir onde começa uma e termina a outra). Já havia tiroteios naquela época, mas as coisas ainda não eram tão graves quanto hoje. O maior incômodo era aturar os bailes funk varando a madrugada. Mesmo fechando a janela e ligando o ar condicionado, parecia que a caixa de som estava embaixo do meu travesseiro. Como precisava de alguém para dividir as despesas, convidei a namorada inglesa de um colega de trabalho para morar comigo, mediante o pagamento de módico aluguel. Ou seja, continuei a ter que dividir o banheiro. Mas era bem melhor dividir com ela do que com o meu irmão. Ela tomava banho muito rápido e deixava tudo arrumadinho. Mas tinha lá suas esquisitices.... Um dia, numa situação de emergência, abri seu armário para procurar um absorvente. Não encontrei, mas descobri um pequeno estoque de mantimentos, inclusive papel higiênico... Confesso que a minha primeira reação foi de indignação. Afinal, havia espaço na despensa, de forma que ela só podia estar querendo evitar que eu pegasse as coisas dela. E, realmente, se eu soubesse que aquele papel higiênico estava ali, eu não teria usado a minha última caixa de Kleenex. Se ela achava que eu não estava contribuindo com a minha cota de papel higiênico, bastava falar. Depois, pensando melhor, concluí que era uma questão cultural, economia de guerra. Melhor deixar pra lá e não tocar no assunto, até porque ela não ia gostar nada de saber que eu tinha mexido no seu armário. Éramos apenas colegas de apartamento, não havia espaço para esse tipo de invasão. Aliás, acho que coabitamos em paz por cerca de um ano justamente porque não éramos amigas. Afinal, a intimidade é uma merda e quase sempre leva a abusos de parte a parte. Depois que ela concluiu o curso de português que a trouxe ao Brasil e voltou para a Inglaterra, fiz uma nova experiência com a minha prima. Só não nos matamos porque Otávio me resgatou a tempo do inferno em que ela transformou minha vida.

Mas foi na época em que saí de casa que comecei a frequentar o Al-Anon (grupo de ajuda mútua para parentes ou amigos de alcoólicos). Quem me falou da existência do grupo foi uma secretária lá da gravadora, que me pegou chorando no banheiro depois de um telefonema enlouquecido da minha mãe. Acabei desabafando com ela, até porque já tinha ouvido falar que seu marido era alcoólatra. Ela até se ofereceu para me levar a uma reunião, mas preferi ir sozinha.

O grupo funcionava em uma sala da Igreja da Praça Nossa Senhora da Paz, pertinho da minha casa. Na primeira vez, cheguei atrasada. Assim mesmo entrei e me acomodei. Cerca de uma dúzia de pessoas, sentadas em círculo, ouvia uma mulher falar. Achei que estava no local errado, pois ela não falava de um bêbado, mas de suas próprias neuras, sua mania de tentar controlar os filhos, os colegas de trabalho etc. Até senti uma pontinha de identificação, mas só entendi a proposta do "programa" quando ela me foi explicada por uma "companheira", no intervalo da reunião. Não estávamos ali para reclamar dos alcoólicos com os quais convivíamos e nem muito menos para descobrir como curá-los. Ao contrário, o grupo visava à cura dos parentes e amigos de alcoólicos, que sofriam de males decorrentes da convivência com o doente. Pois o alcoolismo, de acordo com a Organização Mundial de Saúde, é uma doença. Incurável. O sujeito pode passar vinte anos sem beber, mas continua sendo alcoólatra.

Ingressei na irmandade, que adota um programa de doze passos quase idênticos aos do AA, ansiosa para iniciar o meu processo de cura. Quando me foi dada a palavra, apresentei-me aos "companheiros" e tentei contar a minha história, resumidamente, nos dez minutos regulamentares. Eu já tinha feito algum tempo de psicanálise, mas falar para um grupo de estranhos que, além de não serem profissionais, são pessoas que supostamente passaram por agruras semelhantes ou até piores que as suas, é muito diferente. Terminei aos prantos, soluçando e morrendo de vergonha. Mas ninguém pareceu estranhar. Apenas me olharam com um ar de quem já tinha visto isso muitas vezes e sorriram compreensivos.

Havia filhos, cônjuges, pais, irmãos e amigos de alcoólicos. Gente pobre, gente rica, doutores e analfabetos. Alguns ainda conviviam com o alcoolismo. Outros não. Mas eu me identificava com a maior parte dos depoimentos, que me ajudaram a compreender que eu estava no caminho certo ao deixar a casa dos meus pais. Eu precisava viver a minha vida e deixar de tentar controlar a bebida da minha mãe. Era o chamado "viva e deixe viver" (eles são cheios dessas frases feitas). Porque muitas vezes, tentando ajudar, o parente do alcoólatra só atrapalha. Torna-se um "facilitador", que é aquela pessoa que ajuda a consertar as merdas que bêbado faz. É a mulher que inventa desculpas para o porre e o vexame do marido no churrasco dos amigos ("ele está estressado, tem trabalhado muito"); é o colega de trabalho que dá cobertura pro bebum que faltou em razão da ressaca; é a mãe que carrega o filho embriagado para a cama, tira sua roupa e seus sapatos e o acomoda confortavelmente, ao invés de deixá-lo caído no chão da sala, onde ela o encontrou; e é também a filha que tenta fazer a mãe forrar o estômago ou tomar copos de água entre os uísques que entorna.

Percebi que, além de tentar controlar minha mãe, também agia como facilitadora. Estava sempre atenta para que não faltasse nada em casa e para que meu pai não brigasse com ela. Assim, se ela não fizesse compras no supermercado, eu fazia; se não lembrasse do pagamento da empregada, eu lembrava; se não chamasse o eletricista, eu chamava. E fazia isso tudo pensando que assim evitaria que meus pais brigassem e que, mais adiante, meu pai nos abandonasse. Porque eu tinha certeza que isso um dia ia acontecer. Aliás, diariamente eu me espantava com o fato de o meu pai ainda estar conosco. Por mais que eu achasse minha mãe linda e percebesse que meu pai a amava, tinha muito medo. Havia tantas mulheres cheias de qualidades casadas com homens infinitamente menos atraentes do que meu pai, que ficava difícil confiar que a beleza, o senso de humor, o bom gosto ou o carinho da minha mãe fossem suficientes para mantê-lo ao seu lado. Ou melhor, ao nosso lado. E por isso eu tentava desesperadamente evitar uma crise.

Logo que saí de casa, ainda estava me sentindo muito culpada por "abandonar o barco", mas as reuniões me ajudaram a compreender que eu não tinha controle sobre a situação e que estava no caminho certo. Minha mãe não bebia porque eu tinha feito ou deixado de fazer alguma coisa. Bebia porque queria. Eu não tinha nenhuma responsabilidade por seus atos. Precisava praticar o "desligamento emocional", que consistia em "ligar o foda-se".

Tentei levar meu irmão para as reuniões, mas ele sempre desconversava. O meu pai eu não cheguei propriamente a convidar, apenas contei-lhe que estava frequentando as reuniões. Ele não me deu muita *pelota*. Também não se animou quando sugeri que minha mãe fosse ao AA. Disse que, cerca de três anos antes, ele a tinha levado a uma reunião em Copacabana. Mas não tinha gostado: "O ambiente não é próprio para uma mulher como ela". Por "mulher como ela" suponho que meu pai se referisse à condição social da minha mãe. Tentei argumentar que existiam vários grupos, em vários locais e horários. Certamente haveria algum em que a minha mãe pudesse encontrar outras "mulheres como ela". Ele continuou cético e tentou minimizar o problema, dizendo que ela até vinha bebendo menos e que estava fazendo dieta e ginástica. Acabaria encontrando seus próprios limites. Achei melhor dar por encerrado o assunto. Quem era eu para explicar para um grande médico que o alcoolismo é uma doença incurável?

Então, graças à distância física e às reuniões do Al-Anon, fui me desligando cada vez mais dos problemas da minha mãe, enquanto o meu irmão, que continuava morando com meus pais, era cada vez mais massacrado. Embora ele tivesse a vida dele: trabalho, estudo, eventuais namoradas (na verdade, só me lembro de uma), vivendo sob o mesmo teto que a minha mãe ficava muito vulnerável a seus altos e baixos. Quando não estava bêbada, ela se preocupava obsessivamente com Felipe: achava que ele não se alimentava direito, que estava abatido, que não dormia o suficiente etc... Aquelas preocupações normais de mãe, só que levadas ao extremo, e agravadas pelo fato de meu irmão não reagir como a maior parte dos filhos, pedindo para ela deixá-lo em paz e assegurando que estava bem, obrigado. Não, ele curtia a coisa. Se ela o achava abatido, ele concordava e dizia que realmente não vinha se sentindo muito bem. Talvez estivesse pegando uma gripe, ou quem sabe uma pneumonia, ou até mesmo tuberculose, pois tinha saído nos jornais que a doença estava voltando a atacar. Melhor fazer um exame de sangue. Enfim, era juntar a fome com a vontade de comer. A sorte dele foi que, logo depois de formar-se na faculdade de Direito, recebeu um convite para trabalhar por um ano em um escritório americano, associado ao escritório no qual ele trabalhava aqui no Rio. A oportunidade era tão sensacional que ele não teve como recusar. Suspeito que a coisa toda tenha sido arranjada por meu pai, que era muito amigo de um dos sócios fundadores do escritório onde Felipe trabalhava. Nunca tirei a limpo essa história, até porque, com ou sem a ajuda do meu pai, meu irmão se deu tão bem nos EUA que acabou ficando por lá. Casou com uma americana e, alguns anos e muito estudo depois, foi aprovado no *bar exam*, que confere licença para advogar nos EUA. Agora está completamente adaptado e muito bem de vida. Sua mulher, Catherine, está esperando o primeiro filho.

Mas a mudança do meu irmão, menos de seis meses depois de eu sair de casa, foi a gota d'água para a minha mãe. Sua vida, que já não era nenhuma maravilha, perdeu completamente o sentido quando seu filhinho querido doentinho foi morar no exterior. Ela entrou em depressão e se afundou na bebida. Como diriam no AA, chegou ao fundo do poço. Por pouco ela não corta os pulsos. Aliás, até ameaçou.

Um mês depois da viagem de Felipe, ela me ligou de madrugada, completamente bêbada, chorando, dizendo que estava sozinha, que meu pai não tinha chegado ainda, que devia estar com outra, e que ela não ia aguentar continuar a viver assim, sem filhos, sem marido, sem ninguém etc. etc. Acho que o que ela queria era que eu corresse para vê-

-la. Mas, como a coisa não surtiu o efeito desejado, e eu apenas reclamei que ela tinha me acordado, disse que ia se matar. Funcionou. Afinal, haja desligamento emocional para ouvir sua mãe desequilibrada, bêbada e deprimida, sozinha em casa, ameaçar suicídio, e não fazer nada. Levantei da cama, peguei o carro de pijama mesmo e, em cinco minutos, estava lá.

Abri a porta da casa de meus pais com a minha chave e a encontrei na sala, chorando ao telefone. Quando percebi que estava ameaçando suicídio para outra pessoa, tomei o telefone de suas mãos para ver quem estava na linha. Era Felipe, coitado. Tranquilizei-o e desliguei. Me deu uma raiva tão grande, mas tão grande, que comecei a berrar com ela e sacudi-la. Mandei os ensinamentos do Al-Anon às favas e peguei a garrafa de uísque para esvaziar na pia da cozinha. No caminho, esbarrei com meu pai, com cara de quem estava acordando. A louca não tinha se dado conta de que ele estava dormindo na sala de televisão e que, portanto, ela sequer estava sozinha em casa. Ele demorou um pouco para entender o que estava acontecendo. Quando minha mãe o viu, achou que ele tinha acabado de chegar (no estado em que ela estava, acho que nem notou o pijama e a cara de sono) e começou a atacá-lo:

— Onde está ela? Cadê aquela piranha destruidora de lares?... Você é um canalha mesmo, não tem vergonha nem da sua filha. Tá vendo, Luísa? Eu não te disse? Ele acabou de sair da cama da outra. Esse é o seu santo pai, que você pensa que está acima do bem e do mal...— e, como não visse qualquer reação nossa, continuou, gesticulando, dramática, embora cambaleante, procurando apoio no braço do sofá — Você não vai dizer nada, Frederico? Não vai dar nenhuma explicação? Não vai nem tentar me enganar? Será que o dedicado Dr. Frederico Tomasetti não estaria fazendo uma operação de emergência, salvando a vida de um jovem acidentado? Você não vai se explicar pra sua esposa patética... — continuou, desequilibrando-se e quase se esborrachando no chão, não fosse meu pai ampará-la a tempo:

— Chega, Marietta! Você não está nem se aguentando em pé. Despeça-se da sua filha e vamos para o quarto. Boa noite, minha filha, vá para casa que depois nós conversamos — despediu-se, enquanto tentava arrastar minha mãe para fora da sala. Mas ela resistiu, soltando-se dele e caindo apoiada no encosto do sofá.

— Me solta, Fred! — gritou — Você não vai se despedir da sua mãe, Luísa? Vai ficar me olhando com essa cara de nojo? Você não gosta de mim, não é? Ela não gosta da mãe, Fred. Ela me odeia.

Vendo que a coisa não ia acabar tão cedo, retomei o desligamento emocional, dei tchau para os dois e fui-me embora. Do *hall* do elevador ainda a ouvi gritando e chorando, agora implorando para que meu pai não a abandonasse.

No dia seguinte, Felipe ligou para perguntar o que tinha acontecido (como se ele não soubesse...). Contou que, quando minha mãe telefonou, quem atendeu foi Ana, uma brasileira com quem ele dividia o apartamento. Parece que minha mãe achou que a moça era namorada dele e lhe disse as maiores barbaridades. Acusou-a de estar roubando o seu filhinho e deixando-a desamparada. Felipe estava morrendo de vergonha. Não que fosse a primeira vez. Filhos de alcoólatras passam muita vergonha na vida. Eu não gostava de levar meus amigos lá em casa porque nunca sabia se minha mãe ia estar sóbria ou bêbada. Era muito embaraçoso ter de explicar uma mãe que aparecia de camisola às quatro da tarde. Ou pior, uma mãe que enrolava a língua, falava coisas inconvenientes e me dava broncas homéricas, sem qualquer motivo. Mas Felipe, embora já devesse estar acostumado, ficou tão chateado com o escândalo telefônico da nossa mãe que passou a noite em claro e chegou até a vomitar. Devia ser a gastrite. Tentei aconselhá-lo, dizendo para ele aproveitar que estava longe e esquecer o assunto o quanto antes. Insisti para que não ligasse para ela, que nem devia estar lembrando de ter falado com ele, muito menos com a tal moça.

À noite, minha mãe me telefonou, pedindo desculpas, dizendo que ia se tratar. Eu disse que infelizmente não acreditava, mas que lhe desejava boa sorte. Disse, também, que da próxima vez que ela ameaçasse suicídio, eu não iria fazer nada.

No dia seguinte, ela tentou falar com Felipe, apenas para ter notícias, e quem atendeu foi a tal Ana que, ainda injuriada com o telefonema da véspera, lhe disse poucas e boas. Minha mãe, que nem lembrava de ter ligado na noite anterior, ficou passada ao ouvir o relato indignado da amiga de Felipe. Acabou tendo que admitir que estava bêbada e que não se lembrava de nada. Então, Ana conversou longamente com ela. Falou de Felipe e de como ele tinha passado o primeiro mês longe de

casa muito bem, sem qualquer problema de saúde, até que, após o telefonema da mãe, começou a passar muito mal do estômago e naquele
momento devia estar no médico. Depois contou sobre um tio alcoólatra
que, após cometer os maiores desvarios, tinha entrado para o AA e estava muito bem. Não sei como a moça fez para abordar o assunto sem
provocar a ira de minha mãe, mas o fato é que, conversando com uma
estranha, ela se deu conta de que precisava de ajuda. Procurou o AA no
dia seguinte. Foi sozinha, sem dizer nada a ninguém.

No início, nos informou apenas que tinha deixado de beber.
Como não era a primeira vez, achei que fosse somente mais uma tentativa que, provavelmente, não ia dar em nada. Mas, algum tempo depois,
quando ela passou a aparecer com uns amigos diferentes e a usar umas
expressões características de programas de doze passos, tipo "um dia
de cada vez", comecei a desconfiar que ela estivesse frequentando o AA.
Aproveitei um dia em que estávamos sozinhas e puxei o assunto, como
quem não quer nada, falando como achava legal ela ter parado de beber
e contando que frequentava o Al-Anon há alguns meses. Ela acabou
confirmando minhas suspeitas. Explicou que não nos tinha contado
nada porque sua "madrinha" do AA achou mais recomendável que ela
esperasse até estar mais firme no programa, para evitar influências ne-
gativas, como a de meu pai, por exemplo. Minha mãe temia que ele não
compreendesse bem a importância do programa. Afinal, ele já a levara
a uma reunião e acabara concordando quando ela alegou que não tinha
nada a ver com aqueles bêbados. Ela me pediu para guardar segredo por
mais algum tempo. Confesso que gostei de ter aquela inédita cumplicidade com minha mãe. Mas, poucas semanas depois, ela abriu o jogo
com a família e, logo em seguida, com todo mundo que conhecia. No
início, meu pai ficou um pouco ressabiado, principalmente quando ela
começou a sair dizendo para Deus e o mundo que era alcoólatra. Realmente, devia ser um tanto constrangedor para ele quando chegavam a
alguma reunião social e, diante da primeira oferta de um drinque, ela
respondia: "Não, obrigada, eu sou alcoólatra". Mas depois ela parou com
isso.

Minha mãe mudou muito depois do AA. Não foram só as bebedeiras que acabaram. Eu acho que o programa deu um novo sentido
à sua vida. Ela fez novos amigos e começou a "prestar serviço", coorde-

nando reuniões, vendendo literatura, visitando clínicas e penitenciárias, representando seu grupo em encontros regionais e nacionais da irmandade. Até tesoureira ela foi. Deu uma reviravolta total em sua vida.

Já a nossa relação não mudou tanto assim. Embora ela tenha tido uma ou duas conversas sérias comigo, em que admitiu ter sido uma péssima mãe e me pediu perdão, nos cerca de dez anos que se passaram desde que ela parou de beber, nós não nos aproximamos muito. Racionalmente, eu a perdoei, mas, emocionalmente, alguma coisa ficou partida para sempre. É difícil mudar os hábitos de toda uma vida. Eu nunca a procurei quando estava com algum problema sério. Não achava que ela pudesse me ajudar a resolver nada. Então, hoje em dia, já recorro automaticamente às pessoas com quem sempre pude contar: meu pai, meu irmão (dependendo do assunto), meu marido (ops, é a força do hábito) e alguns amigos próximos.

9. Frederico

A minha mão treme. Não consigo manejar a pinça. À minha frente, o crânio aberto do paciente. Levanto o olhar e percebo que, por trás das máscaras, todos acompanham os meus movimentos. Tento firmar a pinça. Sinto um espasmo. Minha mão se abre e a pinça cai.

Acordo com o coração disparado, mas logo me acalmo. Foi apenas um pesadelo. Marietta ainda dorme, ressonando levemente ao meu lado. Sentado na cama, elevo as mãos à altura dos olhos e as observo. Nenhum sinal de tremor. Eu sei que, mais dia, menos dia, vou ter que me aposentar. Já tenho sessenta e três anos e não é prudente deixar a aposentadoria para muito depois dos sessenta e cinco. Bem sei que, além da coordenação motora, a neurocirurgia exige um cérebro afiado e uma memória confiável. Já parei de atender emergências. Não tenho mais idade para levantar no meio da noite, após poucas horas de sono, e entrar numa cirurgia urgente e delicada, sem qualquer preparação. Mas ainda me sinto plenamente capaz de realizar procedimentos complexos, desde que tenha tempo para estudar o caso e me preparar. Evito pensar sobre a minha aposentadoria. Quando chegar a hora, decidirei o que fazer. Quem sabe uma longa viagem com Marietta?

Parece que ela sente o meu olhar e vira para o lado. Continua linda como quando eu a conheci. Talvez porque sua imagem de moça esteja gravada na minha memória e transpareça sob suas rugas. Embora ainda a ame, sinto que nos afastamos muito nos últimos anos. Não temos mais aquela cumplicidade do início, quando ela aceitou o meu pedido de casamento, contra a vontade dos pais, após apenas seis meses de namoro, e largou a faculdade de Letras para trabalhar como secretária e ajudar a pagar as contas até que eu terminasse os meus estudos.

Encarava tudo como uma grande aventura. Eu não tinha muito tempo e o dinheiro era escasso, mas nos divertíamos muito juntos. Depois vieram as crianças e tudo mudou. Naturalmente. Marietta parou de trabalhar na primeira gravidez. Pensava em voltar a estudar depois que os meninos estivessem um pouco mais crescidos. Mas criança dá trabalho e precisa da atenção materna. E eu já estava ganhando um bom dinheiro. Então, para que minha mulher haveria de voltar para a faculdade? Naquele tempo, a maior parte das moças só frequentava a universidade para arranjar marido. Não fazia sentido uma mulher casada, com dois filhos pequenos, voltar a estudar, se não tinha sequer uma verdadeira vocação. Não foi difícil fazer Marietta perceber que ela era mais importante em casa com as crianças. Assim, enquanto se dedicava aos filhos, eu me dedicava ao trabalho. É claro que isso nos afastou um pouco... E também surgiu o problema da bebida, mas nada que não pudesse ser contornado. No começo, achava que ela abusava do álcool apenas em ocasiões sociais. Mas por que reprimi-la, se ela era a alegria das festas? Sempre animada e encantadora. Quando começava a se tornar inconveniente, eu a levava para casa. As brigas eram inevitáveis, mas no dia seguinte ela pedia desculpas e eu a perdoava. A preocupação apareceu quando percebi que ela se embriagava diariamente. Conversamos e ela concordou em se submeter a uma desintoxicação. Providenciei a internação em uma clínica excelente. Era praticamente um *spa*. Ela voltou revigorada. Passou a beber com mais moderação, dando preferência ao vinho, ao invés do uísque. Achei que o problema estivesse resolvido... Mas, na verdade, Marietta continuava bebendo todos os dias, desde a hora em que acordava. Como eu poderia saber, se passava o dia inteiro no trabalho e ela já estava dormindo quando chegava em casa? Ok. Às vezes até notava o seu hálito de bebida, mas fazer o quê? Se ela encontrava conforto na bebida...

Eu também tinha minhas fraquezas. Sou homem e não estou imune às tentações... Era natural que acabasse me envolvendo com mulheres que faziam parte do meu dia-a-dia. Acontece. E não significa que eu não amasse minha mulher. É que havia momentos em que precisava descarregar as tensões. Sentia falta de alguém que me ouvisse e compreendesse as pressões da minha vida, tanto profissionais, quanto pessoais. Alguém com quem pudesse partilhar minhas vitórias. Porque não dava para sair de uma cirurgia dificílima de doze horas de duração e ir direto para casa, encontrar Marietta bêbada ou dormindo. Ou reclamando da minha ausência. No fundo, as minhas escapadas eram a forma de suprir deficiências e preservar meu casamento. Marietta me compreendeu e me perdoou. Afinal, eu também sempre a perdoei. Era uma simples questão de equilíbrio.

      Equilíbrio que foi rompido pelo AA. Eu mesmo cheguei a levar Marietta a uma reunião, anos antes de ela parar de beber. E serviu apenas para confirmar o que eu já pensava. Era praticamente uma seita, adequada para pessoas ignorantes e limitadas, que não questionavam as orientações recebidas. Era uma tábua de salvação para quem não tinha mais a quem recorrer. Tornar-se membro do AA era o mesmo que virar crente. E Marietta não precisava daquilo. Ela concordou comigo. Mas, anos depois, sem que eu soubesse, começou a frequentar a irmandade. No começo, não desconfiei. Achei que ela simplesmente tinha parado de beber. O que apenas comprovava que não era uma alcoólatra, como Luísa insistia em alegar. Estranhei um pouco a sua mudança de rotina, mas acreditei que ela estivesse apenas fazendo ginástica, ioga, pilates, aula de história da arte, compras ou qualquer outra coisa para ocupar o seu tempo. Só soube a verdade quando ela mesma me contou. E por mais que não tenha gostado da ideia de vê-la frequentando o AA, sabia que não podia me opor. Afinal, agora ela própria estava dizendo que era alcoólatra e que precisava da ajuda do grupo para manter-se sóbria. Além disso, Luísa tinha ficado muito feliz com a notícia e não me perdoaria jamais se eu não apoiasse a decisão de sua mãe. Mas era difícil controlar a irritação...

      No princípio, pensei que fosse apenas uma fase e que, certamente, passados alguns meses, ela abandonaria o grupo. Até porque não precisaria mais dele. Poderia manter-se sóbria por conta própria. A decisão era somente dela. Depois, percebi que a coisa não era bem assim. Marietta mencionava "companheiros" que estavam no AA há mais de quinze anos e que continuavam comparecendo às reuniões regularmente. Aliás, o pior é isso. Até hoje ela insiste em reuniões diárias. Ora, nem mesmo um sério tratamento psicanalítico exige uma assiduidade dessa ordem... Até nos fins de semana ela vai ao AA. E como fala sobre o AA! Em qualquer conversa consegue inserir um clichê do tipo "um dia de cada vez", "viva e deixe viver", "faça certo que dá certo" ou "primeiro as primeiras coisas", além das reiteradas referências ao "poder superior". É de enlouquecer!

Outro dia estava saindo atrasado para o hospital, sem conseguir encontrar a chave do carro e lembrando que tinha que ligar para o anestesista, quando Marietta — que não tem nada para fazer na vida, exceto suas reuniõezinhas no AA — vira-se com ar profético e aconselha: "vá com calma". Se ela simplesmente dissesse "calma, meu amor" e me ajudasse a encontrar a merda da chave do carro, não haveria problema. Mas "vá com calma", com aquela cara de sábia, sentada no sofá da sala enquanto lia seu livrinho de "Reflexões diárias", é de tirar qualquer um do sério. Parece que a própria noção de calma é uma invenção dos Alcoólicos Anônimos! O pior é que, ao invés de diminuir a frequência ao grupo, como eu esperava que acontecesse, com o passar do tempo ela foi se envolvendo cada vez mais. O AA passou a ser o centro de sua vida. Eu reconheço que, por um lado, é bom que ela tenha encontrado uma ocupação. Já não me atordoa com queixas sobre meu excesso de trabalho e está muito mais equilibrada. Mas, por outro lado, acho que exagera. Me sinto relegado ao segundo plano. Sua prioridade são os "companheiros" e os compromissos do grupo. Não gosto, mas aceito.

10. MARIETTA

Acordo com um grito abafado de Frederico. Não me assusto, às vezes ele fala dormindo. Tento voltar a dormir, mas não consigo. Fico pensando na conversa que precisamos ter. Ele senta na cama. Finjo dormir. Não tenho conseguido encará-lo, então o evito. Só vou me levantar depois que ele sair. Mas de hoje não passa. Quando ele voltar do hospital, peço o divórcio. Parece radical, mas é a única solução. Será que ele não percebe o que está acontecendo? Desde aquela noite, há meses, eu espero por alguma reação, um confronto qualquer. Mas ele continua completamente alheio, o que só dificulta as coisas. Não sei por onde começar. Pelo começo, naquela noite, depois da reunião do grupo; ou pelo fim, dizendo que quero me separar dele? Se eu começar pelo começo, será que ele me deixa chegar até o fim? Seria o ideal. Porque eu gostaria de explicar tudo, do jeito que aconteceu. Para ele ver que foi uma coisa que aconteceu e não uma coisa que eu estava procurando.

No dia em que soube da separação definitiva de Luísa, fiquei muito abalada. Tinha telefonado para ela pela manhã para saber como estavam as coisas com Otávio. Sem rodeios, ela me disse que estava tudo péssimo e que eles tinham decidido se separar. Depois, caiu em prantos. Fui até a sua casa para tentar ajudar de alguma forma. Queria apoiá-la naquele momento difícil. Ouvir seu desabafo. Tentar consolá-la. Luísa, no entanto, me recebeu com a distância habitual. É verdade que me abraçou e chorou no meu ombro, mas não pediu meu apoio ou meu conselho. Pouco falou do fim de seu casamento. Apenas os fatos crus. O relato das decisões já tomadas. Depois de algum tempo, disse que precisava ficar sozinha. Parti sentindo mais uma vez meu fracasso como mãe.

À noite, depois da reunião no AA, não podia nem pensar em ir para casa. Frederico, como sempre, não estaria lá. Saiu de casa cedo, avisando que não tinha hora para chegar. Disse qualquer coisa sobre uma operação longa, mas nem prestei atenção. Não me importo mais com os seus passos. Ele podia estar falando a verdade ou estar mentindo. Não fazia diferença se ele ia ficar trabalhando até tarde ou se ia encontrar mais uma amante. O que me importava era que ele não ia estar comigo. De qualquer jeito, ele não é mesmo a melhor pessoa para conversar sobre minha relação com Luísa. Nunca entendeu os nossos conflitos. Nunca admitiu as minhas falhas. Prefere considerar tudo natural... Então, quando os companheiros começaram a se despedir, na calçada em frente ao prédio em que eram realizadas as reuniões do AA, fiquei esperando para ver se alguém ia esticar no café da livraria, como de costume. Mas após alguns minutos de conversa, todos partiram. Somente Hugo estava com disposição para um cafezinho. Não era a companhia ideal para o desabafo que tinha em mente — uma mulher, que fosse mãe, compreenderia melhor meu sofrimento —, mas não estava em condições de ser exigente. Não ia insistir com Solange ou Mônica. Ambas tinham compromissos e, por mais deprimida que estivesse, não era uma situação de emergência. No fundo, precisava apenas de alguém que me escutasse. E isso, Hugo certamente era capaz de fazer. Eu já o conhecia havia alguns anos. Embora assíduo nas reuniões, poucas vezes aderia ao grupo do cafezinho. É um homem quieto, reservado, porém gentil e atencioso. Misterioso. Muito atraente, com seus cabelos lisos e muito longos. Já esteve no fundo do poço. É um sobrevivente. Foi viciado em heroína, na época em que vivia em Londres, onde foi baterista de uma banda de rock de relativo sucesso no final dos anos 80. Não é o único ex-viciado em "drogas pesadas" que frequenta o grupo. "Dependente cruzado" é como chamam no AA aqueles que têm problemas com outras drogas além do álcool. Por serem, antes de mais nada, adictos, não é recomendável que os ex-viciados em cocaína ou heroína continuem a beber, pois a tendência é que abusem e talvez até recaiam na droga ilícita. Foi o que me explicaram no grupo.

No caminho para o café, quase não falamos. Comentei sobre o calor insuportável e o temporal iminente. Logo me arrependi. Ele poderia desistir do café para evitar ficar preso devido a alguma inundação. Mas respondeu um "é mesmo" automático e seguimos em silêncio. Fomos direto para o café no segundo andar. Escolhi uma mesa nos fundos, colada à parede, onde poderíamos conversar mais reservadamente. Nunca tinha conversado sozinha com Hugo e a ideia de sair despejando meus problemas pessoais em cima do rapaz era bem embaraçosa. Mas ele mesmo puxou o assunto:

— Você está triste? — perguntou, me olhando nos olhos. Triste. Ele não perguntou se eu estava preocupada, com algum problema, ou mesmo deprimida. Percebeu exatamente como eu estava.

— É tão evidente?

— Acho que sim. Seus olhos estão mais escuros, meio cinzentos. Você quer me contar o motivo ou prefere uma torta de chocolate?

— Excelente ideia. Vou ficar com os dois — respondi, rindo pela primeira vez naquele dia. Escolhi uma torta de chocolate recheada com baba de moça, que devorei enquanto explicava o motivo de minha tristeza. Acabei contando a história da minha vida. Ele a ouviu atento, quase sem comentários, mas demonstrando seu interesse na expressão do rosto. Quando chorei, não disse nada. Esperou que me acalmasse e me ofereceu um copo d'água, "para não desidratar".

Saímos da livraria sob chuva forte. Ele insistiu em me acompanhar até o meu carro, que tinha ficado estacionado a dois quarteirões. Começamos tentando correr de marquise em marquise, mas de pouco adiantou. Paramos no sinal para atravessar a Visconde de Pirajá. Ao nosso lado, um casal de adolescentes se beijava apaixonadamente, alheio ao temporal.

— Eu adoro beijar na chuva — disse Hugo, desviando o olhar do casalzinho e encarando-me com um sorrisinho maroto. Ele não podia estar se insinuando... Tinha pouco mais de quarenta anos e, aos cinquenta e oito, eu tinha idade para ser sua mãe! Ou será que podia? A água que escorria pelo meu rosto dificultava a visão. Mesmo tão próximo — segurando no meu ombro e com a cabeça inclinada para baixo — não conseguia decifrar sua expressão. Até que deslizou a mão para a minha nuca e aproximou ainda mais seu rosto do meu. Meu Deus, ele ia me beijar! E eu não sabia o que fazer. Então não fiz nada. Deixei que ele me abraçasse e beijasse. Fechei os olhos e retribuí o beijo, achando aquilo tudo uma loucura. O momento foi quebrado pela passagem de um ônibus, rente à calçada, despejando uma onda de água suja sobre nós. Hugo me puxou para trás, num reflexo retardado. De um carro que passava, ouvimos um engraçadinho gritar "Segura a onda, cabeludo!". Rimos. E, antes que tivesse tempo para ficar constrangida, Hugo me olhou de alto a baixo:

— Você está nojenta — decretou, apontando para meu braço, do qual a sujeira escorria misturada à água da chuva, e para a minha bolsa, toda enlameada, assim como a minha saia de linho branca, agora marrom e colada às minhas pernas. — E o trânsito está horrível — acrescentou, indicando a avenida congestionada. — Acho melhor você ir lá pra casa, pelo menos até a chuva melhorar — concluiu, sorrindo maliciosamente.

— Onde você mora? — perguntei, procurando ganhar tempo. Tinha perdido completamente o controle da situação. Estava com medo de me deixar levar e me arrepender depois. Estaria fazendo um papel ridículo? Mas era sedutora a ideia de entregar-me aos cuidados dele.

— No Jardim de Alah, só mais alguns quarteirões... Vamos? — e ofereceu-me o braço, que aceitei. E como poderia recusar? Ridícula ou não, me sentia bem e à vontade. Passara o dia péssima e agora estava ótima. Graças a Hugo.

Chegamos ao apartamento térreo, em um prédio pequeno, quase na esquina da praia, em poucos minutos. A decoração tinha uma nítida tendência oriental, embora a base fosse de móveis antigos, de madeira escura. O sofá, um colchão colocado no chão e coberto por uma colcha. Algumas almofadas indianas. Nas paredes, uma mistura de fotos, pôsteres e panos orientais. Em uma estante, além de livros, discos, televisão e aparelho de som, em meio a uma quinquilharia de cristais, vasos, velas, castiçais, estatuetas, caixinhas e cinzeiros, um grande buda gordo e uma lamparina de Aladim. Encostada na parede ao lado da estante, uma grande mesa de jantar, com apenas duas cadeiras, coberta de papéis, envelopes, jornais, revistas, livros, copos e xícaras sujos, um computador portátil e um violão. Hugo não se desculpou pela bagunça. Apenas disse que eu podia ficar à vontade, enquanto ele preparava um chá. Depois, lembrou de perguntar se eu gostava de chá e terminou concluindo que o melhor seria eu tomar um banho. Antes que eu pudesse esboçar qualquer reação, deixou-me plantada no meio da sala para reaparecer, instantes depois, trazendo uma toalha e um camisolão branco.

— Este aqui é o banheiro das visitas — disse, abrindo a primeira porta do corredor e entregando-me a toalha e o camisolão. — Tem sabonete e xampu e o gás está ligado.

— De quem é essa camisola? — perguntei, desconfiada.

— Minha. Por quê? Você acha que não vai servir?

— Não, imagina, tá ótimo — e entrei no banheiro, fechando a porta atrás de mim.

O "banheiro das visitas" tinha um cinzeiro sujo sobre a bancada da pia e revistas pelo chão. Concluí que não havia nenhuma mulher na vida de Hugo, ao contrário do que tinha imaginado quando vi o camisolão. Até que era bonito, com bordados na bainha e nas mangas. Ele devia ficar um charme com ele. Demorei muito no banho. Em parte porque estava me sentindo sensual como há tempos não sentia; em parte porque estava morrendo de medo do que sabia que ia fazer. Nunca tinha traído Frederico, nem mesmo como vingança pela infidelidade dele.

Quando saí do banheiro, Hugo estava na sala, servindo o chá. Ele também tinha tomado banho e vestia *short* e camiseta. Tocava um *jazz* baixinho e tinha acendido velas. Respirei aliviada: luz de velas era a iluminação ideal para disfarçar meu rosto sem maquiagem. O chá ele estava servindo em um lindo conjunto de louça antiga, cuidadosamente disposto sobre uma mesinha de apoio. Acomodei-me ao seu lado e esperei que ele me servisse.

— Você ficou bonita com a minha camisola — disse, passando a mão na minha perna.

— Que bom que você gostou.

— Você tem pressa pra ir pra casa?

— Nenhuma — respondi, decidida. Já tinha desligado o celular. Mais tarde pensaria no que dizer a Frederico.

— Ótimo! Então podemos relaxar — disse, puxando-me mais para perto e abraçando-me pelos ombros. Acabamos de tomar o chá em silêncio. Pensei em dizer mil coisas, mas desisti, por medo de dizer algo errado, que estragasse o clima. Queria fazer um monte de perguntas que não fiz. Resolvi relaxar, como ele mesmo tinha sugerido. E foi fácil relaxar quase deitada naquele colchão, à luz de velas, com música suave, enquanto ele acariciava meus cabelos. Massageou meus pés e minhas pernas, meus ombros e minha nuca. Beijou-me o pescoço, os ombros, as costas, as nádegas, a barriga e o ventre. Sua boca e suas mãos eram deliciosas. E enquanto eu o acariciava, beijava e chupava, entrou em transe, o que me fez sentir a mais sexy das mulheres. Quando, finalmente, me penetrou, eu já tinha gozado várias vezes.

Não sei se Frederico vai entender.

11. Luísa

No sábado, estou escalada para trabalhar das quatro da tarde às dez da noite. Até gosto de trabalhar aos sábados, pois o movimento e as vendas são maiores. Mas é chato não poder ficar com o meu filho... Então, acordo mais cedo para levá-lo a um passeio no Jardim Botânico. Assim aproveitamos a manhã e, à tarde, eu o deixo na casa de um amiguinho para brincar. Quando chegamos em casa para tomar banho e comer alguma coisa, meu pai me liga com um inesperado convite para almoçar. Penso em recusar, mas como não encontro meus pais há algumas semanas e a ideia de uma boa refeição em um restaurante é sempre tentadora, acabo concordando. Ainda tento incluir Antônio no programa, mas a sugestão não é bem aceita nem por meu pai ("criança pequena em restaurante atrapalha"), nem por meu filho ("restaurante é chato, prefiro ir logo para a casa do Dudu"). A solução é ligar para a mãe do Dudu que, felizmente, aceita receber Antônio mais cedo.

Entro no restaurante e logo avisto os meus pais sentados na mesa de costume (o Dr. Frederico gosta de almoçar sempre no mesmo restaurante, em Ipanema, onde conhece o *maître* e é tratado como vip). Dou os beijinhos de praxe e ouço os comentários acerca da minha aparência: meu pai preocupado com o meu emagrecimento e minha mãe elogiando a cor da minha blusa. Aceito uma taça do vinho que o meu pai está tomando e conversamos amenidades por alguns minutos, até que ele declara, em tom solene:

— Minha filha, temos um assunto muito sério para falar com você.

— Sou toda ouvidos — respondo, automaticamente, enquanto me passam pela cabeça os assuntos sérios que eles poderiam querer falar comigo. Será que ele está doente? Ou será a minha mãe? Eles estão com aparência saudável, mas nunca se sabe... Talvez o meu irmão esteja com problemas nos Estados Unidos. Pode ser no trabalho ou com a mulher. E se for alguma coisa sobre Otávio? O meu pai se dá com pessoas que conhecem Otávio... Será que ele já está firme com outra mulher, querendo casar? Não, eu já teria sabido por outras fontes... Minhas divagações são interrompidas:

— Luísa, minha filha, talvez você não tenha percebido, mas, nos últimos tempos, sua mãe e eu nos afastamos um pouco um do outro. Como você sabe, todo casamento tem altos e baixos, e o nosso está passando por uma crise. Nós conversamos bastante e achamos melhor nos separar, ao menos temporariamente, não é Marietta? — diz, voltando-se para a minha mãe, que, um pouco impaciente, responde:

— Frederico, a Luísa tem trinta e quatro anos, acho que ela já pode lidar com a realidade, sem floreios desnecessários — e volta-se para o garçom, que resolveu trazer os cardápios justamente naquele momento crucial, para perguntar o que o *chef* recomenda.

Meu pai, visivelmente contrariado pela interrupção, pede o mesmo peixe de sempre, enquanto minha mãe passa horas ponderando sobre as várias opções e somente decide pela sugestão do *chef* depois que o *maître* é chamado a explicá-la em detalhes. Eu estou completamente atônita, de modo que nem me importo com o comportamento irritante de minha mãe. Na verdade, vinha esperando por aquela notícia há décadas. Só estranho que meu pai tenha resolvido se separar de minha mãe agora que ela já não é mais tão problemática. Vai ver que se apaixonou por outra... Quando o garçom e o *maître* nos deixam a sós, pergunto simples e enfaticamente, olhando para meu pai:

— Eu só queria saber: por quê?

— Justamente pelo que eu expliquei, minha filha. O nosso casamento está em crise. A convivência está difícil. Não é a primeira vez que passamos por isso, mas, desta vez, sabe como é, vocês já são adultos, não moram mais com a gente. Então resolvemos tentar uma separação temporária — explica meu pai, quando é interrompido por minha mãe:

— Frederico, já chega. Não adianta tentar tapar o sol com a peneira. Ela vai ficar sabendo a verdade, mais cedo ou mais tarde — e prossegue, olhando para mim. — Luísa, querida, o fato é que eu estou apaixonada por outro homem e vou viver com ele.

Demoro um pouco para registrar a informação, eis que é a última coisa que esperava ouvir na minha vida. Olho para meu pai, em busca de confirmação, com um olhar que certamente revela todo o meu espanto e incredulidade. Ele apenas aquiesce com um leve movimento de cabeça e com um ar de derrota que me corta o coração. Minha vontade é levantar e sacudir a minha mãe para ver se ela se dá conta de que é casada com o melhor homem do mundo, que a ama e a quem ela não tem o direito de abandonar nessa altura da vida. Mas, como estamos em local público e eu já sinto lágrimas me aflorando aos olhos, apenas lanço um olhar fulminante para minha mãe, peço licença e vou para o banheiro. Tranco-me em um cubículo, sento na tampa do vaso e choro à vontade. Quando sinto que estou mais calma, vou lavar o rosto.

É quando minha mãe adentra no banheiro:

— Minha filha, você está bem? — pergunta, com expressão de preocupação que poderia convencer qualquer um (menos a mim) de que se trata de mãe esmerada e amantíssima. Depois tenta me abraçar.

— Me solta! — praticamente grito. — Não venha fingir que se importa com os meus sentimentos. Você não se importa com ninguém. Só com você.

— Isso não é verdade, Luísa. Não seja injusta.

— E quem é você para falar de injustiça, hein? Você acha justo deixar o meu pai, que te aturou anos a fio? Agora que você não precisa mais dele pra te carregar para casa depois das suas bebedeiras?

— As coisas não são tão simples assim e você sabe disso.

— Eu não sei não. Não sei de nada. Só sei que minha mãe resolveu largar o meu pai por outro homem, depois de mais de trinta anos de casamento. E quem é esse cara, hein? Deve ser um daqueles bêbados do AA. Só você mesmo, pra trocar um homem como o meu pai por um bêbado.

— Luísa, você não tem o direito de falar assim. Os companheiros do grupo são alcoólicos em recuperação e merecem ser tratados com respeito.

— Claro que merecem respeito, muito mais do que o meu pai. Agora responde: eu estou certa, não estou? Você está de caso com alguém do AA, não está? Até já sei, deve ser aquele coroa, aquele careca, que é professor de não sei o quê.

— Tá bem, Luísa, já que você quer tanto saber, ele é do AA, sim.

— Eu sabia! Você vai trocar o meu pai por um daqueles velhos bêbados. Você deve estar completamente louca...

— Minha filha, o homem por quem eu estou apaixonada é do AA, sim, mas ele é um alcoólico em recuperação e está sóbrio há quase uma década.

— Grande coisa — respondo, já completamente tomada por uma infantilidade incontrolável, que me faz até levantar os ombros em sinal de desdém.

— Luísa, acho melhor nós voltarmos para a mesa. O seu pai ficou lá sozinho e nossa conversa não vai levar a lugar nenhum...

— Ah! Agora você está preocupada com ele... Pois é bom mesmo que ele vá se acostumando a ficar sozinho. Afinal, é como ele vai ficar... Sozinho, não é mesmo?

— Chega, Luísa, você está agindo como uma criança de sete anos. Eu vou voltar para a mesa — diz, indignada, e sai.

Fico ainda alguns minutos me olhando no espelho e tentando organizar as ideias. Coitado do meu pai. A solidão é uma merda que eu estou vivendo na pele. E olha que eu ainda tenho um filho pequeno morando comigo. E ele? Vai passar as noites completamente sozinho. Não merece. Mas, tudo bem, minha mãe vai se arrepender mais cedo ou mais tarde. E talvez ele até a perdoe, tamanho o amor que tem por ela. Enquanto isso, eu lhe farei companhia. Aliás, será ótimo. Eu estou solteira mesmo. Posso muito bem sair com meu pai. Levá-lo ao cinema ou para jantar. Ele vai adorar. Além disso, vai ter um monte de mulheres atrás dele. Um homem daquele não fica muito tempo avulso. Mas e se ele resolver casar de novo? Bom, desde que seja com uma mulher legal, que goste dele de verdade... Enfim, melhor voltar para a mesa.

O resto do almoço transcorre em relativa tranquilidade. Para ser honesta, não presto muita atenção à conversa. Acho que voltamos às amenidades. Ou melhor, eles voltaram. Eu fico meio em estado de choque, absorta nos meus pensamentos, imaginando o futuro em todas as suas possibilidades:

1) Minha mãe saindo de casa e voltando arrependida, pouco tempo depois, após levar uma surra do amante bêbado e careca.

1.a — Meu pai perdoando a minha mãe e recebendo-a de volta, de braços abertos.

1.b — Meu pai aceitando minha mãe de volta, mas vingando-se dela e tratando-a com frieza e requintes de sadismo.

1.c — Meu pai recebendo minha mãe de volta, como se a perdoasse, mas corneando-a a torto e a direito.

1.d — Meu pai não aceitando a minha mãe de volta, porque prefere ficar só a viver com uma traíra.

1.e — Meu pai não aceitando a minha mãe de volta porque já está apaixonado por uma atriz linda e famosa, vinte anos mais jovem que ela.

1.e.i — Meu pai não aceitando a minha mãe de volta porque já está apaixonado por uma atriz linda e famosa, vinte anos mais jovem que ela e que me apresenta o Wagner Moura, que se apaixona loucamente por mim.

1.e.ii — Otávio vê uma foto minha e do Wagner na *Quem* e, enlouquecido de ciúmes, me pede para voltar (o problema dessa hipótese é que o Otávio não frequenta salão de cabeleireiro...).

1.f — Minha mãe voltando para casa e dando com a cara na porta porque o meu pai foi trabalhar com os Médicos sem Fronteiras, na África.

1.f.i — Eu vou passar férias com o meu pai na África e acabo fazendo amizade com a Angelina Jolie e o Brad Pitt.

1.f.ii — Meus novos amigos me ajudam a adotar uma menininha órfã e carente.

1.f.iii — Quando Otávio fica sabendo do meu gesto de generosidade, me perdoa e me pede para voltar.

2) A minha mãe voltando a beber por influência do novo amante.

2.1 — Minha mãe voltando a beber e começando a cheirar cocaína por influência do novo amante.

2.2 — Minha mãe, bebendo e cheirando por influência do novo amante, tem que ser internada pelo meu pai.

2.3 — Quando Otávio fica sabendo que minha mãe foi internada, fica com pena de mim, me perdoa e nós nos reconciliamos.

3) Minha mãe morrendo em um acidente de carro provocado pelo novo amante, que dirigia bêbado.

3.1 — No enterro, Otávio aparece, fica com pena de mim, me perdoa e nós nos reconciliamos.

Enfim, não é à toa que não consigo prestar atenção à conversa...

Vou para a loja ainda em transe. Queria ligar para Otávio. Agora sim ele ia entender quem é a minha mãe. Porque acho que ele nunca acreditou muito nas coisas que eu contava. Afinal, já a conheceu sóbria. Embora nunca tenha dito isso na minha cara, acho que ele considerava que os meus problemas de relacionamento com a minha mãe eram devidos a uma competitividade mal resolvida da adolescência, ou outra questão "psi" semelhante. Mas a nossa comunicação nos últimos tempos está limitada às imprescindíveis combinações relativas a Antônio. De qualquer jeito, já é um conforto pensar que, mais cedo ou mais tarde, ele vai ficar sabendo da separação dos meus pais e, muito possivelmente, vai se manifestar. Mas, como preciso falar com alguém, acabo me abrindo com a gerente. Berenice (quem diria?!) percebe que eu não estou bem. Quando pergunta o que aconteceu, desato a chorar. Ela me leva para o estoque onde, além de ouvir o meu desabafo com a maior paciência, deixa que eu permaneça até me acalmar. E ainda me traz um copo d'água! Talvez ela não seja tão má assim...

12. Otávio

Sábado à noite. Não estou com muita disposição para festa. Mas é aniversário de quarenta anos da mulher de um amigo de infância, que não encontro faz tempo. Além disso, festas são sempre uma boa oportunidade para conhecer mulheres interessantes.

Chego por volta das onze horas e logo percebo que fiz bem em ignorar a preguiça. A festa já está *bombando*, como diriam as gatinhas com as quais andei saindo (e que só iam a *baladas* que *bombavam* por volta das duas horas da madrugada, quando já estava exausto). Os convidados — todos na faixa dos trinta aos sessenta anos, exceto por meia-dúzia de jovens pós-adolescentes, filhos dos anfitriões e seus agregados — lotam a pista de dança. A seleção musical varia da Jovem Guarda a Beach Boys e Rolling Stones, passando por clássicos da discoteca, do samba e da MPB dançante. Este sim é ambiente para mim.

Depois de cumprimentar os donos da casa, pego um uísque e fico observando o movimento. Reconheço um famoso deputado cinquentão do PV (ou será que ele mudou para o PT?), que pula, rodopia e sacode os braços ao som das Frenéticas, como se não houvesse amanhã. Também se destaca um senhor calvo, de seus sessenta anos e de aparência muito "normal" (cara de executivo, engenheiro, ou mesmo desembargador) que, junto com sua esposa (de aparência igualmente sóbria), "abre suas asas e solta suas feras" como um autêntico *popstar*.

Estou distraído nessa observação, quando Elisa — uma amiga que tenho em comum com os donos da casa — vem me cumprimentar e me apresenta uma moça muito bonita, chamada Adriana. Conversa vai, conversa vem, Elisa nos deixa a sós e logo descubro que a moça, além de bonita e simpática, é arquiteta. Embora não suporte quando as pessoas aproveitam encontros sociais para me fazer consultas jurídicas, acabo lhe falando das mazelas de meu apartamento. Ela não parece se importar nem um pouco com o assunto de trabalho. Ao contrário, faz um monte de perguntas e se oferece para fazer uma visita e uns testes, sem compromisso. Depois me tira para dançar. Está tocando um sucesso dos anos 1970, dos Doobie Brothers. Lembro a adolescência, os tempos do surfe. Adriana parece uma "cocota", com seu tipo *mignon*, pele bronzeada e longos cabelos loiros. Não aparenta ter mais de trinta anos, mas deve ser mais velha. Afinal, é amiga de Elisa, que já passa dos quarenta. O que também não quer dizer nada. E quem se importa com a idade da moça? O que vale é que é bonita, sensual e está dando o maior mole. Dançamos bastante. Conversamos com os amigos. Adriana só se afasta de mim para ir ao banheiro. Às duas da manhã, cansado, resolvo ir para casa e convidar Adriana para sair um outro dia. A menos que ela aceite uma carona para casa... Para minha surpresa, ela aceita. Veio de táxi. Ótimo.

Estaciono o carro e a acompanho até a porta do prédio. Quando vou me despedir, ela praticamente cai em meus braços e, é claro, acabamos nos beijando. Estou cansado, mas não estou morto. Além de gostosa, ela é decidida. Subimos para seu apartamento e vamos direto para a cama. O sexo é ótimo. Eu a levo à loucura. Depois caio dormindo, exausto. Acordo ao amanhecer e decido ir para casa. Mal conheço a moça e prefiro evitar o constrangimento de uma manhã a dois. Mas é melhor avisar que estou indo embora, senão ela pode ficar magoada. Então me visto e, antes de sair, a acordo:

— Adriana... — sussurro perto de seu ouvido — Adriana...

— Ahn... Oi... — responde ela, lânguida — Que foi?

— Eu tenho de ir... Mas ainda é cedo. Continua dormindo. Eu te ligo mais tarde, tá?

— Tá bem... Você quer alguma coisa? Um café, um banho? — pergunta ela, sorrindo.

— Não, obrigado, já tô pronto pra sair. Dorme... A porta... é só bater?

— É... Tem certeza que você não precisa de nada?

— Tenho. Eu te ligo depois — respondo, dando-lhe um selinho antes de sair.

À tarde, ligo para ela. Quero encontrá-la de novo. Como ela não está em casa, deixo um recado na secretária, dizendo que adorei a noite e sugerindo um encontro durante a semana. Ela retorna a ligação cerca de uma hora depois. Também adorou a noite. Que tal uma pizza amanhã? Concordo. Por que não?

13. ADRIANA

Já é a terceira vez que troco de roupa. Vou acabar me atrasando demais para a festa. Não gosto de chegar muito cedo, mas também não quero ser a última... Ainda mais porque hoje, finalmente, Elisa vai me apresentar o tal amigo recém-separado, simpático, bonitão e bem-sucedido. Noutros tempos, pensaria que homem recém-separado é *roubada*. Agora acho ótimo. Quanto mais carente, melhor. Aos trinta e sete anos, não tenho mais tempo a perder. Eu quero um filho para ontem. Então um homem é apenas um meio para atingir o meu objetivo. Não tenho mais ilusões. Aliás, nunca fui uma sonhadora. É claro que, como todo mundo, eu queria o pacote completo: marido, filhos e uma carreira. Então planejei tudo direitinho. Como não sou irresponsável, comecei pela carreira. Busquei uma profissão de que eu gostasse, para a qual eu tivesse talento e que pudesse me garantir um bom nível de vida. Arquitetura. Estudei, me dediquei, ralei, e hoje sou bem remunerada por um trabalho que me dá prazer. Perfeito. Talvez meu erro tenha sido esse. Esperei a estabilidade financeira antes de ter filhos. Hoje, vejo tantas mulheres que tiveram filhos antes dos vinte anos e assim mesmo conseguiram conquistar uma carreira. Agora estão aí, no auge da vida profissional, com seus filhos adolescentes. Mas eu queria fazer tudo direitinho. Queria um marido, um companheiro para toda a vida ou, pelo menos, para parte dela. Um pai para meus filhos, que me ajudasse a criá-los com amor e disciplina. Então, tracei um plano e procurei segui-lo à risca.

Aos vinte e dois anos, quando me apaixonei por um rapaz da minha idade, irresponsável e beberrão, calculei que não havia problema em namorá-lo por um tempo, pois ainda era cedo para casar e ter filhos. Com o tempo, ou ele tomaria jeito, ou eu partiria para outra. E foi o que fiz, dois anos depois, quando percebi que Carlos não mudaria nunca e que não havia perspectiva de casamento e filhos com ele.

Aos vinte e cinco anos, após alguns namoricos sem maior importância, pensei ter encontrado o homem da minha vida. Mateus era um jovem advogado apenas três anos mais velho que eu, bonito, inteligente, simpático, charmoso. Enfim, tudo o que eu poderia desejar. O namoro foi sério desde o começo. Fazíamos planos de casar e ter filhos um dia. Pretendia concretizá-los em, no máximo, dois anos. Mateus queria esperar o momento certo. Estava ainda no início de sua carreira e, embora ganhasse bem, achava essencial adquirir casa própria antes de botar um filho no mundo. Então o casamento tampouco podia ser antecipado, pois não convinha que tivéssemos despesas de moradia enquanto estivéssemos poupando para a compra da casa. Como a sensatez dos argumentos era indiscutível, aceitei adiar meus planos. Afinal, era justamente esse o tipo de homem que procurava. Alguém que, como eu, soubesse planejar o futuro, ainda que à custa do sacrifício de alguns desejos imediatos. Começamos a poupar. Na verdade, eu poupava mais do que ele... Apreciador das coisas boas da vida, Mateus sempre insistia em jantares caros e viagens, que fazia questão de pagar para mim. Quando questionava a prudência de algum gasto, ele sempre argumentava que não precisávamos parar de aproveitar a vida só porque estávamos poupando para a compra de nossa casa. Eu tinha minhas dúvidas, mas aceitava.

Após longos sete anos de namoro, Mateus ganhou uma causa muito grande e recebeu honorários suficientes para que adquirisse um apartamento de dois quartos em Ipanema sem sequer necessitar da minha ajuda. Na época, estávamos meio em crise. Nada demais. Todo relacionamento longo está sujeito a altos e baixos. Eu imaginava que, após o casamento, tudo se acomodaria. Nossos planos continuavam de pé. Mateus queria apenas fazer uma pequena reforma no apartamento... Comecei a trabalhar no projeto imediatamente. Quando, numa quinta-feira à noite, brigamos — por algum motivo estúpido que nem lembro mais — e, num típico exagero dramático, eu disse que tudo estava terminado entre nós — como, aliás, já tinha dito outras vezes —, não podia imaginar que era realmente o fim. Afinal, já tínhamos brigado antes. Já tínhamos até terminado. Mas eu o amava e sabia que ele também me amava. E nossos planos eram sérios. Então, como ele não ligou nos três dias seguintes, resolvi ligar. Alguém tinha que ceder e, mesmo que tivesse razão, não me importava em dar o primeiro passo para a inevitável reconciliação. Liguei à tarde, para o escritório, pretendendo combinar um drinque após o expediente. Ele atendeu friamente. Disse que não havia nada para conversar. Como assim? A gente tem muito o que conversar. Foi uma briga boba. Mas ele continuou irredutível. Está acabado. Não foi aquela briga. Já tinha acabado antes. Mas quando, que eu não percebi? Eu te amo. Você não me ama? Acho que não amo mais. Estou apaixonado por outra mulher. Ele disse isso assim, à queima-roupa, pelo telefone. Não consegui responder nada. Desliguei e caí em prantos. Não tive coragem de ligar de novo. Nem naquele dia, nem nunca. Ele também não me procurou. Com o passar do tempo, a ficha foi caindo. O rompimento era para valer. Meses depois, soube que ele tinha se mudado para o apartamento novo com a nova namorada. Uma namorada que não era mais bonita do que eu, nem mais inteligente, nem mais simpática, mas que, por algum motivo, tinha encontrado o homem certo na hora certa. Porque a única explicação que encontrei para o fracasso de nosso relacionamento foi o *timing*. Esperamos tanto para casar, que o namoro azedou.

O golpe foi duríssimo, mas acabei me recuperando e retomei as rédeas de minha vida. Nem tudo estava perdido. Tinha trinta e três anos, era bonita, bem-sucedida, e não havia nenhuma razão para que não pudesse conhecer um homem interessante e viver um novo amor. Ainda dava tempo para casar e ter filhos. Com o dinheiro que poupei ao longo do namoro com Mateus, comprei um pequeno apartamento de quarto e sala no Humaitá. Não queria mais passar a imagem de mocinha casadoira. Era uma mulher feita e estava em busca de um companheiro.

Alguns meses depois, conheci Alfredo. Médico ortopedista. Quarenta e dois anos. Divorciado, com uma filha de dez anos. Resolvi deixar a coisa fluir. Me apaixonei. Em pouco tempo, constatei que já estava morando na casa dele. Aliás, ele foi o primeiro a sugerir que alugasse meu apartamento. Não fazia sentido ficar mantendo uma casa que mal usava. Disse que era louco por mim e que queria que minhas roupas dividissem o armário com as dele. Achei romântico e aceitei. Não fizemos planos para o futuro. Pensei que seria melhor assim. O casamento já era uma realidade. Filhos seriam a consequência natural. Esperaria pelo momento oportuno para abordar o assunto. Melhor ainda, deixaria que ele tomasse a iniciativa. Enquanto isso, tratei de ficar amiga de Taís, minha enteada, futura irmã de meus filhos. O tempo foi passando e, embora Alfredo se mostrasse muito apaixonado, não fazia qualquer menção a filhos. Eu já estava num estado em que praticamente babava quando via um bebê. Ele, se percebia, não comentava. Como meu relógio biológico continuava a ticar incessantemente, após um ano de coabitação, decidi enfrentar a questão. Esperei o momento ideal. Após um jantar romântico, seguido de sexo maravilhoso, estávamos os dois ainda abraçados na cama, quando ele disse que me amava e eu disse que queria ter um filho dele. Ele não respondeu nada e, alguns minutos depois, adormeceu. Passei horas tentando interpretar aquele silêncio. Seria um sim, um não, um talvez, ou um vou pensar no assunto?

Dois dias depois, retomei o tema, desta vez numa manhã de domingo, enquanto líamos o jornal. "Eu queria mesmo falar com você sobre isso", disse ele, e prosseguiu explicando que entendia que eu quisesse ser mãe e que não queria me privar dessa parte fundamental da vida de uma mulher. Mas que ele, por outro lado, já era pai e não tinha desejo de ter mais filhos. Tinha passado da idade. Estava em outra fase. Não teria energia suficiente para dedicar-se a um bebê. E também temia pelo relacionamento com sua filha. Trabalhava demais e mal tinha condições de dar atenção a Taís. Com um novo filho, como seria? Não estava descartando completamente a hipótese, mas, por enquanto, não queria. Como tampouco queria "empatar" minha vida. Embora eu fosse ainda jovem, ele entenderia se não quisesse esperar mais. Ele não podia prometer nada.

Resolvi esperar. Eu o amava e era correspondida. Ele era um bom pai. Acabaria mudando de ideia. Então fui esperando. E, enquanto esperava, observava. Observava que Alfredo estava se distanciando. Passou a sair mais sozinho com Taís, sem sequer me convidar. "Preciso dedicar um tempo exclusivo a ela", dizia. Mas antes, não precisava. Observava também que ele era cada vez mais cuidadoso com o uso das camisinhas. Ele mesmo comprava, guardava, abria e usava. Do começo ao fim. Sempre. Foi quando peguei sua agenda para checar o dia da semana em que caía um feriado, que percebi que não valia mais a pena esperar.

Ele tinha marcado a data inicial de minhas últimas quatro menstruações. Ou seja, tinha começado a tomar conta do meu ciclo menstrual justamente a partir do dia em que lhe revelei meu desejo de ser mãe. Naquele mesmo dia, encostei-o na parede. Queria um filho e queria já. Ele continuou irredutível. Sentia muito, compreendia, mas não queria. Eu disse que ia embora. Ele respondeu que ia sentir saudades. No dia seguinte, parti.

Voltei para a casa de meus pais, aos trinta e cinco anos, apenas pelo tempo suficiente para alugar um apartamento, já que o meu estava ocupado. Sofri mais do que no fim do relacionamento com Mateus. Daquela vez, não tive escolha. Mateus tomou a decisão. Com Alfredo fui eu que tive que escolher. E renunciar. Renunciei ao companheiro que amava e que acreditava me amar também. Seria possível tamanho egoísmo em relação à mulher amada? Seriam os homens todos uns pústulas? Concluí que sim. E só não desisti completamente da raça porque eles são fundamentais para atingir meu objetivo cada vez mais premente. Engravidar. Já não faço questão de casamento ou de companheiro. Procuro um bom reprodutor. Deve ter boa aparência, saúde, inteligência e algum caráter (esse último quesito é só para excluir eventuais psicopatas ou criminosos, pois já não espero grandes coisas dos homens). Mas, mesmo com esse nível mínimo de exigência, está difícil encontrar um bom candidato. Os homens andam tão arredios que mal dá para conhecê-los. No primeiro dia um chope, no segundo um jantar e se, no terceiro, você sugere um cinema, eles já fogem dizendo que não estão preparados para um relacionamento sério...

Mas hoje eu viro o jogo. Melhor trocar este vestido... Comportado demais. A blusa azul é mais decotada e combina com os meus olhos. Com sutiã ou sem sutiã? Precisar, não precisa... Taí uma vantagem de não ter tido filhos: seios firmes. A saia preta fica ótima com a minha sandália nova. Salto dez: o suficiente para me elevar a uma estatura mediana e destacar minhas pernas, sem me impedir de dançar.

Chamo o táxi e aproveito para dar mais uma ajeitada nos cabelos. Será que prendo, para aparecer mais o decote das costas? Não, o táxi já vai chegar e homem adora cabelo comprido... Ainda bem que não ouvi aquele cabeleireiro que me disse que, depois dos trinta, não fica bem mulher de cabelo abaixo dos ombros... Era só o que faltava, ter que cortar o meu ponto forte: cabelo liso e naturalmente loiro...

Chego à festa e, antes mesmo que eu possa cumprimentar a aniversariante, Elisa vem ao meu encontro, toda animada:

— Ele veio! Sozinho! Vem comigo que eu vou te apresentar — diz, puxando-me pelo braço.

— Calma, Elisa, deixa eu antes falar com a dona da casa... Entregar o presente... Cadê ela?

Elisa me acompanha na busca à anfitriã e, em seguida, me apresenta a Otávio, que está perto do bar, sozinho, observando a pista de dança. Não é de se jogar fora. Alto, moreno, forte — embora um pouco acima do peso, grisalho, com olhos expressivos, sorriso doce e um nariz meio adunco, que não chega a incomodar.

Começamos a conversar e a inevitável pergunta "Você trabalha com o quê?" já nos rende assunto para meia hora. Otávio mora em um apartamento de cobertura no qual fez uma reforma desastrosa. Vem enfrentando enormes problemas de infiltração há mais de dois anos e ninguém consegue resolver. Tirei a sorte grande! Se há uma coisa de que entendo é de infiltrações em coberturas. Já resolvi várias. Sou praticamente uma especialista. Então tento tranquilizá-lo. Garanto que o problema tem solução. Digo que não vai ser necessário refazer toda a obra. Sugiro, inclusive, fazer uma visita, sem compromisso, para avaliar a extensão do problema. Ele parece interessado não apenas nos meus dotes profissionais, mas também em meu decote. A conversa flui para outros temas. Passamos a festa toda juntos.

No final da noite, aceito a carona que ele me oferece. Estaciona em frente ao meu prédio e me acompanha até a porta. Após o primeiro dos regulamentares dois beijinhos de despedida, desvio um pouco o rosto, de forma que ele me acerta um selinho na boca. Rio, com um misto de provocação e constrangimento, e finjo me desequilibrar no salto, amparando-me nele e praticamente caindo em seus braços. Ele morde a isca e desta vez me beija de verdade. Quinze minutos depois, estamos na minha cama.

14. LUÍSA

Chego em casa exausta. Passei o dia sorrindo como uma idiota e não vendi uma única peça de roupa. Desse jeito vai ser difícil pagar as contas. Pela primeira vez na vida, estou tendo que lidar com sérias limitações financeiras. Isso não quer dizer que eu sempre tenha tido dinheiro sobrando. Não. Na minha infância, nem sempre eu podia ter o que queria, mas não nos faltava nada e não pairavam preocupações financeiras. Quando fui morar sozinha, tinha de administrar meus gastos, mas sabia que, se a coisa apertasse, poderia contar com a ajuda do meu pai. Depois que casei com Otávio, não tive mais de me preocupar com dinheiro. Ele ganhava mais do que o suficiente para cobrir nossas despesas. E nunca foi zura, como o estereótipo do marido; ao contrário, até me incentivava a gastar mais com roupas e futilidades.

É claro que isso mudou depois da separação. Agora ele paga uma boa pensão para Antônio, que dá para pagar colégio, plano de saúde, o salário da Alice, metade do condomínio e das contas da casa, aulas de natação e futebol e o transporte para a escola. Ah, ele também me reembolsa despesas com material escolar, vestuário de Antônio e metade das compras de supermercado. Pensando assim, parece muito razoável, até generoso. O problema é que, com o que ganho como vendedora, às vezes não dá para pagar a outra metade do condomínio, das contas, das despesas de supermercado, o meu plano de saúde, o seguro e a gasolina do meu carro, a minha aula de ginástica, as minhas roupas e o meu lazer. E, a esta altura do campeonato, não tenho nem cara para pedir ajuda ao meu pai. Nisso que dá... Me habituei a uma vida de dondoca e agora caí do cavalo. É verdade que ainda não partilhamos os bens do casal, até porque, por enquanto, está tudo na informalidade. Mas não devo ter direito a muita coisa. Na melhor das hipóteses, ele me deixa ficar com o apartamento em que estou morando. Enfim, semana que vem eu vou me esforçar mais na loja, quem sabe consigo sorrir com mais sinceridade...

Agora vou relaxar um pouco e depois vou me arrumar para ir ao aniversário de Andréa. A comemoração vai ser em uma gafieira na Lapa. Cheira a *roubada*. Acho que ela só convidou colegas de trabalho, todos funcionários do Tribunal de Justiça, como ela. Mas não estou em condições de desprezar um programa de sexta-feira à noite e nem de me indispor com uma das minhas poucas fiéis amigas. Além do mais, é ela quem garante que a falta de homem é frescura do mulherio da Zona Sul... Então, quem sabe? Vai que ela resolve provar... Porque Marco, pelo visto, não vai ligar tão cedo... Também, o que eu poderia esperar? Flores?

Depois do nosso primeiro encontro, ele sumiu. Achei que não fosse aparecer nunca mais. Até que sábado passado, duas semanas depois da noite que passamos juntos, chego do trabalho e tem uma mensagem dele na secretária. Acho muito difícil entender os homens. Se ele não ligasse nunca mais, eu compreenderia perfeitamente. Não gostou e pronto. Mas, se ele liga de novo, deve ter gostado, não é? Não sei. Talvez não tenha gostado, mas esteja tão desesperado que resolveu que mais valia sair comigo do que ficar sozinho. A mensagem que esse telefonema tardio transmite é "não tenho nada pra fazer, então, embora não esteja realmente interessado, pode ser uma boa sair com você". O que eu deveria fazer? 1) Não retornar a ligação. 2) Retornar a ligação e dar uma de difícil e cheia de compromissos na hora de marcar o encontro. 3) Retornar a ligação uma semana mais tarde. 4) Retornar a ligação imediatamente e topar qualquer programa. Bingo! A mulher desesperada escolhe a quarta opção e aceita um convite para ir à casa dele: "Nós podemos ver um filme e encomendar uma comida".

O filme era pornô e a comida eu estou esperando até hoje. Mas tinha uísque e amendoim. Verdade seja dita, ele me tratou com muito carinho. Botou música ambiente sensual, elogiou minha roupa, meus olhos, meus seios, minha bunda e me serviu muito uísque. Depois vimos um pouco do filme, transamos e ele me convenceu a deixá-lo raspar os meus pelos públicos "pois é muito melhor para fazer sexo oral e indispensável para atingir o 'superorgasmo'". Como eu sou uma idiota e estava meio alta, achei engraçado e deixei. Só não pensei nas consequências futuras (que, infelizmente, não incluíram o superorgasmo)...

Sempre deixei meu filho me ver nua. Gosto de andar pela casa de calcinha. Não tenho saco para ficar me policiando e acho natural. Talvez deixe de ficar tão à vontade quando ele ficar mais velho. Mas, por enquanto, é tudo muito normal. Ou melhor, era. Terça-feira estava tranquilamente tomando o meu banho, quando Antônio entrou no banheiro para me perguntar se podia comer um pacote de balas antes do jantar. Enquanto eu respondia que "é claro que não", vi que seu olhar se fixou na minha região pubiana. Aí lembrei que eu estava careca. Mas já era tarde demais.

— Mãe, o que houve com a sua xoxota?

— O quê? Ah, os pelos? Nada não, meu filho, tive que raspar. Cadê as balas que você quer comer? — perguntei, tentando desconversar, enquanto saía do *box* e me enrolava na toalha.

— Mas por quê? — perguntou Antônio, com um olhar preocupado.

— Ah, meu filho, bobagem, uma alergia. O médico achou melhor raspar pra poder passar pomada.

— Doeu?

— Não, imagina, eu raspei com a gilete, igual a que o papai usa pra fazer a barba. Não dói nada. Agora vamos lá ver essas balas e separar algumas pra você comer depois do jantar.

Ontem — quando eu achava que o pior já tinha passado e que meu único problema seria suportar a coceira até que os pelos acabassem de crescer — levei Antônio ao pediatra, onde se deu o vexame. O médico estava examinando o pênis do meu filho (a pedido de Otávio, que vive preocupado com a eventual necessidade de uma cirurgia de fimose), que resolveu contar que seu pai tinha "peru de pelo" e, antes que eu pudesse esboçar qualquer reação, acrescentou que sua mãe tinha a xoxota careca. Eu devo ter ficado vermelha, verde, azul e amarela. O pediatra é um senhor de mais de sessenta anos, de quem eu também fui paciente. É amigo do meu pai, mas é muito formal. Ele nem ao menos riu. Ficou visivelmente constrangido, mas continuou o exame sem comentários. Eu apenas repreendi meu filho com um indignado "Antônio!!! Que conversa é essa? Onde já se viu? É muito feio falar dessas coisas...". Confesso que pensei em acrescentar "é muito feio inventar histórias", ou "você nunca nem viu a minha xoxota!", mas achei que fatalmente ia me com-plicar ainda mais. Saí sorrindo amarelo e já estou constrangida só de pensar na próxima consulta.

E a troco do que eu passei por tudo isso? Uma noite de sexo selvagem que me deixou assada e me sentindo a própria garota de pro-grama (detalhe: não remunerada). Mas, assim são as mulheres de baixa auto-estima (ou de baixa-estima, como dizia uma moça do Al-Anon). Devo estar me punindo por ter sido tão egoísta e desonesta com Otávio. Só que, como não tenho mais dinheiro para a análise, sequer posso me dar ao luxo de ficar elucubrando a respeito das motivações ocultas de meus atos...

Melhor esquecer Marco Túlio e Otávio e me arrumar para a noi-te. Após profunda análise do meu guarda-roupa, opto por um modelito básico, feminino e atemporal. Uma saia longa estampada e rodada com uma blusinha de alças preta e sandálias rasteiras, também pretas. Vou de cabelos soltos, levando um prendedor para a hipótese de muito calor e suor. Andréa e os colegas vão direto do trabalho, então ela marcou para as oito. Peço um táxi para as oito e meia. Não vou dirigindo porque, além de desorientada e medrosa, pretendo beber. Antes de sair, ainda dou uma ligadinha para a casa de Otávio, para saber se Antônio chegou bem da escola. Ele mesmo atende, mas não está para muita conversa porque está vendo televisão com o pai. Fico um pouco contrariada, mas não insisto. O táxi já deve mesmo estar chegando.

O motorista, embora dirija como um louco, sabe onde fica a "casa de samba" ou gafieira e me deixa na porta do sobrado em poucos minutos. Subo as escadas e dou de cara com a mesa onde estão Andréa e seus amigos. Devem ser umas vinte pessoas, das quais só conheço An-dréa e uma de suas colegas. No centro do salão, ao fundo, bem perto da mesa onde o nosso grupo está acomodado, fica o palco. O samba já está rolando, puxado por um gorducho que canta sentado, acompanhado por quatro músicos. O som alto atrapalha um pouco as apresentações, mas sorrio bastante para todos e me sento ao lado de Andréa. Peço uma caipirinha e me ponho a observar meus companheiros de mesa. Há mais mulheres do que homens. As mulheres, em sua maioria, usam roupas justíssimas: jeans, saias, vestidos, quase sempre de alças (acertei!!!). Um grupinho delas está em pé do outro lado da mesa, sambando, conversando e olhando três dos exemplares masculinos em pé perto de mim. A faixa etária dos amigos de Andréa (que tem a minha idade) varia de vinte a cinquenta anos. No resto do salão, há muitos casais de meia-idade e alguns mais jovens. Homem que faça o meu tipo, ainda não vi nenhum.

De repente, os músicos começam a tocar "Andança". Parece que entramos no túnel do tempo. Comento com Andréa que não ouço essa música há mais de uma década, desde a época da faculdade. Lembro do cara que tocava violão nas festinhas. Feioso, garantia sua popularidade com um repertório ótimo, repleto de músicas que todo mundo conhecia. Tomo a minha caipirinha e finjo que estou acompanhando a conversa na mesa, embora não consiga entender nem a metade do que estão falando (alguma coisa a respeito de um juiz substituto). O samba está animado e alguns casais da nossa mesa vão para a pista de dança. Andréa chama um dos caras para dançar e outro deles me convida. É um sujeito de seus trinta anos, moreno, alto, mais para gordo do que para forte, vestido com uma calça social cinza e uma camisa de abotoar azul clara, bastante aberta. Aviso que não sei dançar direito, mas ele insiste. Como a opção é ficar sentada olhando (até que não é tão má assim) e não quero ser rotulada de chata logo nos primeiros cinco minutos do primeiro tempo, aceito. Após alguns instantes de ajuste, em que piso umas três vezes no pé do meu parceiro, conseguimos estabelecer um ritmo. O nome dele é Raul. É oficial de justiça. A conversa não passa dessa mínima apresentação. Raul dança muito bem. Eu, infelizmente, estou longe de ser o par ideal. Vou acompanhando e rodando a minha saia nos momentos em que ele faz umas evoluções mais elaboradas. Os músicos começam a tocar um samba que era tema da novela das oito (aquela que tinha um cego dançarino). Não creio nos meus olhos quando vejo que, do outro lado da pista, adentra um sujeito "dançando" na cadeira de rodas. Parece que estamos no Projac.

Voltamos pra mesa para pedir mais bebidas. As pessoas dançam aos pares na pista e muitas mulheres sambam em grupinhos entre as mesas. Uma cantora, com a voz idêntica à de Alcione, assume o microfone. Chega a dar aflição. Naturalmente, ela começa a cantar aquela música que era tema do mulato dançarino da novela. Andréa me pergunta o que achei de Raul, que já voltou para a pista de dança, desta vez acompanhado por uma loura falsa meio coroa. Os dois estão dançando em perfeita harmonia, com viradinhas, rodopios, levantadinhas de pé e todos os trejeitos típicos dos bons dançarinos de salão. Aliás, todo mundo está dançando muito bem. Respondo para Andréa que achei Raul simpático e bom dançarino. E só. Não achou interessante? Não. Mas olha a ginga dele, deve ser um fenômeno na cama... A música está muito alta para eu explicar a Andréa que Raul pode ser fantástico na cama, mas que ele não me atrai.

Quando começam a tocar um samba-enredo, voltamos para a pista. O clima está mais carnavalesco e dançamos separados. Raul aparece na minha frente no melhor estilo mestre-sala e eu — já mais à vontade, com algumas caipirinhas na cabeça — dou asas ao meu lado passista. Depois canso e continuo no meu estilo samba *"enrolation"*, que consiste em dar aqueles passos grandes cruzados para trás e para a frente, como numa espécie de frevo em câmara lenta, com os braços para o alto e dedos indicadores apontando para o teto. E canto. Adoro cantar no meio da multidão. Devo estar com cara de bêbada, porque Raul vem se chegando e me pegando pela cintura. Tento me desvencilhar simpaticamente. Como já disse, ele não me interessa e, não sei se é efeito do álcool, mas acho que tem um rapaz jeitosinho do outro lado da pista. Alto, magro, com uma calça jeans meio caindo e um sorriso lindo. Opa, acho que tem dona. A morena de cabelão até a cintura. Deixa pra lá. Não era mesmo uma boa ideia. Lá vem Raul de novo, todo sorridente. Cadê a Andréa? Dou um giro de trezentos e sessenta graus sem parar de dançar e cantar. Descubro Andréa encostada na parede se agarrando com um rapaz de uns vinte anos que estava na nossa mesa. Acho que é hora de partir. Já é quase meia-noite. Vou sambando até a mesa para pegar a minha bolsa. Raul vem atrás de mim. Digo que já vou. Por que tão cedo? Tenho que trabalhar amanhã, minto. Ele se oferece para me levar. Não precisa, pego um táxi. Ele insiste em descer comigo. Aceito. Pago o consumo do meu cartão no caixa e saímos. Raul me acompanha até a esquina, onde tem dois táxis parados. Peço a ele que mande um beijo para Andréa, pois não me despedi. Agradeço a gentileza de ele ter me acompanhado. "Imagina, princesa! Não há de quê." Enquanto lhe dou dois beijinhos, ele passa a mão nas minhas costas, estacionando na minha lombar, quase na minha bunda. Depois abre a porta do carro e praticamente me põe sentada lá dentro. "Vai pela sombra, princesa. E desculpe qualquer coisa..." Não dá pra ir pra cama com uma cara que me chama de princesa e diz "desculpa qualquer coisa". Raul fecha a porta do carro e chega na janela da frente para falar com o motorista. "Aí, parceiro, espera a moça entrar em casa, falou?"

Volto para casa pensando que talvez seja uma idiota preconceituosa. Afinal, Raul pode não fazer o meu tipo, mas tem lá seu *sex-appeal*. Uma boa pegada. E sabe como tratar uma mulher. Porque a gente pode ser independente, mas um pouco de cavalheirismo não faz mal a ninguém. Não precisa ser aquela coisa exagerada, como se a mulher fosse um bibelô, mas um mínimo de preocupação com seu conforto e segurança nunca é demais... Já Marco Túlio parece não estar nem aí. Acho que não está nem aí é pra mim. E eu aqui dispensando um sujeito simpático e gentil, que demonstrou estar interessado em mim. Mas é a vida. Qualquer dia aprendo.

No dia seguinte, apenas para confirmar que eu não entendo os homens, Marco me liga chamando para ir à praia. Não esperava que ligasse tão cedo. Aliás, nem esperava que ligasse. Muito menos para me chamar para um programa tão inocente... O problema é que eu não vou à praia. Ao menos aqui no Rio. Tenho inúmeros motivos: a praia é longe do Jardim Botânico; não tem lugar para estacionar; é muito cheia; tem arrastão; quando não está muito quente, venta muito; o mar está sempre sujo, gelado ou violento; e, como se não bastasse, da última vez que eu fui (há cerca de dez anos), tinha uma coisa nojenta chamada maré vermelha. Enfim, dá uma preguiça danada. Mas não dá para recusar o convite (ele pode não me ligar nunca mais...). Combino de encontrá-lo em frente à Joana Angélica. É, ele não se oferece para vir me buscar, diz que vai a pé. Quando desligo o telefone, já estou meio arrependida, mas vou me arrumar assim mesmo.

Após dar voltas e mais voltas nos quarteirões próximos ao local marcado, acabo estacionando na Barão da Torre, perto da Vinicius de Moraes. Ou seja, tenho que andar cerca de quatro quarteirões para chegar à praia. Desço até a areia e começo a procurá-lo no meio da multidão. É claro que não o encontro. Tento ligar para o seu celular, mas está fora de área. Quando já estou desistindo, eis que ele chega, só de sunga e com os chinelos na mão. Cumprimenta-me com um selinho (será um sinal de que estamos namorando?), entrega-me os chinelos e vai dar "um mergulhão". Estendo minha canga em uma brecha de areia e começo o ritual de passar diversos protetores solares, FPS variando de trinta a sessenta (sou branca demais e já tive queimadura até no peito do pé). Quando ele volta, séculos mais tarde, senta todo molhado na minha canga e pede o protetor emprestado. Depois que se besunta devida e fartamente, sugiro:

— Marco, por que você não vê se tem umas cadeiras para alugar naquela barraca ali? Aproveita e pede uma cerveja também...

— Cadeira? Pra que cadeira? Essa canga aqui tá ótima... Depois a gente não precisa ficar aqui, pode dar uma caminhada.

— É, pode ser... — respondo, pensando que vai ser um horror caminhar carregando toda a minha tralha, e acrescento — Mas uma cervejinha cairia bem...

— Pô, Luísa, só se você pagar, porque eu vim a pé e não trouxe nenhum dinheiro.

— Nossa, Marco, você faz sempre isso? Como aguenta ficar na praia sem beber nada? — pergunto, enquanto abro a bolsa para procurar algum dinheiro — Toma aqui, compra lá pra gente.

— Sim senhora... — responde ele, rindo e mostrando as sedutoras covinhas e os dentes perfeitos. Levanta-se e vai comprar a cerveja.

Enquanto o observo de longe, a irritação que já estava começando a sentir vai passando. Ok. Ele é folgado e está longe de ser um cavalheiro, mas é um pedaço de mau caminho. Não chega a ser o tipo modelo: guarda da infância uma postura um pouco estranha, com os ombros meio levantados e, embora não seja barrigudo, também não tem abdômen "tanquinho". Mas quem liga para isso? Ele tem uma combinação fatal de cara de homem, com um ar meio cafajeste, mas com uns olhos e um sorriso lindos.

Estou assim bem contente, aguardando a minha cerveja, que vem sendo trazida pelo meu Adonis dos trópicos, quando vejo uma cena patética, que acaba com a minha alegria.

15. Marco Túlio

Estamos na praia de Ipanema porque não quis levar Luísa ao meu *point*, no Leblon, onde fica a rede de vôlei dos meus amigos. Melhor não misturar as estações. Gosto de minha vida bem compartimentada. Praia com os amigos é uma coisa; praia com mulher é outra. Tinha pensado em dar uma caminhada até o Arpoador.... Não curto ficar parado. Prefiro nadar, andar, jogar vôlei ou frescobol. Mas Luísa trouxe uma bolsa de palha enorme, cheia de tralhas. Tem até jornal...

Quando trago a cerveja que ela pediu e começo a servi-la, percebo que está com uma cara meio esquisita. Segura o copo com a mão trêmula.

— Aconteceu alguma coisa? — pergunto, sentando-me ao seu lado.

— Não olha agora, mas, à minha esquerda, está a minha mãe com o novo namorado...

— Sua mãe? Onde?

Tento ver quem está atrás dela.

— Porra, Marco, já falei pra não olhar. Eu não quero falar com ela.

— Mas por quê?

— Porque a gente brigou. Ela largou o meu pai e agora eu acabei de ver que foi pra ficar com um cara que podia ser filho dela.... E que, ainda por cima, é ridículo, com um cabelo até a cintura, parecendo um vocalista de banda *heavy metal*...

Inclino-me discretamente para trás e localizo o casal.

— O quê? É aquele cabeludo ali? Ih, tá beijando a mulher... É sua mãe, de maiô verde?

A coroa é enxuta, mas o cara é mesmo uma figura.

— É, é ela mesma... Cara, essas coisas só acontecem comigo... Deve ser castigo. Mas eu juro que não mereço — choraminga Luísa, segurando a cabeça com as mãos. — Vamos embora, Marco, antes que ela me veja.

Mete na bolsa protetores, jornal, cigarro e tudo mais que estava em cima da canga.

— Acho que é tarde demais... Eles estão vindo para cá.

— Puta que pariu! — xinga Luísa. Como fala palavrão!...

— Luísa! Que coincidência... — exclama sua mãe, parando bem na nossa frente. O cara, que parece não ver o sol há décadas, também se aproxima, pouco à vontade. Luísa suspira e levanta a cabeça devagar. Responde secamente:

— Oi.

A mãe se abaixa para beijá-la. Depois, animada, apresenta o cabeludo:

— Minha filha, este é o Hugo. Hugo, esta é Luísa.

— Oi, como vai?

Luísa aperta a mão que ele estende sem vontade. Já estou me sentindo invisível, quando a coroa finalmente se vira para mim e, sorridente, se apresenta:

— Prazer, Marietta.

— Marco Túlio. O prazer é todo meu.

Hugo também vem me cumprimentar. Reajo com simpatia. O que poderia fazer? Talvez tenha me excedido ao oferecer uma cerveja... Eles não aceitam. Mas também não vão embora.

— Alguém se anima para um mergulho? — convido, tentando descontrair o ambiente.

— Eu topo — responde Hugo, prontamente.

— Então vamos nessa — me levanto, ignorando o olhar suplicante de Luísa.

A caminho da água, Hugo dispara:

— Você é namorado dela?

— Não, não temos nada sério — respondo.

— Sei...

Sujeitinho enxerido. A minha vontade é perguntar: "E você? Vai casar com a coroa, ou tá só comendo?". Mas não vou comprar uma briga que não é minha...

— Elas estão brigadas?

— É, parece que estão... — responde ele, vago.

Sinto que a conversa não vai fluir, então corro em direção ao mar e mergulho, furando a próxima onda. Depois dou umas braçadas fortes. Adoro nadar. Quando viro em direção à areia, vejo Hugo saindo do mar e espremendo o excesso de água dos cabelos, igual a uma mulherzinha. Não que ele tenha cara de *viado*, mas é um sujeito estranho. Pego uma onda para passar de volta pela arrebentação. Depois dou mais um mergulho e saio, sacudindo a cabeça e dando pancadinhas perto do ouvido, para tirar a água. Como fazem os homens. Hugo está esperando. Como é que eu fui me meter nessa enrascada? Saio duas vezes com a mulher e na terceira caio no meio de uma briga de família! E se eu fosse embora? Não, não dá. Ia ser sacanagem com ela. Não custa nada voltar e ajudá-la a cair fora.

— Vamos? — pergunto para Hugo, fazendo sinal para ele liderar a volta.

— Não é melhor a gente deixar elas conversarem um pouco?

Pode até ser que seja. Mas não estou a fim de ficar aqui parado que nem um dois de paus olhando pra cara desse mané. Então respondo:

— Não — e pego o caminho de volta.

De longe, já dá para ouvir a voz de Luísa:

— Eu não quero conhecer ninguém! Me deixa em paz, porra!

Quando me aproximo um pouco mais, vejo que está chorando, enquanto sua mãe insiste para que converse como adulta. Ao nos ver chegando, Luísa tenta se recompor e Marietta pergunta, sorridente:

— A água está boa?

— Está ótima — respondo, lançando-lhe o meu olhar quarenta e três (um hábito difícil de controlar diante de uma mulher bonita, seja qual for sua idade) — Mas infelizmente nós temos que ir, não é Luísa? Vamos pegar um cineminha...

— Pois é... Que pena, não? Mas já temos que ir mesmo — diz Luísa, irônica, levantando-se e puxando a canga na qual Marietta está sentada. — Você me dá licença, mãe?

— Ah, claro... Desculpa — responde ela, enquanto se levanta

com a ajuda de Hugo. O cara tá mesmo caidinho...

Luísa sacode a canga e guarda na bolsa. Depois pega nossos chinelos e me fala:

— Vamos andando pela praia, tá? — e, voltando-se para Hugo — Foi um prazer.

Despeço-me dos dois e sigo atrás de Luísa em direção à beira da água. Alguns passos depois, ela volta-se para trás e grita:

— Ah! Hugo! Você devolve o casco da cerveja ali na barraca pra gente, por favor!? — e, sem esperar por uma resposta, dá meia volta e continua a andar.

— Graças a Deus que você me tirou dali, Marco, porque eu estava a ponto de agredir a minha mãe. Fisicamente! Você acha que eu estou exagerando?

— Sei lá, Luísa. É difícil dizer. Não é a minha mãe... Mas acho que é normal você ficar chateada.

— E isso porque você não sabe da missa a metade... — comenta, mas depois se cala. Acho que vou continuar sem saber...

Vamos andando em silêncio até a altura da Rua Vinicius de Moraes, onde Luísa para.

— Bom, meu carro tá nessa direção. Desculpa se eu estraguei a sua praia, mas acho melhor eu ir pra casa e esfriar a cabeça — diz, com lágrimas nos olhos.

— Não tem o menor problema. Eu gosto mesmo de caminhar — respondo e fico esperando ela vestir o *short* e a camiseta.

— Você vai ficar bem? — pergunto. Não sei como agir nessas situações. As mulheres me deixam confuso. Se choram, meu instinto é tentar consolar (a menos que o choro seja voltado contra mim). E consolar é abraçar e beijar... Mas não quero ser mal-interpretado. Sei lá, ela pode achar que sou um insensível que resolveu dar uns amassos na hora em que ela está arrasada. Mas, se não faço nada, também posso ser considerado insensível... E o pior é que ela tem um jeito de durona que só dificulta.

— Vou, pode ficar tranquilo. E obrigada, viu?

Depois pega no meu ombro e me dá um selinho. Tento abraçá-la um pouco e afago suas costas, mas ela logo se desvencilha e pega a bolsa para ir embora.

— Te cuida — digo, enquanto ela se afasta.

Fico observando enquanto ela caminha para a calçada. É uma mulher interessante. Aliás, interessante não. Como diz um amigo, interessante é enciclopédia. Ela é... digamos... atraente. A bunda não é muito firme, mas é de bom tamanho. O cabelo vermelho é bem estranho, mas combina com ela. É engraçada. Independente. Gosto disso. Só que tem ex-marido, filho e ainda por cima essa mãe problemática. E quem se importa? Não pretendo mesmo me envolver. E aí está sua maior qualidade: ela não parece ter problemas com isso.

Dou meia-volta e sigo em direção ao Leblon. Na altura da Rua Garcia D'Ávila, encontro Fernandinha, a gatinha da academia. Está com uma amiga, igualmente gatinha, com cabelos igualmente longos, lisos e quase loiros. Parecem irmãs. Fernandinha se derrete toda ao me cumprimentar e depois me apresenta à amiga Malu. Comentam que o mês de junho é mesmo maravilhoso. Dias lindos, sem muito calor. Esgotado esse assunto, Fernandinha pergunta se já fiz a nova aula de *spinning* da academia. "É tudo de bom. Você queima um monte de calorias e libera muita endorfina. Vale super a pena e a música é ultra animada", garante. Asseguro que vou fazer uma aula na semana que vem e depois me despeço.

Fernandinha é mesmo uma gracinha... E me dá o maior mole. Qualquer dia eu a convido para sair. Só dá um pouco de preguiça. Teria que ser para jantar. Mas o que vamos conversar a noite toda? Mal conheço a menina... Não tenho a menor ideia dos seus interesses. Talvez fosse melhor levá-la a uma boate. Assim dançamos mais do que conversamos e depois, com um pouco de sorte, eu a levo pra cama. Na teoria, tudo muito simples. Na prática, há enorme potencial para problemas. Ela pode não ir pra cama comigo no primeiro encontro. Aliás, essa é uma hipótese bem provável. Fernandinha, embora muito jovem, parece bem careta. Malha de manhã bem cedo, antes de ir pra faculdade. Não me lembro o que ela estuda, mas é algo do tipo Administração ou Direito. Aliás, não, é Fisioterapia! E depois estagia em uma clínica. Me contou enquanto tomávamos um suco na academia. Enfim, se ela não for pra cama comigo de cara, das duas uma: desisto ou invisto mais na conquista. Trabalho perdido ou muito trabalho. Agora, se ela for, pode ser ainda mais complicado. Ela pode ter expectativas de um relacionamento duradouro. Se eu não a procurar mais, vai ficar magoada. E eu não quero magoar ninguém. Mas também não quero namorar a Fernandinha. Na verdade, não sei bem o que quero. Talvez eu pense demais. Gostaria que as coisas acontecessem naturalmente. Mas, quanto mais eu conheço as mulheres, mais difícil fica parar de tentar prever a reação delas.

Quando chego à rede de vôlei, o pessoal já está jogando. Gustavo e Nelson de um lado, Denise e Lucas de outro. Pego uma água-de-coco na barraca onde tenho conta e sento para assistir ao jogo, esperando para entrar no próximo. Alguns minutos depois, Inês, mulher de Gustavo, chega com seus dois filhos e, sentando-se ao meu lado, pergunta:

— Não vai jogar?

— Vou, tô esperando terminar essa partida pra entrar na próxima.

— Então entra logo no lugar do Gustavo, porque a gente já tá atrasado pro almoço...

— Por mim não tem problema...

— Gu! Guu! Vambora, amor, deixa o Marco entrar no seu lugar!

Gustavo, que está prestes a sacar, responde:

— Peraí, Inês, já tá terminando... — e saca. Belo saque, mas Lucas recebe com perfeição.

— Porra, Gustavo, eu não quero chegar atrasada de novo! Depois a sua mãe fica reclamando... E o sol tá muito forte pras crianças!

Gustavo continua jogando.

— Gustavo! Gustavo! Vamos lá, as crianças já tão prontas! E tão com fome! Daqui a pouco elas se sujam de novo...— insiste Inês, pegando a filha menor no colo. O menino continua sentado, assistindo — Hein, Gustavo! Vamos!

— Caralho! — esbraveja Gustavo, chutando a areia, após acertar uma bola na rede — Que inferno! Não dá pra esperar cinco minutos... — e, voltando-se para os amigos — Valeu, galera! Amanhã eu vou tentar vir sozinho...

— Fala, Marco, tudo em cima? — cumprimenta, tentando disfarçar o mau humor.

— Beleza. Bom almoço pra vocês. Tchau, Inês! — respondo, saudando Gustavo com um *high-five* e acenando para Inês e as crianças.

Tomo meu lugar no jogo, enquanto Gustavo pega uma barraca

e duas sacolas enormes e segue Inês e as crianças em direção à calçada. Casamento...

Chego em casa às quatro da tarde, varado de fome. Gosto de cozinhar, mas estou com preguiça. Como um iogurte e uma maçã. Não mata minha fome, mas engana. Depois vou pro banho. A maior parte das pessoas desperdiça muita água. Eu não. Ligo o chuveiro para me molhar e desligo na hora de me ensaboar. Sou econômico. E também organizado. Penduro minha sunga na área de serviço. Torneira não é varal. Não tem coisa mais irritante do que mulher que pendura calcinha na torneira... A toalha eu deixo bem esticada no vidro do box, assim seca melhor. Odeio toalha úmida. Enxugo os ouvidos com um cotonete. Uso o mesmo lado nos dois ouvidos (eles não estão sujos, apenas molhados) e guardo o cotonete em cima do armário de espelho para usar o outro lado amanhã. Escovo os dentes e depois passo Leite de Rosas debaixo dos braços (melhor e mais barato do que qualquer desodorante aerossol).

Vou para o quarto, visto uma cueca e uma camiseta e deito na cama para ver um pouco de televisão. Sintonizo em um jogo de tênis. Meus olhos pesam. Estou em um navio. Não conheço ninguém. É a noite do jantar do comandante e eu divido a mesa com um menino de cerca de dez anos e uma senhora de cabelos brancos. A comida é maravilhosa, mas o menino se recusa a comer. Começa a fazer bagunça, jogando comida para fora do prato, na mesa e no chão. Quero falar com a senhora, que deve ser avó do menino, mas ela sumiu. As pessoas em volta me olham como se eu fosse responsável pelo comportamento dele. Levanto-me para procurar a coroa e o menino me segue. Tento me desvencilhar, mas não consigo. Vou até o convés e ele vem atrás de mim. Está muito frio do lado de fora. Venta forte. Quando tento entrar, a porta pela qual saí está fechada. O menino começa a chorar. Bato nas janelas, mas ninguém ouve. Acordo gelado. Já é noite. A janela do quarto está aberta e entra um vento frio. Dormi por cima das cobertas, só de cueca e camiseta. É sempre assim: sonho que estou com frio e, quando acordo, está realmente frio; sonho que estou no deserto e acordo com sede; sonho que estou sufocando e acordo com a coberta na cara.

Já são sete horas. Não tenho planos para a noite. Nelson me convidou para ir à festa de uma amiga de sua namorada. É uma ideia. Mas estou morto de fome e sem saco para fazer social. Acho que vou ligar pra Luísa. Pergunto como ela está e convido para comer uma pizza. Melhor do que ir à festa. Visto um moletom e ligo. Ela aceita de cara, mas pede que eu vá buscá-la em casa. Anoto o endereço e desligo satisfeito. Tenho companhia para jantar e conversar. Talvez transar... Era exatamente o que estava com vontade de fazer. Porque o chato de ser solteiro é que, às vezes, você acaba fazendo o que não quer, só para não ficar sozinho.

No restaurante, pedimos um vinho tinto para acompanhar a pizza. Luísa parece feliz e relaxada. Fala muito. Conta sobre sua infância. A mãe que bebia. Sempre teve dificuldade em se relacionar com ela. O pai? Um homem maravilhoso. Não entende como sua mãe pôde trocá-lo por Hugo. Escuto tudo com atenção, mas falo pouco. O que posso dizer? São questões familiares, muito íntimas. Deve ser mesmo difícil aceitar um namorado da mãe. Mas só posso imaginar. Não tenho experiência no assunto.

A certa altura, ela parece se dar conta de que está falando demais e pergunta:

— E você, Marco? Tô aqui há horas falando da minha vida e não sei quase nada de você... Aliás, outro dia estava pensando que você nem me contou de onde conhece a Ingrid... Ela nos apresentou, disse que eu tinha sido aluna dela e eu fiquei sem saber qual a sua relação com ela...

— É mesmo, ela não explicou. Você nem imagina... — respondo, enquanto Luísa apóia os cotovelos na mesa e a cabeça nas mãos, pronta para me ouvir — A Ingrid foi casada com o meu pai por mais de dez anos. Casaram quando eu tinha cinco anos. Então, ela ajudou a me criar...

— E a sua mãe?

— Minha mãe morreu quando eu tinha oito anos, em um acidente de carro.

Não gosto de falar no assunto, mas quando vi, já tinha respondido além da pergunta.

— Nossa! Sinto muito...

— Mas a Ingrid foi uma boa madrasta, pena que se separou do meu pai quando eu era adolescente.

Mais uma vez dou mais informação do que pretendia.

— E você tem irmãos?

— Tenho um irmão, cinco anos mais velho do que eu. E você?

— melhor reverter esse interrogatório. Minha família não é "assunto".

— Eu tenho um irmão dois anos mais novo, mas ele mora nos Estados Unidos.

— E ele já sabe do novo namorado da sua mãe?

— Sabe da existência, mas acho que não sabe dos detalhes...

— Como você acha que ele vai reagir?

— Não sei, ele tem uma relação bem diferente com a minha mãe... Sei lá — responde Luísa, pegando o cardápio. — Você vai querer sobremesa?

Quando a deixo em casa, ela me convida para entrar. Seu filho está na casa do pai. O apartamento térreo é simpático, embora um tanto rústico. A sala é dividida em dois ambientes. No mais alto, com piso em tábua corrida escura, há um sofá de alvenaria embaixo da janela e, na parede oposta, uma espécie de banco serve de apoio para a televisão e alguns livros e fitas de vídeo. No ambiente mais baixo, o piso é de lajotas vermelhas e há apenas uma pequena mesa de jantar redonda, em frente a uma espécie de janelinha que dá para a cozinha. Nas paredes, além de vários quadros (alguns certamente de autoria dela) há nichos com estátuas, esculturas e porta-retratos com fotografias de família (à primeira vista, não identifico nenhuma do ex-marido). A arrumação deixa a desejar: brinquedos no chão, papéis sobre a mesa de jantar, sacolas, bolsas e casacos em cima do sofá e pendurados nas cadeiras. Pelo menos não tem louça suja na sala... Luísa pede vagas desculpas pela bagunça e procede, sem nenhum pudor, a um *tour* pelo resto do apartamento, começando pela cozinha (onde a louça se acumula dentro da pia), e terminando no seu quarto. Perto da cama (que é apenas um colchão sobre um nível de piso mais elevado, coberto de roupas e lençóis embolados), eu a abraço e comento:

— Adorei a casa, é a sua cara — pensando que realmente o apartamento reflete a personalidade de Luísa: com algum charme, sem frescura, funcional e um tanto esculhambado.

— Isso é um elogio? — pergunta ela sorrindo, como se adivinhasse meu pensamento.

— Não deixa de ser — respondo, beijando-a e puxando-a para a cama.

— Sabe que é isso que eu digo quando vou a uma exposição ou ver a peça de algum amigo e odeio ou não entendo nada? — diz ela, rindo e rolando para cima de mim.

— Garota esperta... — respondo, beijando-a novamente.

A noite está perfeita. Bom jantar, sexo ótimo. Até aceito o convite para dormir. Não estou com pressa de voltar pra minha solidão, ao contrário do que costuma acontecer. Vamos pra sala pra ver um pouco de televisão e, enquanto procuro um copo limpo e uma garrafa de água na cozinha, Luísa confere os recados na secretária eletrônica. Não tenho como deixar de escutar a voz masculina na gravação:

— Oi, princesa, aqui é o Raul. Espero que você tenha chegado bem ontem. Queria te ver de novo; que tal um chopinho hoje ou amanhã? Me liga. Meu telefone é 22623453, e o celular é 88998702. Beijo grande.

Bom, nós não temos mesmo nenhum compromisso... Mas, porra, quem é esse sujeito? Chegou bem ontem? Te ver de novo? Princesa??? Beijo grande? Que cara-de-pau! Mas não posso reclamar. Se digo qualquer coisa, Luísa pode interpretar como admissão de compromisso. Estou parado na cozinha, com o copo e a garrafa de água na mão, quando ela enfia a cabeça pela janelinha de comunicação com a sala.

— E aí? Encontrou os copos? — pergunta, soltando uma baforada de fumaça de cigarro na minha cara.

— Encontrei — respondo, abanando a fumaça. — Você também quer água?

— Quero. Pega pra mim, por favor, enquanto eu abro uma janela aqui pra arejar?

Melhor não falar nada sobre o telefonema, nem de brincadeira. Não quero dar a impressão errada. Não estou com ciúmes. Só é um pouco incômoda a ideia de que ela esteja saindo com outro homem... Achei que era uma mulher liberada, independente, bem resolvida... Não pensei que fosse vadia... Talvez não seja, pode ser só uma paquera. De qualquer jeito, não importa. Melhor assim, sinal de que está tudo bem claro. Amizade, sexo casual e só. Assistimos ao final de um filme na televisão e vamos dormir.

No domingo, acordo antes dela e resolvo preparar o café-da-manhã. As mulheres acham o máximo quando um homem prepara o café... Além disso, estou morrendo de fome e gosto mesmo de mexer na cozinha dos outros. A geladeira de Luísa é bem provida, embora bastante desorganizada. Tem queijos, frios, geleias, iogurtes, frutas e verduras, além de um monte de potinhos de sobremesas infantis. Antes de pôr mãos à obra, lavo a louça da pia. Não dá para preparar nada no meio da bagunça. Quando estou terminando de botar a mesa, ela acorda. Aparece na sala ainda meio dormindo, de pijama, cara amassada e cabelos desgrenhados.

— Ah! Você tá aí? Já tava achando que tinha ido embora... Dormiu bem? — e me beija rapidamente.

— Muito bem. E você?

— Também.

Depois, vendo a mesa posta, exclama:

— Nossa, você preparou o café! E lavou a louça! Que homem prendado... — e me dá um beijo estalado no rosto:

— Deixa eu pegar o jornal ali na porta pra gente ler enquanto come.

E assim passamos o dia, ela de pijama e eu com um moletom velho que ela me emprestou pra dormir. Até ensaio uma retirada depois do café-da-manhã, mas ela me convida para ficar ("podemos ver o vídeo que eu aluguei ontem") e não consigo resistir. O tempo virou e, além de frio, cai uma chuvinha persistente. É o dia perfeito para ficar em casa de preguiça. Então, embora seja contra meus princípios (pois passar o dia de pijama vendo televisão, comendo e namorando é coisa de casal e não de um casinho descompromissado), relaxo. Vemos o filme (uma comédia hilária), transamos, depois preparo um macarrão para o almoço ajantarado e, somente quando ela começa a assistir E.R. (*Emergency Room*, um seriado hospitalar americano que chega a ter cheiro de éter), é que começo a ficar de saco cheio. Anuncio que está na hora de ir e Luísa não insiste para que eu fique ("Antônio deve chegar daqui a pouco e é melhor mesmo que você não esteja mais aqui"). Ficamos de nos falar durante a semana.

16. OTÁVIO

Não consigo me concentrar no trabalho. Estou há meia hora empacado no mesmo parágrafo. Lá fora, a chuva continua torrencial. Segundo Adriana, não deveria chover tanto em julho. Só espero que não esteja acontecendo nenhuma desgraça lá em casa. Telefono para saber se está tudo bem? Mas Adriana deve estar lá tomando conta da obra e pode querer combinar algum programa para a noite.... Às vezes sinto que ela invadiu a minha vida. Foi tudo muito rápido. Nos conhecemos num dia, saímos no dia seguinte e, daí em diante, entre uma trepada e outra, ela inspecionou os vazamentos do meu apartamento, chamou técnicos para realização de testes, descobriu os pontos de infiltração e iniciou as obras de reparo. O resultado é que agora estou namorando a minha arquiteta. Me deixei envolver. Ela tem a chave da minha casa e costuma passar o dia inteiro lá, fiscalizando o serviço dos operários e trabalhando em outros projetos.

Eu devia estar satisfeito. Afinal, além de ser uma profissional muito competente, é uma mulher bonita, sensual, simpática e agradável. Só que eu não estou apaixonado por ela e sei que não vou ficar. O certo seria parar de alimentar suas esperanças e terminar logo o relacionamento. Mas não tenho coragem. Ela é tão conveniente. Nunca reclama de nada. Ri de minhas piadas e está sempre disposta para o sexo. Aliás, talvez um tanto disposta demais. Todo santo dia quer transar. No começo achei ótimo, mas agora estou ficando cansado. E ela não desiste fácil. Se digo que estou exausto ou que preciso acordar cedo, ela me provoca de tal forma que acabo cedendo. E não importa se não moramos juntos e não dormimos juntos todas as noites. Outro dia chegou lá em casa cedo, antes dos operários, e me pegou saindo do banho. Quando me dei conta, já estava de joelhos aos meus pés, chupando meu pau... Se vou deixá-la em casa e recuso o convite para subir, me ataca ali mesmo. No carro. Desde a adolescência eu não transava no carro. E, naquela época, os carros não tinham *insulfilm*. Hoje em dia é praticamente um motel sobre rodas. Ainda mais com uma mulher do tamanho de Adriana, que se encaixa em qualquer lugar. Mas não sou mais nenhum garoto e, por mais que seus ímpetos sexuais correspondam, em tese, ao sonho de qualquer homem, há momentos, como hoje, em que tudo que quero é ir para casa, sozinho, dormir na frente da televisão ligada. Sem sexo no carro, sem sexo no elevador, sem sexo no banheiro da boate (até isso nós já fizemos), sem sexo nenhum. Mas, na hora H, parece que cedo a instintos primitivos, não consigo recusar. E não é só isso. O problema maior é a reforma. Adriana já mostrou que sabe o que faz. E faz bem feito. Como é que posso terminar com ela sem pôr em risco a continuidade da obra? Mulher não separa bem as coisas. Dá pra perceber que a dedicação dela tem tudo a ver com o nosso envolvimento pessoal. Se termino o namoro, é bem capaz de abandonar tudo. Mas não é correto ficar com uma mulher só porque ela está consertando a sua casa. Me sinto péssimo. Melhor tomar uma atitude. Preciso ser honesto com ela... Será? Porque, a bem da verdade, ela é maior, vacinada e responsável por seus atos. No fundo, não a estou enganando. Nunca disse que a amo. Nem pretendo dizer. Ela sabe que me separei há pouco tempo. É natural que esteja confuso. Não lhe prometi nada, até porque ela nunca me pediu nada. Então, por que me precipitar? Melhor deixar rolar.

Peço um café à secretária e telefono para casa. Não vou conseguir trabalhar enquanto não tiver certeza de que está tudo bem.

17. ADRIANA

— Relaxa, Otávio, está tudo sob controle. A chuva atrapalha um pouco o teste da manta nova porque, se entrar alguma água, não dá pra ter certeza de que é falha da manta... Mas, por enquanto, não tem sinal de infiltração no seu quarto. Se continuar seco até amanhã é porque deu certo. Se entrar água, vamos ter que refazer o teste pra saber se o problema é da manta ou da água que infiltra pela janela do escritório...

— Mas e o quarto de Antônio?

— A gente ainda não começou a mexer. Eu ia começar ontem, mas com a previsão de chuva, achamos melhor deixar pra semana que vem. Ainda bem, porque se tivéssemos começado a quebrar... Enfim, lá só tem a goteira de sempre... E você, tá tudo bem?

— Tudo. Só estou um pouco atrasado com uma petição que é para amanhã. Devo sair tarde... Melhor você não me esperar, a gente pode jantar amanhã...

— Tem certeza? Porque eu podia preparar alguma coisinha pra gente comer aqui mesmo...

— Melhor não, Adriana, eu realmente não tenho hora pra sair hoje e talvez ainda tenha que trabalhar em casa... Mas amanhã a gente se encontra, tá?

— Você é que sabe... Então eu vou pra casa daqui a pouco, porque a gente já tá encerrando por hoje. Não dá pra fazer mais nada com essa chuva... Mas fica tranquilo, que tá tudo bem.

— Obrigada, querida, você é um anjo, não sei o que seria de mim sem você...

— Imagina... Amanhã a gente se vê. Um beijo.

— Outro, tchau.

Anjo? Anjo é pouco, eu sou uma santa! Ou, pelo menos, tenho me comportado como tal... Ele nem se lembra de perguntar como estou passando, só quer saber da obra. Mas não tem problema, é até melhor assim. Não corro o risco de me enganar... Otávio é muito transparente. Em condições normais, estaria me preparando para cair fora dessa relação, antes que ele me dispensasse. Ou pior, estaria apaixonada, completamente cega, achando que tinha encontrado o homem da minha vida. Mas desta vez estou mantendo o foco. É óbvio que ele não está realmente interessado em mim. Tem tesão, mas não tem paixão. Ainda fala muito na ex-mulher. Eu não me importo, pois meu objetivo com Otávio é um só: engravidar. E pensar que ele se separou da ex-mulher justamente porque ela fez um aborto sem consultá-lo! Mas não me iludo: isso não significa que ele queira outro filho, ainda mais de outra mulher... Não, ele só se envolveu comigo por carência e, se ainda não me deu o fora, foi só porque eu soube tirar vantagem da obsessão que ele tem com este apartamento.

Eu preciso de tempo para realizar o meu plano. Assim, antes que passasse o encantamento inicial, comecei a providenciar a reforma. Logo nas primeiras semanas de namoro, realizei alguns testes. "Sem compromisso". "Eu adoro um desafio". Em menos de um mês apresentei uma avaliação dos problemas e um projeto para realização dos consertos, com os respectivos orçamentos. Se ele não estava assim tão empolgado com o namoro, ficou muito animado com a obra. E eu demonstrando dedicação absoluta, sempre muito entusiasmada, como se estivesse trabalhando por puro prazer. Quando ele tenta pagar pelos meus serviços, desconverso. "Acertamos depois, e só se você ficar satisfeito".

Comecei os reparos pela piscina, que tinha um vazamento que resultava em uma goteira permanente na sala de televisão. Em duas semanas resolvi tudo. E o preço? Uma bagatela. Também repassei os descontos a que tenho direito como arquiteta e ainda pechinchei com os pedreiros, com o bombeiro, com o ladrilheiro, com Deus e o mundo. E fiscalizei a obra pessoal e permanentemente. Dedicação exclusiva, exceto por alguns projetos, coisa que dá pra fazer no escritório da casa de Otávio. Quando terminei a piscina, ele não cabia em si de felicidade, alívio e gratidão. Chegava a ser comovente. Este apartamento deve ter algum significado maior para ele, pois o normal seria que já o tivesse vendido e comprado alguma coisa menor, mais adequada a um homem solteiro. Mas não, faz questão de continuar morando nesta casa impregnada de lembranças de sua ex-mulher, mesmo que a cada tempestade tenha que sair distribuindo baldes embaixo das goteiras. Melhor para mim, pois Otávio não é homem de embromação, de ficar namorando sem envolvimento. Não prolongaria nosso relacionamento por pura carência. Mas também não tem coragem de terminar o namoro no meio da obra... Assim mesmo, tomo cuidado para deixá-lo à vontade, para não fazer cobranças, não pegar no pé. Se ele se sentir sufocado, encurralado, pode pôr tudo a perder. Então, danço conforme a música. No fundo, perceber que ele também está me usando alivia minha consciência.

18. MARIA

Por que ninguém chega na hora? Marquei o jantar para as oito horas. São oito e vinte e nada. Já arrumei e rearrumei a sala; prendi e soltei o cabelo três vezes; liguei para a casa da minha mãe para saber se as crianças jantaram direitinho; botei os salgadinhos na mesa e tomei duas taças de espumante.

— Sossega o facho, Maria — aconselha meu marido, que não levantou um dedo o dia inteiro para ajudar nos preparativos do meu jantar de aniversário.

— Acho que não vem ninguém. Devia ter convidado mais gente... Mas daí, pela lei de Murphy, viriam todos e não dá pra sentar mais de dez pessoas nesta sala...

— Vem cá, meu amor, senta aqui do meu lado... Se não vier ninguém, sobra mais pra gente... Aproveita e pega uma cervejinha pra mim, vai...

— Ha, ha, ha! Obrigada pelo apoio moral... — respondo, fazendo bico.

— Tô brincando, mozinho, claro que vem todo mundo!... Ou, pelo menos, a Luísa. Não é hoje que a gente vai conhecer o *bofe*?

— *Bofe*?! De onde você tira essas expressões? Ele não é gay, não... Você nem conheceu o cara e já tá implicando...

— Mas *bofe* não é gay!

— É sim! Ou então é mulher feia...

— Não senhora, a gíria até pode ser gay, mas *bofe* é macho...

— O porteiro avisou que D. Luísa está subindo — interrompe a empregada.

— Obrigada, Cleide, pode deixar que eu abro... Maurício, vê se não implica com o sujeito, já foi um custo pra gente conhecer...

Não dá para negar que Marco é um tesão. Tem aquela coisa de cara de homem com sorriso de menino que deixa as mulheres encantadas. De gay, não tem nada. É simpático, mas não fala muito. A conversa fica meio difícil, pois Maurício parece que não foi com a cara dele. Grande novidade... Mas logo chegam Bruna e Francisco e, minutos depois, Álvaro e Carla. Chamo as mulheres até o meu quarto para verem o vestido que comprei por impulso e que agora acho que não vou ter coragem de usar. Quando voltamos, Marco está perguntando a Maurício quanto pagamos de condomínio. Reavaliando, não é que Marco não fale muito: ele não fala de si mesmo. Em compensação, pergunta tudo da vida dos outros. Talvez seja normal, já que é o único estranho ao grupo... As mulheres estão adorando o interesse e os sorrisos sedutores. Também, com essas covinhas... Bruna pergunta sobre seu trabalho. Ele diz que é engenheiro em uma construtora. Álvaro, que também é engenheiro, quer saber em qual. Marco responde que é na MDL e muda de assunto, pedindo para ver o álbum de fotografias da viagem de Bruna e Francisco à Espanha, que está nas mãos de Carla.

— Eu vou passar umas semanas na Europa no início de agosto, mas acho que não vai dar tempo de ir à Espanha — comenta, enquanto folheia as fotografias.

Pela cara de Luísa, dá para ver que é a primeira vez que ouve falar no assunto. Mas ela não reage. Disfarça, acende um cigarro e vai até a cozinha. Vou atrás.

— Você sabia dessa viagem?

— Não tinha a menor ideia. Ele nunca falou nem que estava pensando em viajar... Desgraçado... — resmunga, enquanto abre a lata de cerveja.

— E você não vai falar nada?

— Eu não! Não vou passar recibo de otária... Ainda mais no meio de um monte de gente...

— É, você tem razão, melhor falar depois...

— Nem agora, nem depois. Ele que se dane... — responde Luísa orgulhosa, contendo as lágrimas. — A gente não tem nenhum compromisso. Ele não me deve satisfações... Mas não custava nada ter me contado, né? Filho-da-puta...

— Ordinário...

— Canalha...

— Babaca...

— Patife...

— Mas é bonito, hein? — digo, sorrindo.

— Ô, se é... E gostoso!...

Rimos as duas. Maurício entra na cozinha:

— Ah, vocês estão aqui... Maria, meu amor, não tá na hora de servir o jantar?

No dia seguinte, Maurício me conta que Álvaro descobriu que Marco é filho do dono da MDL. Ou seja, é podre de rico. Depois dizem que as mulheres são fofoqueiras... Em todo caso, fazendo jus à fama, ligo para Luísa e passo a informação. Como era de se esperar, ela não sabia. Até porque, se soubesse, obviamente já teria me contado...

— Maria, você não tá entendendo... Você precisa ver o apartamento dele... É um bom apartamento, no Leblon e coisa e tal... Mas a decoração é espartana... Não tem um quadro na parede!

— Vai ver que ele não gosta de pintura...

— Sei lá, não deve gostar mesmo... Porque pelo menos um quadro da Ingrid ele deveria ter... Mas não é só isso... É chato dizer, mas ele é meio zura, sabe?

— Sujeitinho estranho que você foi arrumar, hein?

— Bota estranho nisso...

— Mas é bonito!

— E gostoso!

Desligamos rindo. Coitada da minha amiga, só espero que ela esteja mesmo levando na brincadeira...

19. BERENICE

Lá vem Luísa. Dez e vinte e entra sem dar explicações. Dá bom dia e segue para os fundos da loja. Deveria chegar às nove e meia para me ajudar a abrir a loja. Isso eu nem exijo mais, porque sei que não vai acontecer mesmo... Mas também não posso ignorar que é a terceira vez esta semana que chega atrasada. Já chega! Hoje vamos ter uma conversa séria. Vou atrás dela. Está no estoque, ainda escondida sob enormes óculos escuros, trocando os sapatos (finalmente entendeu que tem de trabalhar de salto alto, como todo mundo). Quando começo a falar, ela tira os óculos e vejo que está com os olhos inchados de chorar. Ai, meu Deus! O que terá sido desta vez?

— Desculpa, Berenice, por favor... eu sei que estou errada... mas, desculpa, tá? Eu só preciso me acalmar um pouco... É que eu não tô bem... Minha vida tá um horror... Mas pode deixar que eu não vou ficar te alugando, não... E não vou mais me atrasar...

E chora de soluçar. Eu sei que não devia fazer isso, mas não resisto: sento-me ao seu lado, ponho o braço sobre seus ombros e pergunto o que houve.

— Ah, Berê... É uma bobagem... Eu é que sou muito burra mesmo... Fui deixar o Antônio na casa do Otávio e aquela lourinha com cara de vadia estava lá... Dona da casa! Já deve estar morando lá. Tá reformando tudo... Nem parece mais a nossa casa...

Mais choro.

— Eu já tinha encontrado com ela na semana passada, sabe... É que eu saí com um cara amigo de uma amiga minha, que conheci outro dia numa gafieira, só para dar o troco no Marco Túlio que vai para a Europa em agosto e nem tinha me contado nada. Só foi contar no aniversário da Maria, na frente de um monte de gente, como se fosse a coisa mais natural do mundo ele viajar e nem me falar nada... E já estamos saindo há meses! Não que eu achasse que a gente tava namorando... Porque ninguém falou nada disso... Se bem que eu achava que tava namorando... Mas daí eu entendi o recado e então resolvi sair com o Raul, que passou a noite toda dando em cima de mim na gafieira. Pra dar o troco... Só que encontramos o Otávio e essa namorada dele, a tal da Adriana, uma loura toda sarada de um metro e meio... Foi muito humilhante, porque o Raul é um tipo assim não muito bonito, meio gordo, que usa a camisa bem aberta... E se fosse para encontrar o Otávio, era melhor que eu estivesse com o Marco, que é lindo e charmoso e não com o Raul, que é um oficial de justiça com cara de funcionário público... Eu sei que não tem nada de errado com ser funcionário público, mas o problema é o Otávio... E daí aquela lourinha esquálida tá lá na casa dele, com ares de proprietária, enquanto eu não tenho ninguém... Otávio me largou; Marco vai viajar; e Raul, que até que tem seu charme, também não deu em nada. Só dei um beijinho nele e depois achei que não adianta nada sair por aí dando pra todo mundo, porque no fundo eu amo mesmo o Otávio e, bem ou mal, tenho esse caso muito mal parado com o Marco...

Por que eu fico ouvindo esses desabafos? Não tem o menor cabimento, mas fico com pena... Às vezes sinto que ela está me manipulando... Afinal, essa história toda não justifica o atraso. Ela não se atrasou porque foi deixar o filho na casa do ex e encontrou a nova namorada dele. Uma coisa não tem nada a ver com a outra. É claro que ela já saiu atrasada para levar o filho... Mas como vou ameaçar demitir uma pessoa completamente perturbada e em prantos? E também não quero demiti-la...

No começo, não gostava dela e acho que ela também não ia com a minha cara. Ouvia as minhas instruções com ares de superioridade. Achava que ela era uma mulherzinha mimada, que não ia durar mais de dois meses no emprego. Metida a besta. Até o dia em que soube da separação dos pais e chegou aqui com uma cara horrível. Foi só eu perguntar se estava com algum problema, que já começou a chorar. Fiquei tão transtornada vendo aquela mulher feita chorando como uma criancinha, que deixei a antipatia de lado e chamei-a para conversar. Então, como hoje, ela foi se abrindo, falando coisas muito íntimas, como se fôssemos amigas. Aí vi que ela não era uma simples dondoca fútil aban-donada pelo marido. E devia gostar de mim, ou não me escolheria como confidente. Agora nem sei... Me deixei envolver demais. Preciso dar um basta. Ela parece nem se dar conta da minha existência. É como se eu fosse um muro das lamentações. Nunca deve ter parado para pensar que eu também tenho sentimentos, problemas, uma vida fora da loja. Nem imagina que eu sonho com ela. Hoje mesmo, sonhei com ela. Ou me-lhor, tive um pesadelo: ela não aparecia na loja. Eu ficava ligando para o seu celular e só dava fora de área. As clientes entravam e eu não po-dia atender ninguém porque estava telefonando. A Valéria ainda falava: "Ela não vem, deixa pra lá", mas eu continuava tentando. Aí, de repente, num impulso, eu deixava um recado na caixa postal dizendo que ela tinha que voltar porque eu a amava. E assim que eu desligava, via que ela estava entrando na loja. Me dava um desespero horrível. Não sabia o que dizer. Temia que ela já tivesse ouvido o recado. É claro que não dava tempo de ela ter ouvido, mas, no sonho, parecia que dava. Acordei com uma sensação de ter feito uma loucura irremediável. Quando percebi que era só um sonho, fiquei aliviada. Mas a sensação continua...

— Berê! Ei, Berenice! Ai, foi mal, tô falando demais de novo... Você não aguenta mais, né?

— Não, Luísa, imagina, não tem problema... É que eu me distraí um pouco... Mas você tava falando do Otávio...

— É, deixa pra lá... É tudo bobagem minha. Cheguei aqui me sentindo um lixo. Mas agora já estou melhor. Sabe que falar com você me faz um bem enorme?

— Que bom... Mas, se você já está melhor, vamos trabalhar, que Valéria ficou sozinha... — digo, levantando para voltar à loja.

— Claro! Vou só passar uma água no rosto... E Berê, obrigada, viu? Você tem sido uma grande amiga... — diz, vindo me abraçar — Se precisar, pode contar comigo. Pra qualquer coisa...

Fico meio constrangida com o abraço, mas logo ela ri e com-pleta:

— Menos para aquela conferência de estoque no domingo que vem...

Tem sempre uma piadinha... O pior é que acabo rindo. Saindo em direção ao banheiro, ainda explica:

— Brincadeirinha... Você sabe que, se não tiver outro jeito, eu venho...

Não é à toa que a sensação continua. A loucura já está feita. Estou apaixonada.

20. Luísa

Que linda manhã! Valeu a pena sair da cama tão cedo, ignorando os meus músculos doloridos. É o quarto dia do programa de condicionamento físico a custo zero que bolei para mim e Maria. Marcamos de nos encontrar sempre às oito da manhã em frente ao Piraquê e dar uma volta completa na Lagoa. No primeiro dia, Maria teve uma queda de pressão e tivemos que pedir carona a dois guardas municipais que patrulhavam a área em um pitoresco carrinho de golfe. No segundo dia, fui eu que passei mal e, como não havia guardas municipais à vista, tomamos um táxi de volta para casa. Ontem, Maria faltou. Problemas domésticos (pelo menos foi o que ela alegou). Então também não vim, aproveitando para dar um tempo ao meu corpo (li em algum lugar que é importante ter um dia de descanso para recuperação muscular, evitando a sobrecarga do organismo). Mas parece que não adiantou muito. Está difícil caminhar...

— Não sei não, acho que esse dia de descanso foi pior. Mal consigo esticar as pernas — comento.

— Talvez a gente não esteja fazendo direito os exercícios de alongamento. Eu também estou bastante dolorida.

— E se a gente, ao invés de dar a volta completa, fosse só até o Caiçaras e voltasse?

— A gente podia aproveitar e tomar café da manhã no Parque Lage — sugere Maria.

— Tem café da manhã no Parque Lage? Não sabia...

— Tem e é ótimo! Eles botam umas mesinhas em volta da piscina. Super agradável.

— Então a gente podia voltar até a minha casa e ir de carro.

— Agora?

— Não, agora não... A gente anda até o Caiçaras e volta... — sugiro convicta.

Não quero que Maria pense que estou dando para trás... Alguns passos depois tenho uma ideia melhor:

— A menos que a gente desse uma corrida... Aí dava pra encurtar um pouco mais o percurso, já que estaremos fazendo um exercício de maior intensidade...

— E você corre? — pergunta Maria, descrente.

— Ué, corro... Você não?

— Será que não faz mal?

— Imagina! Olha quanta gente correndo... Aquela mulher ali, por exemplo... Se ela pode correr, por que a gente não pode?

— Sei lá... Por que a gente mal aguenta andar?

— Bobagem! Vamos começar devagarinho. E correr é muito melhor do que andar. Emagrece mais. A pessoa seca.

Cerca de uma hora depois, estamos sentadas à beira da piscina do Parque Lage, tomando café e fumando.

— Foi sorte a gente encontrar de novo os guardinhas — comento, enquanto tento me decidir entre um *croissant* e um pão de queijo.

— É verdade... Por outro lado, foi um pouco humilhante sermos ultrapassadas por aquelas coroas.

— Eu só fui ultrapassada porque estava acompanhando o seu ritmo.

— Tá... Conta outra. O fato é que tem muita coroa que tá em melhor forma do que a gente. A sua mãe, por exemplo.

— Lá vem você puxar assunto da minha mãe...

— Mas é verdade... Sua mãe não fuma, não bebe e pratica exercícios regularmente há anos. Só podia estar melhor do que nós. Sabe que outro dia a minha irmã encontrou com ela no curso de taoísmo?

— Taoísmo?

— É, lembra que eu te contei que a Virgínia tinha entrado numa onda zen e que fazia uns cursos de umas práticas orientais?

— Aquele negócio de ter orgasmo de vinte minutos?

— É, isso mesmo...

— E a *minha mãe* também está fazendo isso? — pergunto, incrédula.

— Parece que sim. Ela e o Hugo que, aliás, a Virgínia já conhece há tempos. Parece que ele é quase um mestre — esclarece Maria, com um sorrisinho maldoso.

— E você me fala isso assim? Vai dizer que está achando muito natural e saudável...

— Tá bem. Confesso que é engraçado... Mas essa coisa de taoísmo não tem só esse aspecto sexual. É uma prática milenar. Uma espécie de ioga. O orgasmo de vinte minutos é quase um efeito colateral...

— Sei... Efeito colateral porque não é a sua mãe! PUTA QUE PARIU! Agora só falta alguém encontrar minha mãe numa boate de swing...

— Luísa, você não acha que está exagerando? O que é que tem? Deixa a sua mãe aproveitar a vida... Se ela ainda tem disposição para ter orgasmos de vinte minutos com um cara bem mais novo que ela, você devia levantar as mãos para os céus. E, falando sério, a Virgínia já me explicou que não é sacanagem, é uma filosofia.

— Deve ser mesmo, porque a pessoa, pra ficar gozando vinte minutos, deve ter que filosofar muito. Aliás, o homem também goza junto, ou pode sair pra fumar um cigarrinho enquanto a mulher atinge o nirvana?

Maria ri:

— Você se dá conta de como fica infantil quando se trata da sua mãe?

— E você se dá conta de como é fácil achar a loucura da mãe dos outros sensacional?

21. E-MAILS

De: *Marco Túlio Lopes*
Data: *domingo, 21 de agosto de 2005 12:56*
Para: *Luísa Tomasetti*
Assunto: *Oi*

Oi Luísa, estou em Barcelona. Hoje de manhã fomos visitar a Sagrada Família. Você tinha razão. É mesmo espetacular! A noite aqui é bem animada. Ontem fomos a uma boate muito louca e fizemos amizade com uns franceses. Pena que o meu francês não dá pra muita conversa... Amanhã ou depois vamos para Paris. Você quer alguma coisa de lá? Não dá pra escrever muito porque estou em um cybercafe e fiquei de encontrar Lucas daqui a cinco minutos no hotel (já estou atrasado). Espero que você esteja bem. Estou com saudades. Quando der, escrevo de novo.

Beijos, Marco.

P.S. — Você teria como me arranjar o endereço e o telefone daquele hotel em Paris que você disse que era bem localizado e barato? Perdi o caderninho onde eu tinha anotado essas coisas. Obrigado, bjs.

De: *Luísa Tomasetti*
Data: *segunda-feira, 22 de agosto de 2005 13:48*
Para: *Maria Motta*
Assunto: *socorro!*
Anexar: *Oi.eml (3,20 KB)*

Você acredita que, depois de mais de duas semanas viajando sem me dar sequer um telefonema, o Marco teve a pachorra de me mandar o e-mail anexo? Por mim ele pode dormir embaixo da ponte quando chegar a Paris (o que infelizmente não vai acontecer, já que ele tem dinheiro de sobra para pagar um bom hotel e não precisa de dicas econômicas... se bem que, do jeito que ele é zura, é capaz de se hospedar no Albergue da Juventude).

Como você sabe, amanhã é meu aniversário. Meu pai me convidou pra jantar, mas acho que vai ser muito deprimente só nós dois (tipo pai e filha abandonados), de forma que pedi para convidar você e o Maurício. Não aceito não como resposta. A reserva já está feita para as nove horas no Bernard. Conto com vocês. Bjs, Luísa.

De: Felipe Tomasetti
Data: terça-feira, 23 de agosto de 2005 11:22
Para: Luísa Tomasetti
Assunto: PARABÉNS!!!!

Luluzinha, querida, antes de mais nada, PARABÉNS!!! PARA-BÉNS!!! Vou tentar te ligar mais tarde para desejar felicidades pessoalmente. Agora, mudando de assunto, falei hoje com a mãe e ela está muito chateada porque você se recusa a falar com ela desde a separação. Aqui de longe, eu não entendo bem o que está acontecendo. O pai disse que está tudo bem, que eu não devo me preocupar. Você apenas me disse que acha um absurdo a mãe ter deixado o pai para ficar com outro homem (eu até concordo, mas não vejo como a gente pode impedir). Ninguém me fala nada sobre esse Hugo (exceto a mãe, que disse que ele é um homem maravilhoso e que está felicíssima com ele). Outro dia eu liguei para a casa da mãe (que, pelo que eu entendi, é a casa do Hugo) e ele atendeu. Como ela não estava, nós conversamos um pouco. Ele foi muito simpático, perguntou pela Catherine e pelo bebê. Disse que quer muito me conhecer, que a mãe fala muito de mim etc. etc... Em resumo, pareceu um sujeito bastante normal. Qual é o problema? Porque eu também sou contra a separação dos nossos pais (como fui contra a sua separação do Otávio também), mas não estou entendendo o motivo de você ter praticamente cortado relações com a mãe. Vocês estão me escondendo alguma coisa? O pai está bem? Por favor, me explique o que está acontecendo.

Por aqui vai tudo bem. A Catherine já não está mais enjoando. Parece que o bebê vai nascer em novembro. Ela pretende trabalhar até o último momento. Eu fico um pouco preocupado, mas acho que ela deve ter razão. É melhor economizar a licença para depois que o bebê nascer. Às vezes eu não acredito que vou ser pai. Aliás, a maior parte do tempo... Será que você vai poder vir nos visitar em breve? A casa é pequena, mas sempre dá pra arranjar um cantinho pra você e pro Antônio. Acho que a Catherine ia gostar da sua ajuda. Ela é a primeira entre suas amigas a engravidar, então só conta com os conselhos da mãe, que é uma mulher meio antiquada. Minha sogra acha que a Catherine devia parar de trabalhar e que nós devíamos nos mudar para uma casa com jardim em Nova Jersey. Diz que Manhattan não é lugar para se criar filhos. É uma cabeça muito diferente. Não sei como vamos nos arrumar aqui. A Catherine parece muito tranquila. Eu confesso que tenho tido pesadelos. A gente não tem a menor infra-estrutura. Babá aqui é artigo de luxo para milionários. Já arranjamos um *"day care"* (espécie de creche) aqui perto de casa. Custa uma fortuna e só resolve o nosso horário de trabalho. Mas e depois? E se o bebê ficar doente? E quando quisermos sair à noite? Tenho medo de ficar devendo a alma para a minha sogra... Bom, mas chega de reclamação. Vê se me escreve e me dá notícias. Agora eu tenho que ir porque o Mr. Lowell (meu chefe) está me chamando na sala dele.

Beijos e saudades, Felipe.

De: Luísa Tomasetti
Data: terça-feira, 23 de agosto de 2005 12:02
Para: Felipe Tomasetti
Assunto: Re: PARABÉNS

Irmãozinho querido. Não se preocupe com a nossa família disfuncional (ainda mais agora que você está começando a criar a sua própria... hahaha). Você bem conhece a sua irmã e a sua mãe. Compreensão nunca foi o forte entre nós. Quanto ao tal do Hugo, não estou te escondendo nada, até porque não sei e não quero saber nada sobre ele... Ok., eu sei só um pouquinho e não te dei o serviço para não ficar com fama de fofoqueira. Mas, já que insiste, aí vai: Ele é um "companheiro" do AA e é bem mais novo do que ela (deve ter uns quarenta e bem poucos anos). Tem o cabelo liso e longo até a cintura. É muito branco e pálido. Parece um metaleiro. Imagino que você, como as demais pessoas modernas e de cabeça aberta com quem convivo, não deve achar isso nada demais... Eu acho. Aliás, mesmo que ele fosse um senhor bem careta, acho que eu implicaria. Enfim, o problema parece ser exclusivamente meu. Eu sei que não posso passar o resto da vida sem falar com a mamãe. Qualquer hora, ou ela larga esse sujeito, ou eu acabo aceitando (torço pela primeira hipótese). Mas, por enquanto, não estou a fim de dar papo pra ela. Não quero saber detalhes de seu novo companheiro e de sua nova vida. E fico feliz em saber que ela está chateada. Eu também estou. Quanto ao papai, ele não é de falar dessas coisas, mas não posso crer que ele não esteja arrasado. Mas é claro que vai superar. Graças a Deus ele ainda tem o trabalho dele e, se a mamãe insistir nessa loucura, ele vai acabar arranjando outra. (...) Falando na mamãe, ela acaba de me ligar para dar os parabéns. Disse que quer passar aqui para me trazer meu presente... Perguntou se eu ia comemorar e eu disse que ia jantar com o papai. Ela disse que eu podia deixar o Antônio na casa dela... Hahaha! (além de absurdo, é completamente desnecessário, pois a Alice dorme aqui.) O que me irrita nela é essa insistência em fingir que está tudo bem entre nós. Parece coisa de maluco. Mas até que eu fui bastante delicada. Disse que ela podia passar aqui por volta das oito da noite e que o Antônio vai dormir na casa do Otávio (o que é a mais pura verdade). Como você vê, eu não sou um monstro. Acho que desse jeito não vai ter problema. Ela me dá os parabéns e não vai ter oportunidade de "conversar" porque o Antônio vai estar aqui. Depois eu vou ter que sair logo pra deixá-lo na casa do Otávio e ir encontrar com o papai (chamei a Maria e o marido também). Estou um pouco deprimida. Fazendo trinta e cinco anos (estou ficando velha mesmo, meu irmãozinho caçula vai ser pai...) e a minha vida uma merda. A única vantagem é que, do jeito que está, só pode melhorar. Aliás, eu ia adorar passar uma semaninha aí com vocês. O Antônio também ia amar conhecer a priminha. Mas, do jeito que vão as minhas finanças, só se o papai bancar. Quem sabe? Acho que em fevereiro já vou poder tirar férias.

Quanto às suas preocupações com a paternidade, acho que você vai tirar de letra. É uma mudança enorme. A vida nunca mais vai ser a mesma. Mas você vai adorar. E a Catherine, pelo pouco que eu conheci, me parece ser muito serena, o que já é meio caminho andado. Com criança pequena, paciência nunca é demais. O importante é você dar apoio, ajudar com o bebê. Não é fácil, mas você dá conta (vai me agradecer por ter te obrigado a brincar de boneca comigo). Além disso, eu ouvi dizer que os bebês americanos são muito independentes: dormem sozinhos, sem que ninguém precise ficar horas balançando eles no colo (o Antônio exigia que eu andasse de um lado para outro da casa); pegam a mamadeira sozinhos; largam as fraldas logo que completam um ano; etc. etc... Agora, a sogra é muito importante. A minha foi fundamental nos primeiros anos e eu realmente não posso me queixar porque ela é praticamente uma santa. Mas, se a sua não for, não perca a paciência com ela. DE JEITO NENHUM! Ainda não inventaram nada melhor do que avó para ajudar a tomar conta dos filhos da gente... Justiça seja feita, até a mamãe é uma grande ajuda; eu é que prefiro recorrer à Neuza. Então, mesmo que sua sogra se meta onde não é chamada ou implique com você, aguenta porque vale a pena. Enfim, chega de conversa fiada porque eu tenho um monte de coisas para fazer nesta terça-feira de folga, começando por levar o Antônio à escola. Se for me ligar à noite, tente o celular. Muitos beijos para você, para a Catherine e para o bebê (e o nome, ainda não decidiram? Que tal Luísa? Hahaha). Beijos, Luísa.

De: *Marco Túlio Lopes*
Data: *quinta-feira, 25 de agosto de 2005 15:17*
Para: *Luísa Tomasetti*
Assunto: *Parabéns atrasados*

Oi, linda, me desculpe, por favor... É que em férias a gente se desliga das datas, aí acabei esquecendo do seu aniversário... Perdão! Parabéns, parabéns! Pra tentar compensar, já comprei um presentinho. Acho que você vai gostar. Estou aqui em Paris. Como você não respondeu ao meu último e-mail, acabei ficando em um hotelzinho indicado pela Ingrid. É bem simpático. Amanhã nós vamos para a Bélgica de bicicleta. É uma viagem com guia e vai um grupo grande. Conforme for, voltamos também de bicicleta. O Lucas está te mandando os parabéns também. Muitos beijos e saudades, Marco.

De: Luísa Tomasetti
Data: sábado, 27 de agosto de 2005 23:59
Para: Marco Túlio Lopes
Assunto: Re: Parabéns atrasados

Oi Marco, desculpe eu não ter te respondido antes, mas ando muito ocupada. Não se preocupe por ter esquecido o meu aniversário, quase que eu esqueço também. Aliás, não me importaria de ter esquecido... Gostei de saber do seu passeio de bicicleta, me tirou qualquer inveja que eu pudesse ter da sua viagem (hahaha). Agora, sério, deve ser muito legal, pra quem tem preparo físico... coisa que eu não tenho. Enfim, o dia na loja hoje foi pesado e eu estou exausta (pelo menos tenho vendido bastante). Só estou escrevendo para você não achar que fiquei chateada por ter esquecido meu aniversário. Compreendo perfeitamente, até porque sou péssima para lembrar aniversários... Então não esquenta. Aproveita o resto da sua viagem e nós conversamos na volta. Beijos, Luísa.

P.S. — Pedala, Marco Túlio!

22. BERENICE

Ainda não consegui me entender com este novo programa de controle de estoque. Por que continuam aparecendo dois vestidos "Primavera", quando já lancei as vendas? Ou será que lancei errado? Talvez Luísa possa me ajudar. Ela leva jeito com computador. Mas está atendendo a uma cliente... E essa porcaria desse telefone que não para de tocar...

— Valéria, atende aí, por favor. Se for pra mim, pega o recado... Não posso parar isso aqui pela metade, ou não me encontro mais...

— Suzi Z, boa tarde!

— (...)

— No momento ela não pode atender. Quer deixar algum recado?

— (...)

— Ela está atendendo a uma cliente...

— (...)

— Um momento, por favor.

Valéria volta-se para mim e, tapando o bocal do telefone com a mão, explica:

— Berenice, é o ex-marido da Luísa, está muito nervoso, disse que é urgente...

Será que eu tenho que resolver tudo nesta loja? Pronto, agora a bosta do computador congelou... Merda!

— O que foi, Valéria? Não é pra Luísa? Então chama ela lá e continua a atender à cliente pra ela...

Finjo me concentrar na tela congelada do cumputador, mas fico atenta à conversa de Luísa.

— Alô?

— (...)

— É, Otávio, eu sei que ele foi pra casa do Mathias...

— (...)

— Como assim, não chegou?

— (...)

— Ai, meu Deus, não pode ser... Você tem certeza?

Só pode ter acontecido alguma coisa com o filho de Luísa... E deve ser grave, Otávio nunca liga pra cá... Não dá pra continuar fingindo que não estou ouvindo... Olho para Luísa como quem pergunta o que está acontecendo. Ela me ignora e começa a chorar.

— E o que a gente vai fazer, Otávio? Por favor, faz alguma coisa... Encontra o meu filhinho... — e desaba em prantos e soluços, debruçada sobre o balcão, onde larga o telefone.

Não sei se abraço Luísa ou pego o telefone, de onde se ouve Otávio gritando:

— Luísa!... Alô!... Luísa! Luísa!

Atendo:

— Alô, Otávio, é Berenice, gerente da loja...

— Me passa a Luísa, que eu não acabei de falar!

— Ela tá chorando muito... O que aconteceu?

— Diz pra ela não sair daí, que o pai dela está indo buscá-la.

— Tá bem, pode deixar.

Levo Luísa até o estoque.

— Senta aqui, que eu vou buscar um copo d'água pra você.

Além da água, pego também um calmante e a bolsa dela. Aviso Valéria pra tomar conta de tudo. Tenho que cuidar de Luísa até seu pai chegar. De volta ao estoque, pergunto o que aconteceu.

— Não sei, Berenice, deve ser um pesadelo... — responde ela, pegando o copo com a mão trêmula e engolindo o comprimido sem questionar — Antônio ia da escola para a casa de um amiguinho, mas o motorista do menino foi buscá-los e não voltou. Eles sumiram. Parece que foram sequestrados...

E volta a chorar. Sento ao seu lado e tento confortá-la, dizendo qualquer bobagem:

— Calma, Luísa, será que não houve um engano? Será que eles não foram pra outro lugar?

De repente ela se levanta, mais animada:

— Cadê minha bolsa?

— Tá aqui, eu achei que você podia precisar...

Começa a revirar a enorme bolsa:

— Onde tá meu celular? Antônio pode ter ido pra casa... Pode ter mudado de ideia, brigado com o coleguinha... Ou então pode ter ligado pro meu celular... Ele sabe o número de cor. Sempre disse pra ele me ligar a qualquer hora... Avisei para me ligar se algum dia se perder...

Finalmente encontra o aparelho.

— Meu Deus!!! Quinze chamadas perdidas! E eu não atendi. Meu filho deve ter me ligado e eu não atendi!!! Sabe por quê?! Porque a porra do telefone estava vibrando. Porque VOCÊ obriga a gente a desligar o som do telefone! Viu o que você fez? Satisfeita?!!

— Calma, Luísa, as ligações devem ser dos pais do coleguinha e do próprio Otávio — tento abraçá-la.

— Me larga! — grita, levantando-se e me empurrando — A culpa disso tudo é sua. Meu filho precisou de mim e não me encontrou... Olha aqui as chamadas... É, tem um monte da casa do Mathias... tem várias do Otávio, também... tem duas do celular da mãe do Mathias... tem três do meu pai... Acho que o Antônio não ligou... Ai, Berê, onde tá meu filho? Por que isso tá acontecendo comigo?

Cai em prantos e soluços. Agora, sim, ela deixa que eu a abrace.

— Você não ia ligar pra casa?

— É... Vou sim... Ele pode estar lá — responde, fungando.

Pego um rolo de papel higiênico no alto da estante e lhe passo um pedaço, enquanto ela disca.

— Alô! Alice? Oi, o Antônio tá aí?

— (...)

— É, eu sei que ele ia pra casa do Mathias... É que eu pensei que talvez ele tivesse mudado de ideia e voltado na *van*... Alice, presta atenção! O Antônio sumiu! Junto com o Mathias... Os pais dele acham que eles foram sequestrados... — e volta a chorar e soluçar.

Pego o telefone e explico a situação para Alice, que diz que chegou da rua há pouco e não sabia de nada. Também começa a chorar. Não tenho como lidar com outro ataque histérico. Sou uma só. Falo pra ela manter a calma, prometo dar notícias e desligo. Tento consolar Luísa, abraçando-a contra o meu peito. Ela chora convulsivamente, balançando-se pra frente e pra trás e balbuciando um misto de lamentações e acusações. Acaricio seus cabelos. São tão macios e cheirosos... Nunca tinha ficado tão perto dela... Que loucura! O filho dela pode ter sido sequestrado e eu aqui cheirando seus cabelos! Queria poder levá-la para casa e cuidar dela. Mas seu pai chega. É um homem alto, forte, um pouco calvo e completamente grisalho. Não tem cara de corno. Ao contrário, demonstra segurança e poder. Levanto-me para cumprimentá-lo. Falando baixo, explico que Luísa está em choque e que eu lhe dei um calmante. Ela parece nem ter percebido sua chegada. Ele se senta ao seu lado e a abraça, dizendo que vai ficar tudo bem.

23. OTÁVIO

Não sei o que fazer. Mas tenho que fazer alguma coisa. Fernando, o pai de Mathias, já me contou tudo o que sabe umas vinte vezes. Fábio, seu motorista, foi buscar os meninos na escola. Saiu de casa, no Leblon, às cinco horas da tarde, para apanhá-los, às cinco e meia, na Gávea. E não voltou mais. Às seis e meia, Bianca, a mãe de Mathias começou a ficar preocupada com a demora das crianças. Ligou para o celular do carro, que pareceu estar desligado. Tentou o celular de Fábio, que também estava desligado ou fora de área. Ligou para a casa de Antônio para saber se por acaso as crianças tinham ido para lá. Ninguém atendeu. Tentou o celular de Luísa, que tampouco atendeu. Ligou para a escola, onde informaram que os meninos saíram com o motorista no horário normal. Então ligou para o marido, que ainda estava no escritório. Fernando acionou a empresa responsável pelo sistema de rastreamento de veículos instalado no automóvel da família. Em seguida, ligou para a escola para confirmar a informação obtida por sua mulher. Depois ligou para mim. Enquanto estávamos ao telefone, recebeu um retorno da empresa de segurança, informando que seu carro tinha sido encontrado no alto da Gávea, na rua Cedro, vazio. Precisavam de sua autorização para acionar a polícia. Ele deixou o funcionário da empresa esperando na linha enquanto decidíamos o que fazer. Concordei quando ele disse que era melhor não tomar nenhuma atitude precipitada. Tudo indicava que as crianças tinham sido vítimas de um sequestro e a interferência da polícia poderia ser desastrosa. Ele ia procurar um amigo que conhecia um negociador de sequestros. Por enquanto, achava que o melhor a fazer era aguardar um contato. Disse que me esperaria em sua casa mais tarde para que juntos traçássemos um plano de ação. Um negociador de sequestros! Um plano de ação!

Desde que desliguei o telefone só consegui ligar para meu sogro e para Luísa. E se não fosse Frederico sugerir que nos encontrássemos na casa de Luísa, acho que nem isso eu conseguiria planejar. Fernando parece preparado para a situação. Mas como é que alguém pode estar preparado para uma situação dessas? Eu não estou. Talvez por não ser um industrial milionário como ele. Nunca pensei que alguém de minha família pudesse ser vítima de um sequestro. Só se fosse um sequestro relâmpago. E, quanto a isso, tomei as precauções possíveis, passando a levar anotadas as senhas dos cartões de banco e de crédito que jamais usei ou pretendo usar para sacar dinheiro em caixas eletrônicos. Mas, um sequestro de verdade, com pedido de resgate, essa é uma hipótese que nunca considerei seriamente. E por que levaram meu filho, se obviamente o alvo era Mathias? Por que não deixaram Antônio junto com o carro? Será que não é melhor chamar a polícia? Não posso tomar esta decisão sozinho. Melhor seguir logo para a casa de Luísa. Ela não vai ser de grande ajuda. Pelo telefone, pareceu estar completamente descontrolada. Mas Frederico é um homem vivido e seguro, acostumado a tomar decisões de vida ou morte sob pressão. Vai me ajudar a ver as coisas com mais clareza.

Saio do escritório sem dar explicações. Na casa de Luísa, Alice me recebe com a cara inchada de chorar. Frederico e Luísa ainda não chegaram. O telefone toca. Corro para atender. Pode ser o sequestrador... Mas é Marietta. Ela não está sabendo de nada e naturalmente estranha o fato de eu estar na casa de Luísa, na ausência dela e de Antônio, ainda por cima atendendo ao telefone. O que dizer? Não tenho cabeça para inventar uma explicação estapafúrdia, então conto o que aconteceu. Também não consigo dissuadi-la de vir ao nosso encontro. Minutos depois, chegam Luísa e Frederico. Ao vê-la, esqueço tudo o que passamos no último ano. É a minha mulher. Mãe de meu filho. Em instantes, vejo toda a nossa vida juntos, como dizem que acontece quando a pessoa está se afogando. Luísa grávida, nua, com uma barriga imensa, perguntando se eu tinha fantasias sexuais com Moby Dick. A sala de parto, onde segurei sua mão e quase desmaiei ao cortar o cordão umbilical de meu filho. Acordar no meio da noite e vê-la sentada na poltrona, amamentando Antônio e cantando desafinada. Nos abraçamos e, por um segundo, parece que tudo vai ficar bem. Pelo menos não estou sozinho. Esta mulher, que agora mais parece um fantasma da mulher forte com quem me casei um dia, está comigo. Juntos, vamos resolver tudo. Ela não fala nada, apenas me abraça forte e chora. Quando se acalma, eu a levo para sentar no sofá e Frederico se acomoda na poltrona ao nosso lado.

Começo a contar os detalhes da minha conversa com Fernando, enquanto Alice, chorosa, nos serve café e água. Somente quando a campainha toca é que lembro que não avisei que Marietta estava a caminho. Minha sogra adentra, seguida por um sujeito alto e cabeludo que só pode ser Hugo, seu novo namorado. A situação é tão absurda que, em meio à tragédia, me dá até vontade de rir. Mas ninguém mais parece estar achando graça. Luísa fulmina a mãe com o olhar. O cara parece bastante constrangido e, após as inevitáveis apresentações, pede licença para ir ao banheiro. Marietta se adianta para explicar o que a todos parece inexplicável. Afinal, por que trouxe o namorado para participar de uma reunião familiar extremamente particular e dolorosa como aquela?

— Minha filha, Fred, eu trouxe Hugo, que aliás nem queria vir, porque acho que ele pode ajudar. Eu sei que você, Luísa, não gosta dele, mas você já vai entender. Você também, Fred. É que o irmão do Hugo é policial da Delegacia Antissequestro... — esclarece ela, um tanto triunfante.

Sempre gostei da minha sogra, até costumava defendê-la das implicâncias de Luísa, mas, desta vez, ela foi longe demais:

— Como é que é? Não estou acreditando, Marietta. Você decidiu informar a polícia sem consultar ninguém?!! Você enlouqueceu?!!! É do *meu* filho que estamos falando! Como é que você pode tomar essa decisão sem me consultar?

— Calma, Otávio! Calma. Ninguém falou com a polícia. Eu trouxe o Hugo justamente porque, se vocês estiverem de acordo, nós podemos falar informalmente com o irmão dele. Eu não sou louca e também não sou burra. E é do meu neto que nós estamos falando, tá? Se vocês não querem a ajuda de Hugo, ele vai embora. Ele nem queria vir, eu que achei que seria mais prático trazê-lo de uma vez... — responde, com lágrimas nos olhos.

Talvez eu tenha exagerado na reação... Procuro o olhar de Frederico e Luísa. Nos entreolhamos. Ela é a primeira a falar:

— Por mim, se vocês acham que a gente pode confiar nele... — e, voltando-se para Marietta, num tom provocativo, pergunta — Ele não bebe mais *mesmo*?

Marietta a encara, indignada, mas ela continua:

— Não, porque sabe como é, né, um bêbado não é a melhor pessoa para guardar um segredo...

— Bom, acho que é melhor Hugo ir embora. Aliás, é melhor eu ir também, porque se nem numa situação de crise como esta, vocês são capazes de deixar a agressividade de lado... — diz Marietta, magoada, bem no momento em que Hugo retorna à sala — Vamos, Hugo, acho que não somos bem-vindos e nem dignos de confiança.

— Calma, Marietta! Não exagera — intercede Frederico. — Os ânimos estão exaltados. Me desculpe, rapaz, não é nada pessoal. É que nós precisamos tomar uma decisão muito delicada. Você entende, não é mesmo? Marietta, por que você não leva o seu amigo até a cozinha, enquanto eu converso um instantinho aqui com a sua filha?

Um pouco relutante, Marietta aceita a sugestão e sai da sala acompanhada por Hugo.

Frederico, então, volta-se para Luísa:

— Minha filha, agora não é hora de dar faniquito com a sua mãe. Ela pode não ter apresentado a situação da melhor forma, mas acho que a gente não está em condições de descartar ajuda. O que você acha, Otávio?

— É, você tem razão. Eu também não precisava ter me exaltado daquela forma... É que fiquei assustado. Fernando foi muito enfático quanto à necessidade de manter a polícia afastada do assunto...

— Claro, eu entendo. E faz todo o sentido... Mas, por outro lado, acho que não custa entender melhor essa possibilidade de conversa informal. E depois acho que a gente pode confiar no rapaz. Ele não seria nem louco de falar alguma coisa com o irmão, sem a nossa autorização, você não acha?

Ainda bem que alguém ainda mantém a cabeça no lugar.

— É, se Marietta diz que ele é de confiança, deve ser mesmo. E também, a essa altura, ele já sabe do principal. Só não sabe os detalhes. De forma que é melhor a gente tê-lo ao nosso lado — concordo e, voltando-me para Luísa, concluo: — Agora, Luísa, você tem que dar um tempo na sua hostilidade com sua mãe. E com o cara também.

— Tá bom, desculpa. Não vou fazer mais... — promete ela.

Frederico chama Marietta e Hugo na cozinha e todos nos acomodamos. Luísa ao meu lado, no sofá, Frederico na poltrona ao lado, Marietta e Hugo em duas cadeiras da mesa de jantar. Frederico quebra o silêncio:

— Bem, antes de mais nada, gostaria de agradecer a presença aqui de Hugo, em meu nome e no de minha filha, não é mesmo Luísa? Toda a ajuda que nós pudermos ter neste momento é muito bem-vinda. Só acho que, pelo que Otávio me falou, talvez seja prematura esta conversa...

Mais uma vez, só me resta seguir a deixa de meu sogro:

— É, eu também agradeço você ter vindo, mas daqui a pouco tenho que ir para a casa do pai do amiguinho de Antônio... Ele ia tentar contactar um negociador de sequestros... Eu nem sabia que isso existia... Pelo menos não com esse título.

Pela primeira vez, Hugo sai do seu mutismo:

— É, existem algumas pessoas com experiência no assunto, em geral advogados criminalistas... Mas tem até gente da própria polícia que atua nesse ramo. Por debaixo dos panos, é claro. Eu já ouvi meu irmão comentar sobre isso, e me pareceu ser meio contra. Mas não sei, teria que perguntar pra ele...

— Claro, claro — interrompo. — Mas, por enquanto, eu te peço que não fale nada. A questão precisa ficar em sigilo absoluto até eu conversar com Fernando — e, voltando-me para Luísa e tomando suas mãos, pergunto: — Agora eu preciso ir. Você quer vir junto ou prefere ficar aqui?

Ela parece um pouco surpresa com a necessidade de tomar uma decisão. Aperta a minha mão e responde um pouco hesitante:

— Acho que quero ir... Quero ficar com você... Mas, e se alguém ligar?

Frederico se adianta para tranquilizá-la:

— Não se preocupe, minha filha, eu fico aqui e entro em contato se houver qualquer novidade...

Luísa está se agarrando a mim, mas eu também não estou tão

seguro quanto tento parecer. Preciso de Frederico comigo na casa de Fernando, para não ficar tão à mercê das opiniões e decisões de um sujeito que nem conheço. Sua presença vai me dar mais confiança para defender meu ponto de vista em caso de conflito, ou até mesmo para seguir a orientação de Fernando:

— Mas, Fred, será que você não poderia ir conosco? Acho que Marietta e Hugo poderiam ficar aqui para atender ao telefone...

— Claro, meu filho, eu estou à total disposição de vocês — responde Frederico, ao mesmo tempo em que Marietta também garante que ela e Hugo podem perfeitamente ficar aguardando notícias e tomando conta do telefone.

— Então vamos.

Levanto-me e estendo a mão para Luísa.

— Vamos, vamos sim, Otávio — concorda meu sogro e dirige-se a Marietta. — Você tem os nossos celulares e vamos deixar também o telefone da casa do menino. E o endereço... Luísa, minha filha, anota o telefone e o endereço para sua mãe.

Obediente, Luísa sai à procura de papel e caneta. Volta em seguida, com tudo anotado e entrega à mãe:

— Tá aqui, mãe. Obrigada. E desculpa, tá? — diz, caindo em prantos e recebendo o abraço de Marietta.

— Esquece, minha filha. Você sabe que pode contar comigo sempre, não sabe? — segura a filha pelos ombros, olhando bem seu rosto inchado. Luísa aquiesce com a cabeça. Depois, estende a mão para Hugo:

— Obrigada. Até logo.

— Até logo.

24. Luísa

No carro, tento afastar as imagens de Antônio amarrado e amordaçado no cativeiro. Se ao menos eu pudesse fazer alguma coisa... Mas acho que o melhor que posso fazer é tentar manter a calma e ficar alerta. A casa de Fernando fica no Jardim Pernambuco, um condomínio de casas de luxo, em pleno Leblon. Otávio se identifica na guarita de entrada e o segurança de plantão permite a passagem do carro sem maiores problemas. Daí em diante, indico o caminho, pois já vim trazer e buscar Antônio na casa de Mathias diversas vezes.

— Vocês conhecem esse Fernando? — pergunta meu pai, enquanto Otávio estaciona.

— Não pessoalmente — responde Otávio.

— Eu conheço de vista, mas nunca conversei com ele — informo. — Conheço melhor a mulher dele, a Bianca. É bem dondoca, mas simpática. Trabalha com decoração. A casa é um espetáculo.

Otávio, trancando o carro, acrescenta:

— Eu achei o cara meio estranho pelo telefone. Sei lá, meio frio... Talvez seja melhor assim, porque eu estou a ponto de ter um troço. Já faz mais de três horas que as crianças sumiram e a gente não teve qualquer notícia...

— Calma, talvez eles tenham alguma novidade — diz meu pai, pegando-me pela mão e passando o braço pelas costas de Otávio, enquanto nos encaminhamos para a porta. Meu pai é alto. Mais alto do que Otávio. Parecemos duas crianças ao seu lado. Ainda bem que veio conosco. Não poderia estar mais protegida do que com meu pai e Otávio ao meu lado. Só não conseguimos proteger Antônio... Preciso afastar os pensamentos negativos. Vai dar tudo certo.

Somos atendidos por uma empregada uniformizada que nos acompanha, através da sala, até um escritório amplo, onde estão Fernando, Bianca e o Dr. Clemente Macedo Avellar, que nos é apresentado como advogado criminalista e negociador de sequestros. Na faixa dos cinquenta, o sujeito tem uma tremenda cara de fuinha. Veste um terno preto, bem cortado, e uma gravata listrada em vermelho e marinho. Os cabelos pintados de preto asa da graúna são meticulosamente penteados com gel, formando um pequeno topete acima da testa. Ele nem abriu a boca e eu já não gostei...

O escritório tem uma grande escrivaninha ao fundo, com uma cadeira de couro marrom atrás e duas poltronas bem em frente. De um lado, uma porta de vidro dá passagem para um jardim de inverno. De outro, estantes iluminadas reúnem livros, retratos de família e equipamento eletrônico. Num ambiente mais à frente, três sofás de couro contornam uma mesa de centro quadrada, sobre a qual alguns livros de arte dividem o espaço com um arranjo floral minimalista de estilo japonês, um isqueiro de mesa e um cinzeiro próprio para charutos.

Feitas as apresentações e antes que tenhamos tempo de nos acomodar, toca o telefone. O sobressalto é geral, mas o Dr. Avellar faz sinal para que façamos silêncio e atende, sentando-se majestosamente na cadeira atrás da escrivaninha e apertando botões de um equipamento conectado ao telefone.

— Alô — diz, enquanto prendemos a respiração.

— Alô, eu podia falar com o Fábio, por favor? — ouve-se uma voz feminina perguntar, através do alto-falante ligado ao telefone.

— Ele não está — responde o advogado, sem pestanejar e ignorando os sinais que Fernando lhe faz, na ânsia de esclarecer que se trata do motorista também desaparecido. — A senhora quer deixar algum recado?

— Aqui é a mulher dele quem está falando... É o Dr. Fernando? — pergunta, para acrescentar, sem esperar a resposta — O senhor me desculpa estar ligando, mas é que o Fábio ainda não chegou e não está atendendo o celular... Aí a gente fica meio preocupada... Mas não deve ser nada, não... Desculpe, sim? Boa noite.

— Boa noite — responde o Dr. Avellar e desliga.

Então todos começam a falar ao mesmo tempo. Mas a gente não

devia ter avisado? E se ela souber de alguma coisa? E se procurar a polícia?

— Calma, calma — interrompe o negociador. — Por enquanto não sabemos sequer se esse Fábio está ou não envolvido. A mulher dele pode ser cúmplice. Pode ter ligado apenas para despistar. E, mesmo que o motorista não esteja envolvido, é melhor não contar nada à esposa, por enquanto. Ela pode entrar em pânico e correr para a delegacia. Agora, duvido que ela vá registrar o desaparecimento do marido que está demorando para voltar para casa. Pobre tem medo da polícia e só recorre a ela em último caso.

— Mas será que *nós* não deveríamos contactar a polícia? — pergunta Otávio, dirigindo o olhar para Fernando — Afinal, já faz três horas que as crianças sumiram e nós não tivemos nenhuma notícia...

— Calma, Otávio. Eu entendo a sua preocupação. Mas o Dr. Avellar tem muita experiência no assunto e a orientação dele é de não procurar a polícia, ao menos por enquanto, não é mesmo? — diz Fernando, procurando o apoio do advogado.

— É isso mesmo. O primeiro contato às vezes pode demorar até dias, mas, em regra, acontece nas primeiras doze horas, justamente para evitar qualquer precipitação da família... — esclarece Dr. Avellar, em tom professoral.

— E, enquanto isso, a gente fica aqui de braços cruzados? — pergunta Otávio.

Tento acompanhar a conversa, mas começo a sentir um sono profundo, efeito do calmante que Berenice me empurrou. Um cigarro vai ajudar a me manter alerta. Enquanto procuro o maço na minha bolsa, ouço meu celular tocando e atendo, distraída.

— Estamos com o seu filho e com o outro garoto. Se houver qualquer contato com a polícia, eles morrem. Aguardem instruções — diz a voz masculina, do outro lado da linha. Meu coração dispara. Não tenho tempo para pensar, então imploro, gritando, para ter certeza de ser ouvida:

— Alô! Alô! Eu quero falar com o meu filho! Por favor, me devolve o meu filho!

O Dr. Avellar se levanta e em um átimo de segundo está ao meu lado, tentando puxar o telefone de minhas mãos. Só pode ser louco.

Agarro o telefone com força e continuo:

— Alô! Alô! Fala comigo!

Mas ninguém responde. O imbecil ainda tenta segurar a minha mão para tirar o telefone.

— Me deixa! Eles ligaram para *mim*! — grito, tentando me desvencilhar, enquanto insisto pela última vez em obter uma resposta do sequestrador. Mas é em vão. O telefone emudeceu. Não sei se foi o sequestrador quem desligou ou se foi o idiota do Dr. Avellar que me fez apertar alguma tecla. Chorando de frustração e desespero, empurro o telefone nas mãos dele:

— Toma! Desligaram! Viu o que você fez?

Abraço Otávio e enterro a cabeça no seu peito, tentando ignorar a balbúrdia que se formou. Meu pai e Fernando discutem sobre meu direito a atender ao meu telefone, enquanto Bianca berra, histérica, querendo saber o que falaram sobre seu filho. Finalmente, Dr. Avellar, que teclava compenetradamente meu telefone, consegue chamar a atenção de todos:

— Por favor, atenção! O número de origem da chamada e 99986673. Alguém conhece?

— Claro! — responde Fernando, satisfeito — É o celular de Fábio...

Grande trabalho investigativo! Se era isso que ele queria saber, não precisava arrancar o telefone da minha mão. É um aparelho simples, qualquer criança sabe ver o número da última chamada... Começamos todos a falar ao mesmo tempo. Fábio está envolvido? Era ele ao telefone? Tentamos ligar de volta? Só paramos quando Bianca, descontrolada, grita:

— Chega! Todo mundo cala a boca agora! Eu quero saber o que eles falaram. Luísa, o que eles disseram, que eu ainda não consegui entender?...

— Eles não falaram quase nada — respondo, tentando conter as lágrimas. — Só que estavam com as crianças e que matavam elas se a gente ligasse pra polícia...

— Mas eles não deram nenhuma outra instrução? — pergunta o Dr. Avellar — Pense com cuidado, senhora, porque todo detalhe é importante...

De onde surgiu essa figura? "Senhora", senhora é a mãe. Sujeitinho pedante... E pensar que ele é pago para estar aqui... Que tipo de pessoa prestaria um serviço desses? Mas tenho que colaborar.

— Ele também falou qualquer coisa sobre instruções... Falou pra esperar instruções. Isso mesmo! "Aguardem instruções", ele disse — respondo, um pouco mais animada ao perceber que consegui lembrar de uma informação importante.

— Bom, como eu previ, eles já fizeram o primeiro contato — conclui o Dr. Avellar, filosófico.

Olho para Otávio, sentado ao meu lado, e não resisto a fazer uma discreta careta de debilóide, insinuando que o Dr. Avellar está longe de ser brilhante. Otávio quase ri, mas se controla. Olha compenetrado em direção ao negociador, enquanto pega a minha mão e a pousa, carinhosamente, sobre sua perna.

Agora temos que ter paciência e aguardar o próximo contato. É importante que estejamos preparados. Precisamos pedir uma prova de vida das crianças — continua o Dr. Avellar.

— Ai, meu Deus, meu filhinho... Fernando, eu não vou aguentar! Acho que vou desmaiar... — ameaça Bianca, cambaleando pela sala em direção à porta de vidro que leva ao jardim — Preciso de ar!

Fernando é rápido em abrir a porta e amparar a mulher que, assim que põe o nariz para fora, vomita.

— Ah, Bianca, não acredito que você vai passar mal numa hora dessas... — reclama Fernando, entre impaciente e resignado.

— Você acha que eu passo mal porque quero? — pergunta Bianca, indignada, ainda encurvada sobre seu vômito.

Meu pai, atento desde o primeiro sinal de mal-estar, resolve interferir, aproximando-se e dizendo a Fernando:

— Pode deixar, rapaz. É uma reação normal. Eu cuido dela — e como Fernando o olha com cara de quem não está entendendo, acrescenta: — Eu sou médico.

— Psiquiatra? — pergunta Fernando, irônico, para logo calar-se, envergonhado, diante do olhar de reprovação de meu pai, que deixa claro que a piadinha, além de sem graça, é inoportuna.

Enquanto isso, o Dr. Avellar inicia um discurso, especialmente dirigido a mim e a Otávio.

— Vocês precisam compreender que, para o sequestrador, as crianças são apenas mercadorias. Mercadorias que ele sabe que vocês têm interesse em comprar. Então, uma vez estabelecido que ele tem as crianças em seu poder, começa a fase de negociação do preço.

— Mas nós não queremos negociar. Nós queremos pagar. Ele diz o preço, que a gente paga, não é mesmo, Otávio? — interrompo, aflita.

— Calma, amor, vamos ouvir o que ele está explicando... — responde Otávio, acariciando minha perna.

— Neste caso em particular, temos um fator complicador, que é o fato de serem duas vítimas, de famílias e condições financeiras diversas, não é mesmo? — continua o negociador.

— Bem, na verdade, são três vítimas. Tem o motorista... — acrescenta Otávio.

— Isso nós não sabemos ainda... Ele pode não ser vítima — retruca o Dr. Avellar.

— E quando é que a gente vai saber disso? Se a gente não fala com a polícia, como é que a gente vai investigar? Quem vai investigar? — pergunta Otávio, ansioso.

— Bom, se o seu desejo for investigar, sempre é possível contratar um particular para o serviço, mas não me parece que seja o caso. Acho que, por enquanto, precisamos pensar na negociação. E, como já disse, ela deve começar por um pedido de prova de vida das crianças. Com adultos, normalmente se faz alguma pergunta que somente o sequestrado possa responder. Com crianças, pode ser um pouco mais difícil. Qual é mesmo a idade dos garotos?

— O Antônio tem cinco anos. Faz seis no mês que vem — respondo. — E o Mathias fez seis no mês passado.

— Pois bem, vocês acham que há alguma pergunta que só eles mesmos saibam responder?

— Não sei... A gente não pode pedir pra falar com eles? — pergunto.

— Poder, pode, mas, se forem profissionais, acho difícil que deixem... — explica o Dr. Avellar.

— Tem muita coisa que a gente pode perguntar, mas não sei se são coisas que só ele saberia... Se a gente tivesse uma noção de com quem está lidando... Porque, sei lá, a gente podia perguntar o nome do ursinho dele, mas essa é uma informação que uma babá ou qualquer pessoa que já tenha trabalhado lá em casa pode ter — diz Otávio.

— Bom, no caso do filho de vocês, não temos motivos para suspeitar que alguém do convívio íntimo dele esteja envolvido. Tudo indica que ele não era o alvo. Já Fernando e Bianca têm algumas suspeitas, não é mesmo, Fernando?— revela o negociador, chamando Fernando a participar da conversa.

— É verdade — esclarece o anfitrião, sentando-se no sofá à nossa frente e falando em voz baixa. — Há pouco mais de um mês nós tivemos que despedir uma babá. Ela ficou aqui em casa pouco mais de três meses e era praticamente retardada... Nem sei como Bianca pôde contratar a moça...

— Mas isso é muito importante! Por que vocês não nos contaram antes? — interrompe Otávio, nervoso.

— Calma, Otávio, vocês chegaram aqui agora há pouco, e são tantas coisas para falar e decidir, que nem deu tempo...

— Mas agora que tocamos no assunto, você poderia nos contar o que houve? — pergunta Otávio, num tom que eu conheço. Está se controlando para não perder a paciência com Fernando. É quando meu pai, que tinha saído do escritório com Bianca, retorna.

— Pronto. Dei um calmante para a moça e ela está descansando um pouco...

— Frederico, presta atenção. Parece que temos um suspeito. Fernando e Bianca despediram uma babá há cerca de um mês — relata Otávio, excitado.

— Peraí, Otávio, também não é assim... Como eu disse, a moça era praticamente retardada, não teria capacidade para realizar um sequestro — retruca Fernando.

— Mas, por que ela foi despedida? — pergunto.

— Além do fato dela ser uma idiota total? Bem, ela deu um prejuízo na conta de telefone, que não dava pra ignorar... Tentou negar, mas em apenas um mês ela fez quinhentos reais em ligações para um celular. E ainda insistiu em dizer que não tinha sido ela. Mas a cozinheira e a arrumadeira são antigas na casa e o motorista nem tem acesso ao telefone aqui de dentro, só ao da área dos empregados, que é bloqueado.

— E aí vocês despediram a moça... — concluo.

— É. Despedimos e descontamos o valor da conta do último salário. Na verdade, ela ainda ficou devendo.

— E, ainda assim, vocês acham que esse fato não tem maior importância? Que ela não é suspeita? — pergunta Otávio, indignado, voltando-se para o Dr. Avellar, que, atento à conversa, tenta se explicar:

— Veja bem, eu estou aqui para negociar o resgate, não para tentar prender os bandidos...

— Então, se me permitem a intromissão, acho que a minha família, antes de mais nada, precisa avaliar a conveniência da contratação dos seus serviços — interrompe meu pai, acrescentando: — Estou entendendo que o senhor cobra honorários pela negociação...

— É verdade... Mas, neste caso, como já fui contratado por Fernando, não há necessidade...

— O senhor quer dizer que o nosso filho já está incluído no pacote? — interrompo, indignada.

— Não, veja bem, o importante é manter a unidade da negociação... — contemporiza o negociador. Deixo ele falando sozinho e sigo para o jardim. Preciso de um cigarro. Está difícil manter o controle. Pouco depois, Otávio e meu pai se juntam a mim.

— O que a gente está fazendo aqui? — pergunto.

— Eu também não sei — responde Otávio — Essa gente parece de outro mundo.

— Tive péssima impressão desse negociador. Posso estar enganado, mas acho que a unidade de negociação não vai adiantar nada — diz meu pai.

— Vai é complicar, porque o Fernando pode ser cheio da grana, mas parece que vai pechinchar a vida do filho até o último centavo — concordo.

— Vamos embora? — pergunta Otávio, olhando em direção à sala, para checar se estamos sendo observados. Fernando e o Dr. Avellar estão absortos em conversa eloquente, debruçados sobre a escrivaninha.

— Vamos — respondemos meu pai e eu, em uníssono.

De volta à sala, meu pai assume o comando da retirada:

— Fernando, Dr. Avellar, nós vamos embora. Vamos para a casa do meu genro.

— Mas nós temos que ficar todos juntos! E se houver um novo

contato? — pergunta Fernando, aflito.

— Calma, rapaz, qualquer um de nós que tenha alguma novidade avisa aos demais. Nós não podemos ficar aqui indefinidamente... — argumenta.

— O Dr. Frederico tem razão — concorda o negociador. — Um sequestro pode ser demorado e não convém que vocês se desgastem desnecessariamente, passando noites em claro. É preciso manter a saúde.

— Mas e a unidade da negociação? — pergunta Fernando, aflito.

— Olha, Fernando, nós vamos ter que pensar nesse assunto. Não estou entendendo bem como isso poderia funcionar. Aliás, nem tenho certeza de que não seria melhor procurar a polícia... — responde Otávio, olhando mais para meu pai e para mim do que para seu interlocutor.

— Mas vocês viram a ameaça! Vocês não podem tomar uma atitude dessas! Não têm esse direito! — interrompe Fernando, exaltado, enquanto o Dr. Avellar acrescenta — Se a polícia intervir, eu não me responsabilizo pelas consequências.

— Se a polícia *intervier*, será em total sigilo. Mas não venham me falar em direito e muito menos em responsabilidade por consequências... Como se o senhor fosse se responsabilizar por alguma coisa... — contesta Otávio, aproximando-se do negociador de forma ameaçadora.

— Calma, Otávio. Não adianta perder o controle — adverte meu pai, pegando-o pelo braço e acrescentando: — Ninguém vai tomar nenhuma atitude sem informar os demais. Estamos combinados? Agora é melhor tentar descansar. Boa noite.

— Se o senhor garante... Mas e o celular de sua filha? Seria melhor que ficasse conosco... — responde Fernando, engolindo o final da frase, talvez por se dar conta de que estava passando dos limites.

— Você não está falando sério, está? — pergunto, agressiva. Era só o que me faltava!

— Bom, então vamos manter contato. Boa noite a todos — interrompe meu pai, dando por encerrada a discussão.

25. Hugo

Ficamos a postos na casa de Luísa, aguardando notícias. Alice ronda pelos cômodos, acendendo e apagando luzes, oferecendo comida e bebida e verificando se o telefone está no gancho. No sofá da sala, Marietta e eu tentamos assistir ao noticiário. Na quinta vez em que Alice pergunta se não aceitamos nem uma sopinha, Marietta explode:

— NÃO! Eu já disse que não quero comer nada! Agora senta e assiste ao jornal, criatura, porque você está me deixando mais nervosa!

Assustada, Alice começa a chorar e balbucia:

— A senhora me desculpe, mas é que eu não consigo ficar parada sem fazer nada... Não paro de pensar no Antônio...

Marietta segura sua mão e a faz sentar-se no sofá ao seu lado. Abraça-a e também chora:

— Eu que peço desculpas... Não queria gritar...

Espero que as duas se acalmem e proponho um exercício de respiração taoísta para aliviar o estresse. Não custa tentar... Se elas não conseguirem se concentrar, pelo menos ajuda a passar o tempo. Alice tenta esquivar-se:

— Bem, eu vou passar um cafezinho fresco, que a noite vai ser longa...

— Não, Alice, faça o exercício com a gente, que vai te fazer bem — insiste Marietta.

— Sei não, D. Marietta... O senhor desculpe, viu seu Hugo, mas é que eu sou católica e não entendo nada dessas coisas de respiração.

— Mas é fácil, Alice, e não tem nada de religião. É só um exercício pra acalmar os nervos... — insisto.

— Eu não quero atrapalhar...

— Não atrapalha em nada. Você precisa ao menos experimentar — conclui Marietta, decidida, desligando a televisão e empurrando a mesa de jantar para um canto da sala. — Vem, fica aqui do meu lado. É só fazer o que Hugo for falando. Você vai ver que é fácil.

Ainda hesitante, Alice toma posição, em pé no meio da sala, ao lado de Marietta. Apago a luz do teto e acendo um pequeno abajur ao lado do sofá. Depois começo a orientá-las para a postura inicial:

— Os pés devem ficar um pouco afastados, mais ou menos na largura dos ombros. Os joelhos soltos, sem esticar completamente as pernas. Relaxem. Respirem. Fechem os olhos. Sorriam. Concentrem-se no centro do corpo, na altura do umbigo...

Abrindo um dos olhos, Alice interrompe:

— O senhor tem certeza que precisa sorrir?

Marietta deixa escapar uma risada, entre dentes. A simples ideia do sorriso já está surtindo algum efeito. Em tom firme e tranquilo, insisto:

— Relaxa, Alice. O sorriso é importante. Mesmo que seja forçado, ele faz bem ao corpo e ao espírito. Ajuda a transformar a energia negativa em positiva. Agora balancem o corpo para frente, jogando o peso para o metatarso, a parte da frente do pé, e inspirando — e, dirigindo-me a Alice, que continua espiando por um olho: — Se você preferir, fique com os olhos abertos até entender o exercício. Agora balancem para trás, jogando o peso nos calcanhares e soltando o ar... Balancem para a frente, inspirando... e para trás, soltando o ar... Agora, quando balançarem para a frente, inspirando, levantem os braços levemente, como se fosse uma onda... Quando voltarem para trás, expirando, deixem os braços caírem, suavemente, sem tocar as mãos no corpo... Agora é só repetir o movimento... Peso para a frente, inspirando e levantando os braços levemente... Sintam a onda... Peso para os calcanhares, expirando e deixando cair os braços... Suavemente... Quando os braços vão para a frente, sintam a pulsação das mãos, criando uma bola de energia que irradia do umbigo... A onda que vai longe... Sintam a pulsação do corpo... Para a frente... Para trás... Inspirando... Expirando...

Após alguns minutos de exercício, nova interrupção de Alice:

— Seu Hugo, eu estou ficando tonta... — diz, com um sorriso que mais parece um esgar de nervoso.

— Não respire com tanta força... Respire naturalmente... O corpo todo respira... Não é preciso forçar as narinas... A expansão da caixa torácica faz o ar entrar suavemente... Assim, abrindo as costelas... Cada um tem o seu tempo... Quando sentir que deve parar, ponha as mãos sobre o umbigo...

Alice para imediatamente e põe as mãos sobre o umbigo.

— Por baixo da blusa é melhor, para sentir o calor da pele... Preste atenção na vibração... Na energia morna pulsando e fluindo no seu corpo...

Pouco depois, Marietta também para o balanço e põe as mãos sobre o umbigo, compenetrada. O telefone toca. As duas correm para atender, mas Alice cede a dianteira para Marietta:

— Alô.

— (...)

— Oi, Otávio.

— (...)

— Não, aqui não ligou ninguém.

— (...)

— Eles telefonaram — diz, dirigindo-se a nós, animada.

— (...)

— Bom, então é um sequestro mesmo — conclui, mais abatida.

— (...)

— E não disse mais nada?

— (...)

— Não podia ser boa coisa mesmo... Negociador de sequestro...

— (...)

— Eu ainda acho que a polícia é a melhor opção.

— (...)

— Talvez a gente pudesse perguntar assim, em tese — e dirigindo-se a mim: — Você não poderia perguntar pro seu irmão, em tese, se alguém o consultasse sobre como proceder em um sequestro, se ele estaria obrigado a informar a polícia?

— Acho que posso... — respondo. Não tenho a menor experiência no assunto, mas acho que perguntar não custa nada. Além disso, embora não tenha muito contato com meu irmão, sei que ele é de absoluta confiança.

— O Hugo acha que sim... Podemos ligar agora.
— (...)
— Então tá... A gente liga pra sua casa...
— (...)
— Outro, tchau.

26. OTÁVIO

Na manhã seguinte, nos reunimos na sala da minha casa para receber Santiago, irmão de Hugo, que aceitou ter uma conversa informal sobre o sequestro.

Luísa e Frederico acabaram passando a noite aqui. Vivemos uma situação tão absurda que foi a solução mais natural. Frederico mandou minha empregada à padaria comprar o que fosse necessário para preparar um lanche. Insistiu que todos deveríamos tomar banho, comer um pouco e deitar para dormir. Ele dormiria no quarto de Antônio e Luísa no quarto de hóspedes. Seguimos suas instruções à risca, pelo menos até ir para o quarto.

Quando me vi finalmente sozinho, pela primeira vez em décadas, chorei. No começo, o choro saiu meio engasgado. Era como se estivesse travado. Não chorava desde a adolescência. Ainda me emocionava — em casamentos de desconhecidos, e filmes tristes, inevitavelmente as lágrimas me afloravam aos olhos, às vezes até de forma abundante —, mas não chorava de soluçar. E não chorava por meu próprio sofrimento. Então, quando finalmente liberei o pranto, tinha muita mágoa acumulada. Chorei por meu filho desaparecido; por meu filho que não chegou a nascer; por meu casamento fracassado; pelo amigo querido, falecido há poucos anos; pelo medo que senti quando meu pai teve um enfarte; pela saudade que tenho do colo de minha mãe; pela dor de ser adulto; pelo meu estado de absoluta impotência; pela minha solidão; pela miséria do país; por tudo enfim que me machucou e me fez sofrer desde os tempos em que deixei de ser uma criança protegida do mundo por meus pais.

Quando me acalmei, fui até o banheiro lavar o rosto. Estava completamente esgotado. E só. Não podia recorrer a meus pais. Meu pai poderia passar mal. Não valia a pena arriscar, pelo menos por enquanto, até porque eles nada poderiam fazer. Pensei em telefonar para Adriana, mas a crise evidenciava a distância entre nós. Incrível como podia conviver quase diariamente com uma mulher, ao longo de cinco meses, sem formar um vínculo mais forte. No fundo, mal nos conhecemos. A única pessoa que podia me consolar era Luísa, que devia estar no quarto de hóspedes, também sem conseguir dormir. Sozinha como eu. Olhei minha imagem no espelho e concluí que não valia a pena cultivar o orgulho num momento daqueles. Mesmo porque nada do que fosse dito ou feito em uma situação extrema como a que estávamos vivendo poderia ser considerado pelos parâmetros normais. Era uma típica hipótese de força maior ou de estado de necessidade. Poderia muito bem deitar no colo de Luísa, sem que isso configurasse um perdão. Seria apenas uma trégua.

Encontrei-a na sala, com o olhar perdido na televisão sintonizada no canal de programação da transmissora a cabo. Sentei-me ao seu lado, no sofá recém-adquirido sob a orientação de Adriana.

— Posso deitar no seu colo? — perguntei.

— Claro — respondeu ela e, depois que me acomodei, perguntou: — Você acha que ele está dormindo?

— Acho que sim. Ele tem o sono muito pesado.

— Tem mesmo... Lembra aquela viagem que a gente fez, em que precisamos sair pro aeroporto de madrugada e ele não acordava por nada? Quando ele era bebê, até me dava aflição... Parecia desmaiado.

Penso que Antônio pode estar amarrado, mas varro a imagem de minha mente e mudo de assunto:

— Sua mãe e Hugo ficaram dormindo na sua casa?

— Ficaram.

— Hugo parece um sujeito legal...

— É, acho que ele não tem culpa das loucuras da minha mãe.

— Seu pai parece estar aceitando bem a separação.

— Melhor do que eu.

— Você não devia brigar com sua mãe por causa disso. É problema dela e de seu pai.

— Fácil dizer, quando se tem a mãe que você tem... Ela ficou sabendo da separação dos meus pais?

— Ficou. Antônio comentou, quando nós fomos almoçar lá. Mas não entrou em detalhes, claro...

— Foi ela quem resolveu sair de casa por causa desse Hugo... Depois de trinta e cinco anos de casamento. Depois de meu pai ter aturado as bebedeiras dela por mais de vinte anos.

— E você acha que ela devia ter continuado com ele, mesmo apaixonada por Hugo?

— Sei lá... Eu achava que ela não podia ter se apaixonado por outro homem. Mas agora já não acho mais nada. Só quero meu filho de volta. São e salvo.

— Talvez Hugo tenha entrado no destino de sua mãe justamente para trazer nosso filho de volta.

— Você adora essas coisas de destino, não é não?

— Eu gosto. Dá esperança de que tudo vai dar certo.

— Tomara.

Acabamos cochilando no sofá. Acordei ao raiar do dia, com o sol batendo no meu rosto. Desvencilhei-me, com cuidado, do braço de Luísa, que estava em volta de meu pescoço e deixei que ela dormisse mais um pouco. Fui procurar a empregada para pedir um café. Às seis e meia da manhã, Frederico apareceu na sala, banhado e vestido, à procura de um barbeador. Às sete, Luísa acordou. Agora estamos os três prontos na sala, fingindo ler os jornais enquanto aguardamos a chegada de Marietta, Hugo e seu irmão. Às oito em ponto, o interfone toca anunciando que os visitantes estão subindo.

Santiago parece ser um pouco mais novo que Hugo. Tem os cabelos bem curtos, até um pouco espetados. É mais baixo, mais forte e menos branco que o irmão. Veste uma camisa branca para fora da calça jeans — certamente para disfarçar a arma — e usa óculos escuros tipo ray-ban. Feitas as apresentações, cabe-me narrar a ocorrência.

Depois de ouvir atentamente toda a história, Santiago aconselha:

— Eu entendo que a situação de vocês é delicada, especialmente porque são duas ou três vítimas, de famílias diferentes. Mas manter a polícia afastada não é uma boa ideia. Infelizmente, a corporação não goza de muito prestígio junto à sociedade, mas o fato é que a D.A.S. está equipada para realizar um trabalho de investigação sem colocar em risco a vida das vítimas. Até mesmo para negociação do resgate, temos profissionais experientes que podem orientar a família sobre como proceder. Esse Dr. Avellar até tem alguma experiência com negociação de sequestros, mas nada que se possa comparar com o trabalho profissional desenvolvido pela D.A.S., sem falar nos recursos técnicos. Mas há um ponto em que ele tem razão e que talvez vocês não tenham compreendido. A negociação do valor do resgate é muito importante. Porque quando o sequestrador pede, por exemplo, um milhão de reais, ou um milhão de dólares, esse valor é meio chutado, aleatório mesmo. Muitas vezes ele nem tem noção de quanto é. Mas, se a família aceita de cara, o que pode acontecer é o chamado repique. Ele pensa "pedi um milhão e eles aceitaram no ato, então é porque eles podem pagar mais". Daí, ao invés de fechar o negócio rápido, ele resolve aumentar o preço. Então, em vez de adiantar, vocês acabam atrasando o resgate. E tem muito sequestro em que o bandido começa exigindo um resgate de um milhão e acaba fechando por cinquenta mil, ou até menos. Mas não é apenas uma questão de economia... Muitas vezes eles não têm a menor noção do que estão pedindo.

— Mas, se a gente não quiser chamar a polícia, você pode nos orientar informalmente? — pergunto, ansioso. Seria muito melhor ter a orientação de Santiago do que a de Avellar...

— Olha, Otávio, eu posso no máximo orientar assim, dando algumas dicas. E é uma coisa que eu não gostaria de fazer. É uma situação muito arriscada e eu não posso fazer nenhum trabalho de investigação por conta própria. O que vocês têm que entender é que a polícia respeita a vontade da família. Ninguém vai estourar um cativeiro se a família prefere pagar o resgate. Mas uma investigação policial pode ajudar muito na negociação, até para que se possa saber melhor com quem se está lidando. Se são profissionais ou amadores... Agora, é claro que, se a polícia for acionada, as famílias das demais vítimas também serão procuradas para dar informações.

— Até a família do motorista? — pergunta Luísa — Porque a gente não sabe se ele está envolvido.

— Não, a família do motorista não. Pelo menos até que ele deixe de ser suspeito... Vocês não precisam temer que o envolvimento da polícia seja descoberto pelos bandidos. A ameaça que eles fizeram é uma ameaça padrão. É claro que não querem que a polícia seja acionada, eles só têm a perder com isso.

— Mas o pai do outro garoto ia ficar sabendo...— afirma Frederico.

— É verdade. Ainda mais quando tudo indica que o alvo dos bandidos era o filho dele... A situação é delicada, mas vocês também não podem ficar sujeitos à decisão dele. Se ele não quiser colaborar com a polícia, é um direito que lhe assiste. Mas é uma decisão pessoal e eu só posso recomendar que vocês não façam o mesmo. A polícia não vai colocar a vida das crianças em risco.

— Bom, eu acho que a gente tem que tomar uma decisão — concluo, olhando para Luísa.

— Vocês nos dão licença um instantinho? — diz ela, e faz sinal para que eu a acompanhe.

Vamos até o quarto de Antônio, onde ela pergunta:

— O que você acha?

— Acho que é melhor contarmos com a polícia...

— É, eu também acho. Esse cara me parece saber melhor o que está fazendo do que aquele Dr. Avellar... Mas a gente liga pro Fernando?

— Pode deixar que eu ligo. Ele vai ter que aceitar. Até porque nós temos que manter contato durante as negociações.

— Ainda bem que você está aqui comigo... Não sei o que faria sem a sua ajuda.

Começa a chorar e eu a abraço:

— Vai dar tudo certo, você vai ver. Tenta ficar calma.

De volta à sala, informamos nossa decisão e todos concordam que é o melhor caminho. Frederico parece especialmente aliviado:

— Ainda bem que vocês chegaram a essa conclusão! Não queria me meter demais, mas estava achando temerário deixar Dr. Avellar no comando da situação...

A campainha toca. É Adriana. Esqueci de avisar para que ela não viesse... Preciso me desvencilhar dela o mais rápido possível.

27. BIANCA

Acordo com a sensação difusa de estar vivendo uma catástrofe, mas sem lembrar ao certo do que se trata. Devo ter tido um pesadelo... Confiro as horas no despertador. Dez da manhã. Dormi demais. Me espreguiço na enorme cama que comprei quando ainda dormia com Fernando. Há dois anos decidimos ter quartos separados. "É muito mais civilizado", argumentei, repetindo a explicação de uma amiga que havia adotado a nova forma de convivência conjugal. A verdade é que queria distância de Fernando. Ele não se opôs. Agora durmo muito melhor. Mas não costumo perder a hora desse jeito. Tem alguma coisa errada. Minha boca está seca e com um gosto amargo, como se tivesse tomado um tranquilizante... E por que Mathias não veio me acordar? Mathias! Não foi um pesadelo, meu filho foi sequestrado! E eu dormi doze horas sob o efeito do calmante que o pai de Luísa me deu...

Levanto-me às pressas e desço correndo as escadas em direção ao escritório, onde encontro Fernando gritando ao telefone, enquanto Dr. Avellar lhe faz sinais para se acalmar. Meu Deus, é tudo verdade mesmo, não estou delirando. E ainda não encontraram as crianças.

— Se o meu filho morrer, a culpa é sua! — berra Fernando.

Desliga o telefone com um enfático aperto no botão apropriado e lança-o ao chão para compensar a impossibilidade de "bater o telefone na cara do interlocutor". Depois, vira-se para mim:

— Ah, você acordou... Finalmente! Espero que tenha repousado bem, porque nós passamos a noite em claro aguardando um novo contato dos sequestradores e planejando o que fazer para recuperar o nosso filho. O Mathias, lembra?

Meu coração dispara e a descarga de adrenalina me faz tremer.

Que raiva de Fernando! Parece que ele me odeia. Não sei quando isso aconteceu, mas ele passou da paixão à indiferença e, finalmente, ao ódio. Mas eu não o odeio. Nem sei mais o que sinto... Acho que é apenas um enorme desprezo, que beira à repulsa. E só agora me dou conta disso. Assim, de repente, de manhã, acordo para a realidade de um filho sequestrado e um marido desprezível. Respiro fundo e, sem dar uma palavra, sento-me no sofá ao lado do Dr. Avellar. Ignorando Fernando, pergunto:

— E então, Dr. Avellar, alguma novidade?

— Parece que Dr. Otávio resolveu procurar a polícia, não é mesmo? — responde, apontando na direção de Fernando.

— Não é que eles resolveram, eles já falaram com a polícia! — esclarece Fernando, indignado. — Otávio disse que não importa se nós somos contra: eles chegaram à conclusão de que é o melhor caminho e pronto. Agora, se acontecer alguma coisa com meu filho por causa desses filhos-da-puta, eles vão se ver comigo.

Suspiro desanimada. Não sou a pessoa mais indicada, mas tenho que tentar acalmar Fernando. Procuro a ajuda do Dr. Avellar:

— O senhor acha que Mathias está correndo maior risco por causa do envolvimento da polícia?

— Bem, a princípio, não. Mas a negociação vai ficar mais complicada... Veja bem, o ideal seria que pudéssemos negociar a libertação dos meninos em conjunto. Não sei se os sequestradores vão querer negociar com as duas famílias em separado. E, se eles resolverem não pagar o resgate, ou se resolverem pagar antes de nós concluirmos a negociação do resgate do seu filho? É complicado. Precisamos ao menos manter o contato entre as famílias.

— Eu não falo mais com aquele sujeitinho arrogante! — interrompe Fernando, exaltado.

— Mas eu falo. Pode deixar comigo, Dr. Avellar, que eu vou ligar pra Luísa e pedir pra ela me manter informada.

Pelo menos assim eu tenho uma função. Nada pior do que ficar à margem dos acontecimentos, sem poder fazer nada.

— Mas e os sequestradores? Eles não voltaram a ligar?

— Não — respondem Fernando e o advogado, em uníssono, e o último acrescenta: — Se a senhora for ligar para a mãe do outro menino, seria bom que combinasse com ela a prova de vida que temos que pedir. Fernando sugeriu que perguntassem ao Mathias o nome da namoradinha dele.

— Namoradinha, Fernando? Mathias tem seis anos e não tem nenhuma namoradinha. Você é que vive dizendo que Letícia é namorada dele...

— E qual o problema? O que importa é que ele saiba responder... Agora, se você tem uma ideia melhor, fique à vontade... — diz, com ar de desdém.

Ficamos os três em silêncio alguns instantes. Tento me concentrar para ter uma ideia melhor do que a de Fernando. Do lado de fora, o barulho de um carro passando na rua é seguido do latido de vários cães. O vizinho já tinha três cachorros enormes e ainda comprou mais um, pequenininho, para ficar dentro de casa. O barulho é infernal. Pronto. Tive uma ideia! O cachorro novo! Mathias estava fascinado com o *poodle* do vizinho. Seu nome é Átila. Ninguém mais saberia responder essa pergunta. O filhote foi comprado como presente de aniversário para a filha do vizinho, há pouco mais de uma semana, e somente Mathias frequenta a casa.

— Acho que poderíamos perguntar o nome do cachorro novo do vizinho — sugiro, confiante. — Desde que Mathias esteve lá, ele não fala em outra coisa. É Átila isso, Átila aquilo...

— Se você acha melhor... E se ele esquecer o nome? É um nome meio difícil... — pondera Fernando, um pouco mais calmo e resignado.

— Acho que ele não esquece... Eu até expliquei a ele que esse nome, para um filhote de *poodle*, é engraçado, já que Átila foi um grande guerreiro, muito valente e sanguinário.

— Então eu acho que é uma boa pergunta, pois o motorista e a babá dificilmente saberiam a resposta. A babá, aliás, nem tem como saber, pois o cachorro foi comprado depois de ela ser despedida... Já o nome da menina, me parece mais fácil — opina o negociador.

— É, acho que vocês têm razão — conclui Fernando.

De volta ao meu quarto, telefono para o celular de Luísa. Não temos muita intimidade, mas simpatizo com ela. Ela está na casa do ex-marido. Mesmo separados, parecem mais unidos do que nós.... A polícia também está lá, mas garante que não há nenhum risco para as crianças. Tento consertar o estrago feito pelo rompante de Fernando, explicando que ele estava muito nervoso e prometendo toda a colaboração com as investigações. Depois falamos da prova de vida. E dos meninos. Como estarão? Acabamos chorando. Desligo, tomo banho e vou para a casa de Otávio, levando a carta de recomendação da babá Esmeralda e uma foto em que ela aparece com Mathias no seu aniversário de seis anos.

28. VADINHO

Desta vez vou ligar pra casa do bacana. Já tá fazendo um dia que eu tô com os moleques e o ricaço já deve ter entendido que o negócio é sério. Agora é a hora de falar o preço. Um milhão. De reais ou de dólares? Ia gostar de pedir em dólar... As verdinhas são mais vistosas e gente rica sempre tem um monte delas escondido em casa ou no cofre do banco. Dinheiro *malocado* "pra uma necessidade". Como se essa gente soubesse o que é necessidade... Mas é melhor pedir em reais mesmo. Fica mais fácil de gastar. Mal posso esperar a hora de botar a mão na *bufunfa*...

Quero ver quem vai duvidar da minha capacidade depois que eu finalizar a ação. Que bolei e executei praticamente sozinho. O Manso, dono da *boca*, só mandou um *soldado* pra ajudar na hora de pegar os garotos. E foi logo nessa parte que o plano escambou. O Gralha é homem de confiança de Manso, a quem obedece cegamente. Mas é meio sequelado. Seu negócio é *passar o rodo*. Não pensa. Ficou tão nervoso quando viu que tinha dois guris no carro que resolveu descontar no infeliz do motorista. O sujeito já tava rendido, amarrado no porta-malas do carro do Gralha, quando o maluco cismou que ele tava olhando muito e que podia reconhecê-lo. Não deu tempo nem de falar que ele estava com a cara tapada: de touca e óculos escuros... Enquanto escondia os meninos no chão do outro carro, ouvi o tiro abafado. Não dava pra fazer mais nada. Gralha garantiu que ia *desovar* o corpo em lugar seguro:

— Fica frio, merrmão, que o Zezinho aqui vai dispensar o *presunto*. Melhor assim. Tu não ia querer esse otário solto pra dar ideia pros home...

Não tinha tempo pra discutir. Talvez fosse melhor mesmo. Ainda tinha que levar os meninos pro o sítio, sem *dar bandeira*. E depois ia ter que resolver o problema do resgate.

Agora não sei se faço um preço só pelos dois garotos ou se cobro um dinheiro separado por cada um. Pode ser mais lucrativo. Mas também pode *dar zebra*. Eu não sei qual é a dos pais do amiguinho. Vai que eles não têm grana? Se bem que eu sondei o moleque e ele entregou que o pai é advogado, mora numa cobertura com piscina e tem um carro grande. Então é rico. Mesmo que não tenha o dinheiro, arranja. Mas e se eu fecho o preço de um garoto e não fecho o do outro? Não dá pra devolver um só e ficar esperando com o outro.

Ainda mais que só tenho a Esmeralda pra tomar conta dos guris. Achei melhor não meter mais ninguém no lance. Não quero mais gente pro racha. Já basta o que eu devo pro Manso. Enquanto não acertar com ele pela mercadoria perdida, corro risco de vida. E não tenho vocação pra *presunto*. Sei que posso confiar na *mina* porque ela é paradona na minha. Não foi à toa que arranjei a entrevista pra ela na mansão dos ricaços, no condomínio onde meu camarada trabalhava como segurança. Tinha pensado num assalto... Só que não deu tempo. Ela enfiou os pés pelas mãos. É burra mesmo. Mas não importa, é até bom. Se um dia me casar, vai ser com uma mulher como ela. Boa de corpo e fraca da cabeça. Esmeralda não é de fazer muita pergunta e sabe receber um não como resposta. Faz o que eu mando e pronto. Sabe dar valor a um homem e não aporrinha com frescura.

Mas ainda é cedo pra pensar em casório. Primeiro tenho que curtir a grana que vou ganhar. As *cachorras* vão cair em cima de mim, louquinhas de tesão. Porque as vadias são assim: gostam de dinheiro e de *berro*. Se tiver um *quinzão* então nem se fala. E eu vou ter. Não um, mas vários. Vou ter armamento pesado. Vou ser o chefe da minha própria gangue. Ou, pelo menos, gerente do Manso. Vou conquistar o respeito da malandragem.

Voltando pra real, preciso telefonar. Tenho que ser duro com o bacana. Sem vacilo. Melhor passar na birosca pra dar uma cafungada antes de ligar. O Avelino sempre tem uma *presença* pra mim. Me conhece há anos e sabe que sou *sangue bom*. Também confio nele. Foi ele que me arranjou o sítio onde Esmeralda tá com as crianças. Mas não abri o jogo com o coroa. Disse só que precisava de um lugar pra me entocar por umas semanas e prometi acertar a despesa assim que recebesse uma bolada aí de um serviço que tinha feito. Melhor não dar muita ideia...

Na birosca, encontro o filho de Avelino no balcão. O moleque logo anuncia a minha chegada e, seguindo as ordens do pai, abre a passagem do balcão e me faz entrar no quartinho dos fundos, onde Avelino está justamente apresentando um pó pra dois *playboys*. Sinto que os manés se assustaram com a minha chegada. Tentam disfarçar, mas dá pra perceber que é fachada. Não é à toa. Sou alto e forte e faço cara de mau. Gosto de fazer medo em *playboy*. Mas agora não é hora de exibir força. Quero só cheirar umas carreiras pra dar um levante. Depois, tenho negócios pra tratar. Então dou uma maneirada e aceito com camaradagem dividir a prova com os clientes do Avelino.

Na rua, tudo parece mais claro e simples. Vou telefonar pro Dr. Fernando e dar o preço. Um milhão. Sem entrar em detalhes. Só mando preparar o dinheiro. Nada de notas novas ou marcadas. Os detalhes da entrega eu aviso depois. Dou vinte e quatro horas pro bacana arrumar a grana.

Pego um *buzum* e vou até o BarraShopping. Ligo de um orelhão. O celular do motorista tá sem bateria. O cara atende no primeiro toque. Não está tão nervoso quanto eu esperava. Diz que não tem tanto dinheiro.

— Qual é? Tá pensando que eu sou otário? Se não tem, arruma — respondo, na maior firmeza.

Aí, o cara! Cheio de marra, exigindo uma prova de vida dos moleques... Quer saber o nome do cachorro novo do vizinho e a cor do pijama preferido do outro guri. É mole? Minha vontade é mandar o sujeito tomar no cu e dizer que vou passar o cerol nos garotos se ele não tiver com a grana pronta amanhã. Mas já ouvi falar nessa conversa de prova de vida... Então digo que "vou pensar no caso", mas que o dinheiro tem que estar nos conformes amanhã. E desligo, sem dar chance ao babaca de falar mais nada.

No sítio, os meninos tão na sala com Esmeralda, brincando como se estivessem na casa deles. Não se intimidam com a minha presença e ainda ficam perguntando quando vão voltar pra casa. Moleques abusados. Parece que não entendem que isso aqui não é uma pensão e que não tão a passeio. Chegam a pedir biscoito! Desse jeito, qualquer hora vão cismar de sair pro quintal ou de gritar. Preciso botar moral pra manter eles na linha. Mando Esmeralda trancar os dois no quartinho. Depois, tento descansar um pouco no colchão da sala, enquanto ela prepara um grude pra janta. As crianças ficam quietas. Tudo tranquilo. Mas não consigo relaxar. Então saio pra dar um rolé. Sento na birosca do Avelino pra tomar uma gelada. À noitinha, a malandragem da região se encontra por aqui. No fundo do bar, dois garotos jogam na máquina de caça-níqueis. Encosto no balcão pra tomar minha cerveja e ver o jornal na televisão pendurada na parede. Quase engasgo quando apresentador anuncia: "O passeio dos alunos da Escola Municipal Padre Severino Lucas ao Parque da Cidade acabou em pânico quando as crianças encontraram o corpo de um homem não identificado boiando na pequena piscina natural que fica junto à área de piqueniques. A polícia está investigando o caso. Tudo indica que o homem, que foi morto com um tiro à queima-roupa, é mais uma vítima da guerra de facções rivais pelo domínio do tráfico na favela da Rocinha. Por enquanto, a única pista de sua identidade é uma conta de luz, quase totalmente apagada pela água, onde se distingue o nome Fábio". Não consigo prestar atenção ao resto. É o motorista. O filha-da-puta do Gralha *desovou o presunto* em território inimigo. E ainda por cima num lugar escandaloso. Tá bem que ele é maluco, mas assim já é demais. Parece que tá é querendo sacanear o meu plano. Não posso perder tempo. Preciso cobrar o resgate, urgente. Até vai ser bom os bacanas verem o motorista na televisão. Vão entender que tô falando sério. Chamo Avelino até o escritório, apelido que ele deu pro quartinho dos fundos, compro um papel de dez reais e dou logo uma cafungada.

No sítio, Esmeralda me recebe com a janta pronta. Mas não consigo nem pensar em comer. Só quero pegar a tal prova de vida e telefonar de novo pro babaca do Dr. Fernando, mandando entregar o dinheiro. Aliás, pensando melhor, desta vez vou telefonar pro pai do menorzinho. Tenho que ficar esperto e deixar os caras perdidos. Assim eles vão ver quem dá as ordens. Entro no quarto, onde os moleques estão fazendo bagunça, e vou logo fazendo as perguntas. O cachorro do vizinho se chama Átila e o pijama preferido do pirralho é verde. Saio do quarto e tranco a porta. Os meninos, em vez de ficarem quietos, como eu mandei, batem na porta, pedindo pra sair, pra voltar pra casa, pra comer, pra ir ao banheiro, pra beber água... Não tenho tempo pra essa merda. Já mandei calar a boca e eles não obedecem. Então só resta amarrar e amordaçar os dois. Esmeralda me ajuda. Como sempre, sem fazer perguntas.

Vou pro quintal telefonar, usando o pré-pago de Esmeralda, que eu registrei com um nome falso. Já é tarde e não estou com disposição pra procurar um orelhão afastado. A ligação vai ser rápida, de modo que não tem risco de ser rastreada. Um homem atende. Digo apenas:

— Átila e verde. Quero o dinheiro amanhã, ou então passo o cerol nos garotos. Do outro lado, o sujeito ainda tenta dizer alguma coisa, mas desligo.

29. Fernando

Quando o telefone toca, sinto um misto de medo e alívio. Só podem ser eles. Atendo ao primeiro toque. Um milhão. Os sequestradores querem um milhão. Eu tenho um milhão. Mas digo que não tenho, seguindo as instruções de Avellar que, junto com Bianca, acompanha tudo no viva- -voz. Preciso confiar em alguém, então confio nele. O cara fica zangado. Tenho medo, mas sigo o plano. Mantenho a voz firme e exijo a prova de vida dos meninos. Quando termino de falar, já estou arrependido. E se o cara desligar? Mas não desliga. Os instantes demoram a passar... Final- mente o sujeito responde que vai pensar. Mas quer o dinheiro amanhã. E desliga. Estou tremendo.

— Um milhão — pontifica o advogado. — Eu sei que você tem esse dinheiro, mas é preciso negociar.

— Mas o senhor viu a reação dele, quando o Fernando falou que não tinha o dinheiro? Achei que ele ia desligar... — retruca Bianca, aflita.

— Eu também — concordo.

— Calma, é assim mesmo. Ele não quer falar muito, tem medo de ser localizado. Mas achei bom sinal ele considerar a prova de vida. Os meninos devem estar bem — contemporiza o negociador.

— Espero que o senhor tenha razão — diz Bianca.

Eu também. Estou cansado. Exausto. Sozinho. Inseguro.

— E o dinheiro, você não vai providenciar? — pergunta-me Bianca.

— Já providenciei. Enquanto você dormia, o gerente do banco esteve aqui e eu expliquei a situação. Ele já está de sobreaviso. Agora é só informar o número final e esse negócio de notas usadas... Você acha que eles conseguem isso, Avellar?

— Fica tranquilo, eles conseguem sim.

Este advogado também já está me dando nos nervos. "Fica tranquilo..." Como é que vou ficar tranquilo? Mas não posso arrumar mais uma briga. Já estou arrependido da discussão com Otávio. Seria bem melhor tê-lo ao meu lado. E também o pai de Luísa. Ele inspira confiança. Aliás, temos que avisá-los do pedido de resgate.

— Eu vou ligar para Luísa. Eles precisam saber do contato. Aliás, vocês acham que um milhão é pelo Mathias ou é pelos dois meninos? — diz Bianca, adivinhando meus pensamentos.

— Não ficou claro — responde Avellar — Talvez eles tenham ligado para Otávio também...

— Liga logo, Bianca!

Preferiria ligar pessoalmente, mas meu orgulho não permite. Bianca telefona e troca informações com Luísa. Os sequestradores não fizeram nenhum contato com eles. O policial que está lá quer falar com Avellar. Não deu para negociar, esclarece o advogado ao investigador Santiago. A prova de vida foi pedida. O bandido disse que ia pensar. Pediu o dinheiro para amanhã. O dinheiro já está sendo providenciado. Não ficou claro se o resgate era para os dois meninos ou só para Mathias.

Minha cabeça dá voltas e mais voltas. Não sei o que fazer. Agora o negociador conversa com a polícia. Tenho que providenciar o dinheiro do resgate de Mathias. Ou talvez das duas crianças. Também queria falar com a polícia... Mas como? E de que adianta eu não falar, se todos falam? Santiago. O policial se chama Santiago. E está na casa de Otávio. Mas os sequestradores ligaram para mim, na minha casa. Bianca está chorando, sentada no sofá. Meu filho está com o homem do telefone.

— Fernando... Fernando! — alguém me chama, puxando meu braço. É Avellar.

— Você está passando mal?

— Não, não... Desculpe. Me deu uma tonteira. O que foi?

— A polícia está querendo montar uma escuta aqui. Você autoriza? — pergunta ele, tapando o bocal do telefone com a mão.

— Eu? Não sei. Não sei, Avellar. Autorizo. Autorizo, sim. Fala pra vir todo mundo pra cá.

Desabo no sofá, ao lado de Bianca, rendido. Pela primeira vez ela me olha com algum afeto e esboça um sorriso em meio às lágrimas.

Estranhamente, Avellar parece estar achando boa a ideia de reunir todo mundo aqui em casa. Não entendo bem, mas não questiono. Estou cansado. Quero dividir a responsabilidade. Não suportaria errar sozinho.

Os acontecimentos se sucedem de forma alucinante. Em meia hora, a casa está cheia de gente. Policiais mexem nas instalações telefônicas e fazem perguntas até aos empregados. Só penso em arranjar o dinheiro. O homem falou comigo. Mandou preparar o dinheiro. Vou obedecer. Aproveito a confusão e vou para o meu quarto telefonar para o gerente do banco. Quero o dinheiro ainda hoje. Que mandem entregar. De táxi, de helicóptero, de carro-forte. Não quero saber. Pago o que for necessário. Quando volto à sala, o investigador Santiago está informando que o meu motorista foi encontrado. Morto com um tiro à queima-roupa. Estão todos em pânico. O corpo de Fábio apareceu boiando na piscina do Parque da Cidade.

A tensão só diminui um pouco quando, por volta das nove da noite, o policial de plantão na casa de Otávio telefona informando que um homem ligou dizendo apenas "Átila e verde" e exigindo o dinheiro para o dia seguinte. Os meninos estão vivos! Agora só falta informar o local da entrega. Avellar e Santiago conversam sobre a necessidade de negociação para reduzir o valor do resgate. A polícia está investigando a babá despedida e o assassinato de Fábio, mas qualquer tentativa de estourar o cativeiro está completamente fora de cogitação. Ao menos isso Otávio deixou claro. Quanto à negociação, eles que discutam, já sei que não vai adiantar. A teoria é muito diferente da prática. O sequestrador não ouve, só fala. Vou cumprir as instruções à risca.

Sentado no sofá do escritório, ciente de que o dinheiro já está seguro no cofre do meu quarto e confortado pela prova de vida oferecida pelo bandido, deixo-me embalar pelo burburinho das conversas inúteis e acabo dormindo pela primeira vez nas últimas quarenta horas. Quando acordo, já é dia claro e apenas um policial cochila sentado na cadeira da escrivaninha. Vou até à copa para tomar um café. Bianca está lá, sentada com o olhar perdido.

— Você conseguiu descansar um pouco? — pergunta, ao perceber minha presença.

— Consegui. Onde está todo mundo?

— Otávio e Luísa foram para a casa dele. Acham que o homem

pode ligar de novo pra lá. Santiago foi com eles.

— E Avellar?

— Também foi para casa. Disse que precisava descansar um pouco e que voltaria hoje. Falou pra você ligar para ele.

— Pra quê?

— Não sei.

— O dinheiro já está no meu cofre. Quando ligarem, vou fazer a entrega.

— Obrigada.

Por que ela está agradecendo?

As próximas horas demoram a passar. Às onze horas, quando estou saindo do banho, meu celular toca.

— Chegou a hora. Pega a grana, bota em um saco de lixo e leva de carro para a Barra da Tijuca. Nada de dinheiro marcado, rastreador ou qualquer outra esperteza. Alguma gracinha, e eu mato os garotos. Vai até a Praia da Macumba e aguarda novas instruções. SOZINHO E AGORA. Não ocupa o telefone.

E mais uma vez o homem desliga sem me dar a menor chance de falar. Acabo de me vestir e vou até o quarto de Bianca. Peço-lhe que providencie o saco de lixo sem chamar atenção. Pretendo sair sem avisar o policial. Não quero que nada interfira ou atrase o cumprimento das ordens. Juntos, Bianca e eu acomodamos o dinheiro no saco. Ela me acompanha até a garagem.

— Daqui a meia hora você pode avisar ao policial que eu fui fazer a entrega — digo, através da janela do carro.

— Você tem certeza de que não é perigoso? — pergunta, preocupada.

— Não, mas não tenho opção. Me dá um beijo?

Ela me beija com lágrimas nos olhos.

— Leva o meu celular também — recomenda, me entregando o aparelho. — E vai com Deus. Cuidado!

30. ESMERALDA

Desde menina, eu tenho muita dificuldade. Não é só dificuldade de dinheiro não. Minha mãe morreu quando eu era bem pequena. Não lembro dela. O meu pai eu nem conheci. Fui criada por uma tia, irmã de criação de minha mãe. Gostava dela, mas acho que ela não gostava muito de mim. Tanto que me mandou pro Rio de Janeiro, quando eu tinha só doze anos, pra trabalhar em casa de família. Disse que ia ser melhor pra mim. Não sei. Ela não mandou a Lucinha, minha prima, que já tinha quinze.

Fui trabalhar na casa de D. Maria de Lourdes e Dr. Geraldo. No começo, até que não era difícil. Meu serviço era ajudar Francisca, empregada da casa. Ela tinha muita paciência comigo e explicava sempre tintim por tintim o que eu tinha que fazer: "Esmeralda, bota esses pratos na mesa, um na frente de cada cadeira e depois me chama que eu te amostro onde põe os talher e os copo". Daí, todo dia ela me ensinava direitinho onde punha cada coisa. E eu até acabei aprendendo. Botava a mesa direitinho, pelo menos lá na casa de D. Maria de Lourdes.

Quando Francisca adoeceu e foi morar com a filha em Minas, fiquei sozinha. Já tinha dezoito anos, mas não sabia como fazer as coisas sem Francisca. E D. Maria de Lourdes era muito brava. Ralhava comigo e me chamava de burra e de estúpida. Eu sei que ela tinha razão, porque sou burra mesmo. Mas o jeito que ela falava comigo só me deixava mais burra ainda, porque eu ficava nervosa e esquecia tudo que tinha que fazer. No final, tava com tanto estado de nervos que nem lembrava mais como punha a mesa, e olha que essa parte tinha aprendido bem mesmo.

Então ela me botou na rua uns três meses depois que Francisca foi embora. Mas me deu uma carta — que eu não lembro bem o nome, mas que era uma coisa boa, que dizia que eu era uma pessoa direita e trabalhadeira — que era pra eu arranjar um outro emprego. Me deu também um dinheiro que dava pra pagar um quartinho que o Manuel, porteiro do prédio lá de D. Maria de Lourdes, disse que eu podia alugar. Era na casa de um colega dele, no morro lá em Ipanema mesmo, o que eu achei bom, porque não conhecia bem a cidade. Foi tanto tempo morando na casa de D. Maria de Lourdes e só saindo pra fazer compra com Francisca ou pra um passeio na praia no meu dia de folga...

No morro era tudo muito diferente da casa de D. Maria de Lourdes. Mas eu logo conheci Vadinho. Um mulato alto, forte, de cabelo bem curtinho e louro, quase branco. Parecia um artista. Disse que gostava de mim. Me ajudou a arranjar outro trabalho, na casa de D. Bianca, tomando conta do filhinho dela. Uma casa enorme, a de D. Bianca. E o serviço era só tomar conta do menino. Vadinho arrumou tudo pra mim e até me levou até a porta do condomínio no dia que eu fui lá pedir o emprego, levando a carta de D. Maria de Lourdes.

D. Bianca leu a carta e perguntou se eu já tinha trabalhado com criança. Eu disse que não, mas que sabia tomar conta de menino pequeno porque lá no Norte eu olhava o meu primo caçula. O menino de D. Bianca veio na cozinha quando eu tava conversando com ela e era um menino muito engraçadinho. Daí D. Bianca foi atender o telefone na sala e o menino tava brincando com uma bola. Achei que ele ia acabar quebrando alguma coisa e, como tinha uma porta que dava pro quintal, levei ele pra lá e fiquei jogando bola com ele.

Quando D. Bianca voltou, acho que ficou contente que eu tava brincando com o menino. E eu até tinha ficado com medo dela ralhar comigo, porque parece que eu nunca acerto o que tem que fazer. Mas ela falou que era bom que eu gostava de jogar bola e disse que ia falar com o marido e telefonar pra D. Maria de Lourdes e que eu podia voltar na segunda-feira pra começar no trabalho.

Só conheci Dr. Fernando depois de começar no emprego. Ele não ficava muito em casa. Só à noite. Mas aí já era hora de botar Mathias na cama e depois eu ia dormir no meu quarto, que era melhor que o quartinho que eu alugava lá no morro. Dr. Fernando não falava muito comigo e, quando falava, era só pra reclamar que eu tinha feito alguma coisa errada. Ele era mais bravo que D. Maria de Lourdes. Mas eu não ligava não. O serviço era fácil. Era só dar banho no menino, vestir, pentear e brincar com ele. Eu tinha que usar só roupa branca, mas D. Bianca comprou tudo pra mim. E eu ganhava trezentos e cinquenta reais no final do mês. E tinha folga todo domingo.

No domingo, Vadinho me levava pra passear e me perguntava tudinho do meu trabalho. A gente começou a namorar. Eu gostava muito dele e ele dizia que logo a gente ia casar. Ele também gostava muito de mim e, no segundo mês que eu tava no emprego novo, comprou dois telefones celular, um pra ele e outro pra mim, só pra eu telefonar pra ele todo dia. Mas eu não sabia direito como fazia pra usar e daí telefonava do telefone do quarto do menino mesmo, enquanto ele tava brincando na banheira, que era num banheiro só dele. E Vadinho reclamava e dizia que era pra ligar do celular e eu não queria contrariar e dizia que era o que eu tava fazendo e ele falava que era estranho, que não aparecia o número, e eu não entendia o que ele tava falando, mas continuava dizendo que ligava do celular. Não sei como ele podia saber de onde eu tava ligando, mas de qualquer jeito falava que era do celular, como ele tinha dito pra fazer.

E eu ligava todo dia, no finalzinho da tarde. Gostava de contar pra Vadinho como tinha sido o dia. Se tinha feito alguma coisa errada, se alguém tinha ralhado comigo. E ele sempre dizia que eu tava certa e que eu não era burra. Até quando eu não sabia direito o que tinha que fazer, se não entendia direito uma ordem, ligava pra Vadinho e ele me explicava direitinho. Eu ficava feliz de ter um namorado que, além de bonito que só, era também inteligente e me ajudava tanto.

Mas aí um dia Dr. Fernando chegou em casa tarde e mandou me chamar no meu quarto. Eu já tava até de camisola, pronta pra dormir. Tive que botar a roupa de novo e fui pro escritório onde ele tava esperando. D. Bianca também tava lá. Ele perguntou, com uma cara muito zangada, se eu tinha telefonado pra algum celular. Eu nem sabia qual era o problema, mas vi logo que era melhor dizer que não. Porque eu posso ser burra, mas isso já aprendi faz tempo. Algumas coisas é melhor a gente esconder de patrão. Se o patrão pergunta se eu peguei alguma coisa, sempre digo que não. Se ele tá perguntando, é porque sumiu. E se sumiu, é melhor dizer que nunca nem vi. Na casa de D. Maria de Lourdes, se alguém telefonava e eu esquecia o nome da pessoa, falava que ninguém tinha ligado. Eu sei que é pecado mentir, mas tinha muito medo. Então eu disse que não tinha ligado pra celular não senhor.

D. Bianca ainda disse assim: "Pensa bem, Esmeralda, porque é importante". Aí mesmo que eu neguei. Ainda disse que nem conhecia ninguém com telefone celular. Dr. Fernando continuava bravo e perguntou se eu não reconhecia um número de telefone. Era o número de Vadinho. Eu sabia de cabeça. Mas disse que não conhecia não. Como é que eles iam saber que eu tinha ligado? Eles nem sabiam que eu tinha namorado. Vadinho sempre disse que era melhor não contar nada da minha vida pra patrão. Mas eles não acreditaram não. Até D. Bianca foi ficando zangada e disse que, se eu não contasse a verdade, iam me mandar embora. Mas continuei firme. Não contei nada. Aí eles me mandaram embora. Nem pagaram meu salário porque disseram que as telefonemas tinham custado quinhentos reais e que meu salário daquele mês nem dava pra pagar a conta, que eu ainda ia ficar devendo. Agora, como pode uma telefonema por dia custar mais do que o salário de um mês inteirinho? Não pode. Mas me mandaram embora sem um tostão. Não me deixaram nem ficar até de manhã cedo. Tive que sair na noite escura, com minha trouxa, e andar até o morro, porque contava com o salário no fim da semana e não tinha mais dinheiro nem pra condução. E Dr. Fernando ainda me mandou abrir minha trouxa pra ver se eu não tava roubando nada. E D. Bianca nem me deixou levar as roupas brancas, disse que iam ficar pra nova babá.

Cheguei no morro chorando. Vadinho logo apareceu pra me ver. Ficou muito revoltado com o que contei. Quase brigou comigo também, quando falei da conta do telefone... Disse que eu tinha estragado tudo. Mas depois acho que ficou com dó. E com muita raiva de Dr. Fernando e D. Bianca. Falou que a gente não podia deixar por isso mesmo. Que eles não prestavam e não mereciam ter aquele dinheiro todo e tratar as pessoas boas como eu como lixo. Ele tinha um jeito muito bonito de falar as coisas. Eu já tava mesmo muito chateada com tudo que Dr. Fernando tinha feito comigo. Mas a fala de Vadinho foi me dando uma raiva... E todo dia ele falava mais. E eu comecei a ficar com ódio mesmo. Porque eu não tinha dinheiro e não tinha emprego. E não tinha nem mais a carta de D. Maria de Lourdes. Até fui lá na casa dela pra pedir se ela me dava outra, mas ela disse que não podia, que Dr. Fernando tinha ligado pra ela e falado que eu tinha mentido e que por isso ela não podia me dar outra carta.

Já sofri muito nessa vida. Ninguém nunca me tratou bem assim como Vadinho. Sempre fui enjeitada. Então nunca liguei quando alguém brigava comigo ou até quando gritava e dizia que eu era burra. Eu sei que sou. Agora, depois que conheci Vadinho, comecei a mudar. Ele sempre dizia que eu não era burra. E fui acreditando. Então, quando me mandaram embora daquele jeito e Vadinho falou que tava errado, vi que tava errado mesmo. Que não podia eles fazer assim comigo. Porque eu sou gente e sou boa. E ninguém pode me tratar como ladrona mentirosa só porque dei umas telefonemas. Vi que Vadinho tinha razão.

Daí, quando já tinha umas semanas que tava sem dinheiro nenhum e só Vadinho me ajudando até pra comer, e ele disse que tinha um plano pra tirar um dinheiro de Dr. Fernando e D. Bianca, achei que era justo. Porque eles não me pagaram e também ficaram com a minha carta e falaram pra D. Maria de Lourdes que eu era mentirosa. E Vadinho disse que não tinha perigo nenhum.

Quando ele me contou a ideia dele, achei que não podia. Ele queria pegar o menino e eu disse que o menino não tinha feito nada, que era malvadeza bulir com criança. Mas ele foi explicando tudo daquele jeito dele e me falou que a gente não ia fazer nada de ruim com o menino, que a gente só ia cuidar dele e dizer que só devolvia ele pros pais depois deles darem um dinheiro bom pra gente. E eles não iam saber quem tinha pegado o menino. E depois a gente fugia com o dinheiro e casava e ia morar lá no Sul, que é mais fresco e tem muito trabalho bom.

Eu acreditei. Confiava muito em Vadinho. Nunca ninguém tinha me tratado tão bem como ele. E ele disse que eu só precisava fazer tudo direitinho do jeito que ele mandava. Ele sabia explicar tudo com muita paciência. Eu só tinha que ficar num sítio que Vadinho alugou bem longe da cidade, esperando ele levar Mathias.

Só que ele chega trazendo Mathias e Antônio, um amiguinho da escola, que eu já conheço. Chega nervoso, o Vadinho, porque não queria pegar o amiguinho também, mas diz que não teve jeito. Os meninos tão um pouco assustados, mas ficam felizes quando me vêem. E eu tava até com saudade do Mathias. Dou a janta pra eles e falo pra eles ficar bem quietinhos, que os pais deles falaram pra eles obedecer tudo que eu mandar, que assim eles voltam pra casa logo. Foi Vadinho que me ensinou a dizer isso.

Os meninos se comportam muito bem. Boto os dois pra dormir no colchão do quartinho do fundo, que não tem nem janela, mas que Vadinho falou que era pra eles ficar ali. Antônio ainda chora um pouquinho, mas depois dorme. Quando pergunto pra Vadinho como ele fez pra pegar os meninos, ele fica zangado e diz pra não me meter no assunto. E o Fábio, motorista da casa, como foi que deixou ele pegar os meninos? Aí fica ainda mais bravo e manda eu calar a boca e ir dormir com os meninos. Obedeço.

De manhã, ele tá um pouco mais calmo, mas não deixa os meninos brincar no jardim. Diz que é pra ficar em casa, vendo televisão. De tarde, sai e volta nervoso. As crianças ficam perguntando o tempo todo quando vão voltar pra casa. Eu digo que é logo, do jeito que Vadinho mandou. Mas ele fala que eles tão muito abusados, grita com eles e manda eu trancar eles no quarto. Eu tranco, mas acho judiação. Depois, ele diz que tem que sair de novo e que é pra eu ficar bem quietinha e não abrir a porta pra ninguém (isso eu já sei, porque ele já disse antes que ninguém pode saber que a gente tá aqui). Eu fico vendo televisão e tomo um susto horrível quando o repórter diz que encontraram o corpo de um homem boiando no Parque da Cidade, na Gávea. Tinha no bolso uma conta de luz no nome de Fábio. O resto do nome tava apagado pela água.

Eu demoro pra entender as coisas, mas Fábio, morto na Gávea, só pode ser o motorista de Dr. Fernando. E obra de Vadinho. Alguma coisa deu errado e ele não me contou. Fico com muito medo. Não falo nada pra Vadinho quando ele volta. Tá mais nervoso do que quando saiu. Pergunta se eu tava vendo televisão e eu logo digo que não. Tá com bafo de bebida e muito agitado. Os meninos começam a fazer barulho no quarto e ele abre a porta para gritar com eles. Começam a chorar e ele resolve amarrar os braços e os pés deles e tapar a boca com fita colante. Fico com muita dó, mas não tenho coragem de dizer nada. Ajudo a amarrar os meninos. Tenho que dar um jeito de sair daqui com eles.

Passo a noite toda pensando como eu posso ter acreditado assim em Vadinho e como ele podia fazer aquilo com as crianças. E com Fábio.

Porque agora eu tenho certeza que ele matou Fábio. Pode tá louco. Ou metido com droga. D. Maria de Lourdes sempre falava que as pessoas que usam droga fazem qualquer coisa. E eu não notei nada. Sou muito burra mesmo! Acreditar que Vadinho gostava mesmo de mim e que só queria me ajudar. Que não ia fazer mal a ninguém. Agora ele matou um homem e eu tô metida até o pescoço na história. Mas já chega de ser idiota. Pelo menos eu sei mentir.

De manhã, finjo que estou calma. Vadinho diz que vai sair um pouco e que é pra ficar de olho nas crianças. Como se precisasse! Os bichinhos tão tudo amarrado e trancado no quarto. Mas eu digo que não tem problema e ainda disfarço perguntando se posso preparar um almoço pra dar pra eles depois que ele voltar. Ele gosta da pergunta e diz que sim, mas que é pra esperar por ele. Me dá até um beijo antes de sair.

Quando escuto que o carro já vai longe, abro o quarto das crianças e falo pra eles ficar bem quietinhos, que eu vou soltar eles e a gente vai fugir. Mas antes de soltar, espero pra ver se eles entenderam direitinho. Quando vejo pela carinha deles que vão ficar quietos, desamarro os dois e arranco a fita colante da boca deles. Deve ter doído, mas eles não gritam, só ficam com os olhinhos cheios d'água. Tô com tanto medo que chego a tremer. Mas pego os meninos e saio com eles pelo mato atrás da casa, que eu sei que vai dar numa estrada onde passa ônibus. Ainda tenho o troco das compras que Vadinho mandou fazer antes de pegar as crianças. Pegamos o primeiro ônibus que passa e damos sorte, porque vai pro terminal Alvorada, na Barra da Tijuca, que o motorista diz que tem condução pra tudo quanto é canto.

No caminho, vou pensando onde deixar as crianças. Porque tem que ser um lugar seguro, mas também não posso ir até a casa delas. Vou conversando com elas e quando Antônio diz que sua mãe trabalha numa loja no shopping Rio Sul, acho que é o melhor lugar pra deixar os dois. Eu não conheço a mãe dele, então não tem perigo dela me ver. E o shopping é um lugar seguro. Eu já fui lá duas vezes. É bonito, limpo e tem muita gente. Antônio sabe o nome da loja.

No terminal Alvorada, não é difícil descobrir o ônibus que passa no Rio Sul. Estou ficando muito contente comigo. Os meninos estão bem e animados. Confiam em mim. Chegamos no shopping quando é quase meio-dia. Logo na entrada, tem um segurança. Me dá um pouco de medo, mas depois penso que ele não tem como saber quem eu sou e o que estou fazendo com os meninos. Eles tão tranquilos, de mãos dadas comigo. Então pergunto pro segurança onde é a loja Suzi Z. Ele diz que é só subir a escada rolante e virar à direita. Ainda bem que faz sinal com a mão, porque eu nunca sei bem onde é a direita e onde é a esquerda. Quando chegamos no segundo andar, Antônio logo reconhece a loja. Solta da minha mão e sai correndo. Mathias vai atrás. Eu ainda fico um pouquinho parada, olhando eles entrar. Mas, quando vejo que não saem, pego o caminho de volta.

Que alívio! Vou saindo sossegada, até olho um pouco as lojas. Cada vestido bonito... Mas preciso pensar pra onde eu vou. Minhas coisas ficaram no sítio. Podia pedir ajuda a D. Maria de Lourdes... Sem falar o que aconteceu, é claro. E se ela não me ajudar, posso falar com Manuel, que é um moço bom. Já estou chegando na saída do shopping, quando o segurança, o mesmo que tinha me explicado onde era a loja, me segura pelo braço. Pronto! Agora acabou.

31. Berenice

O movimento na loja está grande. Valéria — mal-humorada por conta da falta de Luísa — está se concentrando apenas nas vendas e fazendo corpo mole para a arrumação. Carolina, que foi chamada pra trabalhar no seu dia de folga, graças a Deus é muito doce e prestativa, e acaba fazendo o serviço de Valéria sem reclamar. Mas o que poderia ser um alívio só aumenta a minha irritação. Não é justo que Carolina trabalhe em dobro, enquanto Valéria se limita às vendas, que rendem comissão. Mas fica difícil reclamar quando o serviço está sendo feito. Se Valéria larga um amontoado de roupas em cima do balcão e, antes que eu tenha a oportunidade de chamar sua atenção, Carolina recolhe e arruma tudo, acabo tendo que engolir a bronca. Se fosse outro dia qualquer, conversaria com ela e explicaria que deve ficar mais atenta para evitar que Valéria se aproveite de sua boa vontade. Mas hoje não tenho cabeça pra isso... Estou preocupada com Luísa, que não dá notícias desde que deixou a loja, anteontem. Tento me concentrar no trabalho. Quando parece que, finalmente, estou conseguindo me entender com o programa de controle de estoque, dois meninos entram correndo na loja. Como não entra nenhum adulto atrás deles, corro para detê-los antes que causem algum estrago.

— Opa, opa, vamos com calma! — advirto, postando-me em frente aos dois — Onde estão seus pais?

— Eu tô procurando a minha mãe — diz o menorzinho, com ar de quem está prestes a cair em prantos.

— E onde foi que você se perdeu dela? — pergunto, preocupada. Era só o que me faltava... Com tanta loja para entrar, duas crianças perdidas escolhem justamente a minha!

— Eu não sei, acho que foi na escola... — responde o menino, começando a chorar.

— Mas é o filho da Luísa! — interrompe Carolina, agachando-se ao lado da criança — Você não é o Antônio?

O menino apenas balança a cabeça afirmativamente.

— Eu sou a Carol. Você não lembra de mim?

O garoto faz que sim, com novo balanço de cabeça.

— Meu Deus, é mesmo o Antônio! — exclamo.

Como é que eu não reconheci? Deve ser porque, além de não ser muito chegada a crianças, na primeira visita de Antônio à loja ele fez tanta bagunça — puxando roupas dos cabides com as mãos meladas de jujuba e invadindo as cabines onde as clientes trocavam de roupa —, que nem tive que pedir a Luísa para evitar novas visitas... Então, quando acontecia dele ir encontrar a mãe na loja, chegava no final do expediente e ficava esperando do lado de fora, com a babá.

— E você deve ser o Mathias — acrescento, voltando-me para o maiorzinho, que permanece calado, observando tudo com olhar atento.

E agora, o que faço? Os meninos parecem bem, mas será que estão machucados, com fome? E os sequestradores, estarão no shopping? Não sei se faço perguntas aos garotos, se lhes ofereço algo, se ligo pra Luísa ou se chamo a polícia. Carolina se adianta e convida os meninos para beber água e comer uns biscoitos nos fundos da loja. Quando estou me dirigindo ao telefone, entra uma cliente. E Valéria, onde foi? Estava aqui agora mesmo, mas parece que evaporou... Não dá pra atender ninguém agora... Tenho que despachar esta mulher.

— A senhora me desculpe, mas é uma situação de emergência e a loja está temporariamente fechada.

— Mas a porta está aberta... — reage a cliente, indignada.

— Sinto muito, senhora, mas eu estou fechando neste momento. Por aqui, por favor — digo, indicando a porta.

— Mas isso é um absurdo! — responde ela, encaminhando-se para a saída — Vou fazer uma reclamação na administração do shopping.

— A senhora faça isso.

Tranco a porta atrás dela, que ainda fica alguns instantes me espiando pela vitrine. Ligo para Luísa:

— Luísa, o Antônio e o Mathias estão aqui na loja e estão bem.

É um prazer dar a notícia. Do outro lado da linha, ela começa a repetir a informação aos gritos e, logo depois, cai em prantos. Ainda incrédula, pede para falar com o filho. Chamo Antônio, e logo ele também está chorando. Quando retomo o telefone, Otávio está na linha, fazendo uma enxurrada de perguntas que eu não sei responder. Desliga dizendo que estão vindo pra cá. Os meninos estão sentados com Carolina no banco de madeira no centro da loja.

— Seus pais já estão vindo te pegar — digo para Antônio e, ao perceber que me esqueci de Mathias, que me olha esperançoso, acrescento: — E você, sabe o telefone da sua casa?

32. Jorge

Não sou mulherengo, sou até meio tímido. Não é do meu feitio chegar numa moça assim, em horário de trabalho. Mas é muita coincidência ela reaparecer justo na hora do meu almoço, sem os garotos. Parece um sinal. Ela tem alguma coisa de muito especial. Quando me pediu informação, tava nervosa. Agora vem andando com um passo mais tranquilo. Deve estar de folga. Acho que é babá. Deixou as crianças com a mãe e agora está livre para um passeio. Posso convidar ela pra tomar um sorvete. Ou pra almoçar. Só preciso de um pouco de coragem. Ela passa na minha frente sem me ver. É agora ou nunca. O máximo que pode acontecer é ela recusar o convite... Então vale a pena tentar. Puxo ela pelo braço. Ela se assusta. Também, o que é que eu tenho na cabeça pra puxar o braço dela desse jeito?

— Desculpa, eu não queria assustar — digo, sorrindo.

— Ai, moço, mas assustou... O que o senhor quer? — pergunta, apreensiva.

— O senhor tá no céu... Desculpa mesmo, viu, não é nada não... Ou melhor, é só que eu achei você muito bonita e simpática.

— Obrigada.

Sorri aliviada e volta a andar. Vou atrás. Um sorriso já é um bom começo.

— Você me desculpe se eu estiver sendo abusado, mas posso acompanhá-la um pouco?

— Bom, por mim pode — responde, um tanto desconfiada. — Mas você não está trabalhando?

— Estou, mas tá no meu horário de almoço... Posso te convidar para fazer um lanche?

— Lanche? (...) Onde?

— Só não pode ser aqui no shopping, sabe, porque eu estou de uniforme e no horário de almoço. Daí não pode. É norma da casa... Mas tem uma padaria ali na Rua da Passagem que é muito boa... Tem até uns banquinhos no balcão...

— Então tá.

No caminho, ela parece nervosa. Quando passa um carro da polícia com a sirene ligada, ela toma um susto.

— Você tá com algum problema? — pergunto.

— Não, imagina... — ela força um sorriso.

— Desculpa, eu até esqueci de me apresentar... Meu nome é Jorge. E o seu?

— Prazer, Jorge. Eu me chamo...Vitória.

Parece que ficou na dúvida se devia me dizer seu nome, mas depois me estende a mão e eu cumprimento apertando com cuidado.

— Bonito nome, combina bem com você. Você é babá?

— Sou, tomo conta de um menino de seis anos.

— Um daqueles que chegou no shopping com você?

— É, eu sou babá do maiorzinho e o outro é um amiguinho.

— Você tem que apanhar eles logo?

— Não, tô de folga o resto do dia. E você, tem que voltar logo?

— Eu tenho uma hora de almoço. Mas, se você quiser fazer um passeio mais longo, posso dar um jeito.

Ouvimos mais uma sirene distante e ela novamente se assusta.

— Você tem certeza de que está bem?

— Não, na verdade, não estou bem não — responde, começando a chorar — Me desculpa, tá? Mas é que eu fui despedida e não tenho para onde ir.

Estamos no túnel que atravessa por baixo da Av. Lauro Muller. Vitória chora de soluçar e eu não sei o que fazer. Quero abraçá-la, mas mal nos conhecemos. Então só passo a mão na sua cabeça:

— Calma, vai ficar tudo bem. Eu te ajudo.

— Ajuda mesmo?

— Ajudo.

Devo estar louco para dizer isso a uma moça que acabei de conhecer. E o que posso fazer pra ajudar? Arrumar outro emprego pra ela? Difícil. Emprestar dinheiro? Impossível. Levar ela pra minha casa? Talvez.

— Eu não tenho dinheiro e não tenho para onde ir... — continua Vitória, chorando.

— A gente dá um jeito... Dinheiro eu também não tenho, mas você pode ficar na minha casa uns dias...

Ela parece estar se acalmando, então continuo:

— Eu moro só com minha mãe. Até ia ser bom você fazer um pouco de companhia pra ela. Ela tá quase cega. Catarata, sabe? E fica muito sozinha.

— Poxa, você faria isso por mim? — pergunta, com olhar de esperança.

Meu coração está aos pulos. É uma loucura. Levar uma estranha pra casa de minha mãe. Pode ser uma ladra ou uma maluca. Tem medo da polícia, isso já deu pra notar. Mas, hoje em dia, preto e pobre, quem não tem? Se bem que Vitória não é realmente preta. É mulata clara, meio índia. É linda. Dane-se! Uma vez na vida vou fazer o que me der na telha. Minha mãe vai ter que aceitar. Afinal, eu é que ponho comida em casa. Sou o único filho tomando conta dela. Meus irmãos todos tocaram a vida. Pedro e Tião sumiram no mundo. Neide só aparece quando está com problema e nunca pode ajudar. Seu marido bebe, as crianças dão muito trabalho, ela não tem dinheiro, não tem espaço em casa, não tem tempo. Eu que me vire. E foi assim que cheguei aos trinta e dois anos, sozinho. Sem mulher, sem filhos, sem nem uma namorada.

— Claro, princesa — respondo, botando o braço nos ombros de Vitória. Afinal, se ela vai ficar lá em casa, já temos alguma intimidade.

33. LUÍSA

Na loja? Como é que eles foram parar lá? Não dá pra acreditar... Preciso falar com Antônio. Sua vozinha do outro lado da linha é o suficiente para me fazer cair em prantos. Nem sei como ainda tenho lágrimas depois do tanto que chorei nos últimos dias. O resultado é que não consigo perguntar nada e logo tenho que passar o telefone para Otávio que, um pouco mais controlado, consegue algumas informações de Berenice. Mas, no final das contas, entendemos apenas que as crianças apareceram, sãs e salvas, na loja. Será o fim do pesadelo? Só acredito depois que abraçar meu filho. Otávio desliga o telefone e nos abraçamos. Estamos tão emocionados e ansiosos, que mal respondemos às perguntas do policial que Santiago deixou de plantão conosco. Só lhe passamos o telefone e a localização da loja e partimos para o shopping.

Otávio vai dirigindo e eu vou telefonando. Na casa de Fernando e Bianca, a linha está ocupada, então tento o celular de Bianca. Fernando atende eufórico:

— Eu sei! Eu sei! Estou no carro, indo pro shopping — diz ele, antes mesmo que eu me identifique e, começando a rir de forma meio histérica, acrescenta: — Eu estou com um saco com um milhão de reais aqui do meu lado. Já estava na Avenida das Américas, indo fazer a entrega... Mas a Bianca me avisou agora mesmo... Que loucura!!!

— Mas que entrega, Fernando? — pergunto, achando que ele pirou.

— Ele ligou e mandou entregar o dinheiro imediatamente. Vai ver já sabia que os meninos tinham fugido...

— Ele tava levando o dinheiro do resgate — informo a Otávio, rindo de nervoso. — O sequestrador ligou. O Fernando acha que ele já devia saber que os meninos fugiram...

— Pois eu acho que ele é louco — responde Otávio, sério.

— Fernando, eu preciso ligar para o meu pai. A gente se vê na loja. Ah! E deixa o dinheiro em casa...

— Sabe que eu não tinha pensado nisso? — e encerra o telefonema com uma gargalhada.

— É, ele parece louco mesmo... Mas está mais simpático agora... — comento, enquanto disco o número do meu pai.

— Pode até estar mais simpático, mas continua achando que é o dono do mundo.

Quando chegamos à loja, a porta está fechada, mas dá para ver Antônio sentado, tomando um refrigerante, com um pacote de salgadinhos na mão.

— Olha ele ali — aponto, pegando Otávio pelo braço.

Antônio também nos vê e corre para a porta, seguido por Berenice, que nos faz entrar. Agachados no chão, abraçamos nosso filho. Eu e Otávio juntos. Como no dia em que ele nasceu. Primeiro uma emoção muito forte. Lágrimas e beijos. Depois a preocupação. Ele está bem? É como se estivéssemos de volta à sala de parto, cinco anos antes. Conferimos as mãos. Os dedinhos. Ele não está magro? O pulso está arranhado. Dói? Alguém te machucou? Pode contar tudo para a mamãe. Para o papai também. A gente tava louco de saudades.

— Eu quero ir pra casa — declara Antônio.

Eu e Otávio nos entreolhamos, ambos sem coragem de perguntar qual casa, a da mamãe ou a do papai. Não seria justo submeter Antônio a tal decisão.

— Você vai lá pra casa com a gente? — pergunto a Otávio, tentativa.

— Claro — responde ele, sorrindo. — Imagina se eu vou largar vocês agora.

Ele diz "vocês". Não diz "meu filho". Eu gosto. Gosto tanto que me derreto toda e o abraço. E, quando me dou conta, estamos nos beijando. Na boca. De língua. Não sei bem de quem foi a iniciativa. Talvez tenha sido minha. Só sei que, de repente, beijar um homem que eu já beijara milhões de vezes é como beijar pela primeira vez o primeiro amor, com direito a coração saltando pela boca, pernas trêmulas e todas as sensações usualmente descritas em romances de banca de jornal.

Tento me recompor e disfarçar um certo constrangimento (afinal, teria eu agarrado meu ex-marido, me aproveitando de sua momentânea vulnerabilidade?). Olho ao meu redor e só então percebo que, além de Berenice e Carolina que, do fundo da loja, assistem emocionadas ao nosso reencontro, há uma aglomeração de curiosos nos espiando pela vitrine. Aproximo-me do vidro para ver se localizo meus pais no meio da confusão e um *flash* espoca na minha cara. Recuo e quase trombo com Berenice, que vinha sugerir que eu me afastasse da vitrine. Depois, abre a porta para meu pai e Fernando, que atravessam a multidão escoltados por Santiago e seus colegas.

Enquanto abraço meu pai, Berenice leva Fernando para o estoque, onde Bianca e Mathias já estão reunidos. Em seguida, chegam Susana — a dona da loja — e Valéria. Atrás delas entra Santiago e tranca a porta. A notícia do sequestro das crianças vazou para a imprensa, explica. Como é que nós vamos sair daqui? Antônio está exausto e faminto e eu também não vejo a hora de chegar em casa. A polícia quer conversar com os meninos, mas a loja cheia de gente não é o ambiente próprio. Fernando, Bianca e Mathias juntam-se a nós para tentar combinar nossa retirada. Impaciente, Fernando exige que Santiago tome providências para afastar a imprensa do nosso caminho. Como se não bastasse a confusão armada, com todos falando ao mesmo tempo, eis que surge Susana, sorridente, com uma garrafa de champanhe nas mãos, seguida por Valéria, carregando uma bandeja cheia de taças. Pretendem transformar o resgate das crianças em um coquetel! A situação é tão surreal que acho melhor aceitar uma taça, até para não desfeitear a minha empregadora... Mas acho que sou a única. Meu pai e Otávio declinam secamente e me lançam olhares de reprovação. Paciência. Eles não são empregados de Susana. Eu sou.

Finalmente Santiago assume o comando da retirada e anuncia que eu, Bianca e os meninos seguiremos com ele e mais dois policiais até o carro da polícia, que nos aguarda na entrada do estacionamento do quarto andar. Os demais sairão aos poucos, depois que a aglomeração se dispersar. Fernando ainda tenta questionar alguma coisa, mas ninguém lhe dá ouvidos. Aproveito a confusão para dar mais um beijinho na boca de Otávio, antes de pegar Antônio no colo e, junto com Bianca e Mathias, seguir Santiago para a saída da loja. Vamos praticamente correndo até o estacionamento, ignorando as perguntas e os *flashes* dos repórteres.

No carro da D.A.S. — que, a pedido dos meninos, segue de sirene ligada —, me dou conta de que é a primeira vez nos últimos dias que me separo de Otávio. Abraço meu filho, sentado no meu colo, temendo que sua volta encerre a trégua entre seus pais. Mas não é hora para pensar nisso. Preciso me concentrar em Antônio. Ele parece bem, mas quem garante que não sofreu algum abuso físico ou mental? Preciso conversar com Otávio sobre a possibilidade de um acompanhamento psicológico.

— A Esmeralda tomou conta da gente — diz Mathias, em resposta a alguma pergunta feita por Santiago.

— É, e depois ela ajudou a gente a fugir do Vadinho — acrescenta Antônio.

— E vocês comeram direitinho? — pergunta Bianca, antes que Santiago possa continuar sua investigação.

— Mais ou menos — responde Mathias, fazendo o gesto correspondente com a mãozinha rechonchuda.

— E você? — pergunto a Antônio, inclinando a cabeça para a frente para poder ver seu rosto — Já vi que não deve ter comido quase nada, não é mesmo?

— Não tinha *ketchup*... — responde meu filho, com um sorrisinho hesitante, como se temesse levar uma bronca.

— E você só come com *ketchup*, né, seu safadinho? — digo, rindo e fazendo cócegas na sua barriga — Pois sabe o que tem lá em casa? Um montão de *ketchup*!!!

Alice recebe Antônio com beijos, abraços, lágrimas e a mesa posta para o lanche. Antônio corre pelos cômodos do pequeno apartamento, como que verificando se tudo ficou no mesmo lugar. Aproveito para fazê-lo ao menos lavar as mãos e o rosto. O banho pode ficar para mais tarde.

Otávio telefona para avisar que vai passar na casa dos pais antes de vir para cá. Quer lhes contar o ocorrido, antes que eles vejam alguma notícia nos jornais ou na televisão. Logo que desligo, minha mãe chega, sozinha. Deixou Hugo esperando no carro. Como estou me sentindo magnânima, digo que deixe de besteira e chame meu "padrasto" para entrar. Ele participou da angústia do sequestro, então nada mais justo do que permitir que compartilhe da alegria do resgate. Otávio finalmente chega, acompanhado dos pais que, muito assustados com a história toda, nem registram que o cabeludo é o novo namorado de minha mãe. Aliás, passada a comoção inicial, D. Neuza engata uma boa conversa com Hugo. É através de suas perguntas que descubro que meu padrasto, além de instrutor de taoísmo, é também tradutor juramentado. Quem diria! E eu que achava que ele era um desocupado, candidato a gigolô de minha mãe.

A casa continua movimentada até umas nove da noite. Meu pai passa para uma visitinha rápida. Santiago vem fazer mais algumas perguntas a Antônio e dar notícia das investigações. O telefone não parade tocar: ora são amigos que ligam assustados com as notícias veiculadas na televisão, ora são repórteres querendo informações. Embora a imprensa cause muito transtorno, concluímos que não vale a pena tentar impedir a divulgação das notícias, até porque pode facilitar a eventual captura dos sequestradores. Então apenas desligamos os telefones no início da noite.

Otávio dorme na minha casa. Na minha cama. Comigo. É verdade que Antônio dorme entre nós e que não rola mais nenhum beijo. Tampouco temos oportunidade para "discutir a relação". Mas, mesmo assim, é um avanço.

Pela manhã, a primeira página do jornal traz a matéria sobre o sequestro dos meninos, ilustrada por uma foto do momento em que Otávio e eu nos beijamos. Ao telefone, Maria me adverte para que não me iluda:

— Você não pode considerar uma mudança de comportamento, em um momento de crise, como uma mudança definitiva. O Otávio não disse que te perdoou...

— Mas e o beijo? Mesmo que a iniciativa não tenha sido dele, ele correspondeu...

— Mas isso não quer dizer que ele esqueceu o passado. Pode até ser uma recaída temporária... Aliás, a maior parte dos casais que se separam têm recaídas. E nem por isso voltam...

— Alguns voltam. E eu não sei dessa história de a maior parte dos casais terem recaídas...

— Pode não ser a maior parte, mas muitos têm. E nem sei se um beijo pode ser considerado uma recaída...

— Por que você faz questão de ser tão pessimista? Me deixa sonhar, porra! Em vez de pensar que a gente só se reaproximou num momento de crise, por que eu não posso pensar que o momento de crise serviu para revelar que a gente ainda se ama?

— Tá bom, Luísa, você tem razão. Depois de um baque desses, tudo é possível... Eu só acho que você deve tomar cuidado para não se decepcionar...

Logo depois do café-da-manhã, apenas alguns minutos após minha conversa com Maria, Otávio vai para casa. Pergunto quando vai voltar e ele diz que precisa trabalhar e que passa no final do dia para ver Antônio. À noite, passa apressado. Vai sair para jantar. Com quem?, gostaria de perguntar, mas me controlo. Antônio, todavia, com a ingenuidade e inconveniência características das crianças, dá voz à pergunta e obtém a resposta que eu preferiria não ouvir. Ele vai jantar com Adriana, a lambisgoia loura. Ainda bem que eu não perguntei se ele queria dormir de novo aqui em casa. Um constrangimento a menos.

Depois que Antônio pega no sono (novamente instalado na minha cama), volto para a sala e fico vendo televisão. Na verdade, fico pensando em Otávio com a lambisgoia loura. Onde estarão jantando? Terão se beijado no carro? Será que ela passa a mão nos cabelos dele, no restaurante? Estarão de mãos dadas? Ou será que ele acaricia a perna dela, por debaixo da toalha da mesa? E se ela for como a protagonista daquele filme que eu vi na adolescência? "Flashdance". A moça era uma metalúrgica bailarina que bolinava o pau do cara com o pé descalço, por baixo da mesa, enquanto chupava os dedos de forma mal-educada, porém provocante. Não, pessimismo não adianta. Eles podem estar apenas conversando. Certamente ela viu a fotografia estampada na primeira página do jornal... O nosso beijo. É, o mais provável é que eles estejam brigando. Talvez Otávio esteja justamente terminando o relacionamento, explicando que ainda me ama... Isso é a cara dele. "Eu não quero te magoar", diria, "mas descobri que ainda amo a minha mulher." Óbvio, ele tem que dar uma satisfação à moça. Otávio é um sujeito honesto e sincero. Antes de reatar comigo, vai querer esclarecer as coisas com a namorada. Por isso o jantar. Claro. Eu mesma, se o Marco não estivesse se esbaldando na Europa, iria encontrá-lo. Nada mais natural. E olha que ele nem é meu namorado...

Se eu continuar com esses pensamentos, o sono não vai vir nunca. Melhor pensar em outra coisa. Antônio. Será que ele está bem mesmo? Preciso falar com Otávio (e eis que ele se infiltra de novo) sobre a terapeuta indicada pelo amigo do meu pai. Parece que tem experiência em *stress* pós-traumático. Se é que Antônio está com *stress* pós-traumático. Até agora, ele parece surpreendentemente normal. Melhor ligar para a minha analista e ver o que ela acha. Talvez seja melhor deixar o assunto quieto. Vai que ele está bem e, de tanto a gente ficar futucando, desenvolve um trauma? Ele disse que ninguém bateu neles. Só na última noite é que o tal do Vadinho resolveu amarrá-los e amordaçá-los. Me dói só de imaginar... Mas daí a Esmeralda os libertou na manhã seguinte. E essa Esmeralda, é cúmplice ou foi forçada a participar do sequestro? Antônio disse que ela obedecia às ordens do Vadinho, mas que era legal. Cuidava deles, brincava, dava comida... E depois fugiu com eles. Agora a polícia está atrás dela. Deviam se concentrar nesse filho-da-puta desse Vadinho. Porque certamente eles não estão juntos. Santiago disse que o Vadinho tem relação com o tráfico no morro do Pavãozinho. Estão investigando a possibilidade de o sequestro ter sido ordenado pelo chefe do tráfico. Ainda não identificaram o segundo homem, que ajudou na captura das crianças, na saída da escola. E a coitada da mulher do motorista? Preciso falar com Bianca para ter notícias. Será que o Fernando vai dar um apoio financeiro a ela? Afinal, o sujeito morreu em serviço, possivelmente tentando proteger os meninos. Vou falar com Otávio para ver se ele pode dar uma ajuda. Ele até já deve ter pensado nisso. Não é como eu, que fico aqui pensando no meu umbigo e esqueço que tem gente que está sofrendo muito mais... Otávio sempre lembra das outras pessoas. Chegava a me irritar. Não é que eu seja contra a solidariedade humana, mas o Otávio exagera. Não sabe dizer não (exceto para mim). Então, tem gente que abusa. Mas cá estou eu novamente pensando no Otávio...

E o Marco, onde andará? De bicicleta pela Europa. Eu gosto dele, acho que cheguei a ficar meio apaixonada, mas a gente não combina. Como é que eu poderia viver com um sujeito que, embora tenha dinheiro para viajar com todo conforto, prefere andar por aí de bicicleta e mochila? Fico cansada só de pensar. Sei lá, acho que o que me atraiu nele — além da aparência — foi a novidade, o mistério. Mas não há mistério que resista à convivência. Quando a gente não conhece bem a pessoa, pode imaginá-la e moldá-la ao nosso gosto. O sujeito fica com o olhar perdido no horizonte, sem prestar atenção ao que a gente fala, e imaginamos que ele está imerso em pensamentos profundos, sobre questões metafísicas. Depois de algum tempo, percebemos que ele simplesmente não se interessa pelo que a gente tem a dizer. E as excentricidades? No começo, parecem coisa de artista atormentado. Com um pouco de convivência, a gente vê que não passam de manias irritantes. Isso se não for um caso de transtorno obsessivo-compulsivo. Sei lá, quando a gente se apaixona, parece que só enxerga o que quer. Zurice passa por responsabilidade; inconveniência por espontaneidade; cafonice por originalidade; frescura por sensibilidade; grosseria por virilidade; antipatia por timidez; e por aí vai... Com o Marco, eu não passei da fase inicial. A gente não chegou a se conhecer direito. Na cama, nos entrosamos bem. Mas, fora dela, ele sempre foi muito fechado, arredio, escorregadio mesmo. Misterioso, pensava eu. Mas será?

Nem sei por que perco o meu tempo nessas divagações. Não é como se eu tivesse que escolher entre Otávio e Marco. Aliás, essa escolha não seria problema: ficaria com Otávio, sem dúvida alguma. O problema é que nenhum dos dois parece muito interessado em ficar comigo... Melhor parar de pensar bobagem e ir dormir.

34. ADRIANA

Entrei na galeria comercial quase correndo. O laboratório fica no décimo-quinto andar do prédio. No elevador, já fui separando o protocolo do exame. Achei melhor não perder tempo com testes de farmácia. Nas primeiras semanas de gestação, os exames de urina não têm a mesma precisão. Poderia dar um falso negativo. Seria uma frustração desnecessária. Porque eu tinha certeza de que estava grávida. Minha menstruação é muito regular e estava com nove dias de atraso. Meus seios estavam inchados e com umas veias azuis que eu nunca tinha visto. Vinha tendo enjoos matutinos, tonteiras e muito sono. Enfim, todos os sintomas.

E também fiz tudo certo. Não foi fácil, mas consegui. Foram três meses de tentativas. No primeiro, quando chegou o período fértil, levei Otávio para uma boate. Incentivei-o a beber bastante (mas não demais) e depois lhe disse que tinha uma fantasia sexual não realizada de transar no banheiro de um local público. Ainda acrescentei — sussurrando no seu ouvido, enquanto o abraçava na pista de dança — que não estava usando nada por debaixo do vestido.

A informação teve o efeito desejado e Otávio não hesitou em me seguir até o banheiro masculino, onde eu já tinha checado a existência de uma cabine reservada. Era uma terça-feira e a boate estava bastante vazia, o que significava pouco movimento no banheiro. Ele entrou na frente e, após verificar que não havia ninguém, me deu o sinal verde. Nunca tinha feito aquilo, mas estava inspirada. Empurrei Otávio para dentro da cabine e fui logo abrindo suas calças. Pretendia começar por um belo boquete. Foi um pouco mais complicado do que imaginava, porque não tinha espaço suficiente para eu me agachar no chão que, aliás, não estava muito limpo. Então tive que fazer Otávio subir no vaso.

Tal manobra, embora simples, não é lá muito sexy. Além disso, ele ficou com a cabeça aparecendo por cima da divisória, o que colocava em risco toda a operação. Para completar, estava bêbado... Difícil manter a sensualidade com um sujeito de calças arriadas, em pé na tampa da privada. Foi quando me ocorreu que bastava eu mesma sentar-me no vaso, com Otávio em pé, de frente para mim. Posicionada, iniciei os trabalhos. Otávio não estava muito excitado e, ainda por cima, ficava rindo. Sacudi os cabelos para dar um efeito mais selvagem, e também dei um jeito de baixar uma alça do vestido, de forma a exibir um seio. Quando ouvi que alguém tinha entrado no banheiro, fiz Otávio sentar no vaso e aproveitei o momento para montá-lo. Ele tentou sinalizar que precisava de uma camisinha, mas fingi não entender. Como previsto, ele não estava em condições de discutir a questão e nem tampouco de reagir ao meu ataque.

Eu fui preparada, usando sandálias com enormes saltos do tipo plataforma, essenciais para que — sentada no colo de Otávio, de frente para ele — conseguisse apoiar os pés no chão e controlar a penetração. Com movimentos rápidos e bruscos, consegui levá-lo ao orgasmo em menos de dois minutos. Ele ainda tentou me fazer diminuir o ritmo, mas fingi estar descontrolada de tesão. Quando senti que tinha atingido meu objetivo, dei-lhe um beijo apaixonado. Ele sussurrou em meu ouvido:

— Você é louca!

Ri, pensando que ele nem imaginava quanto... Depois, ficamos em silêncio, procurando ouvir se ainda havia alguém no banheiro.

— Você sai na frente — disse, levantando-me devagar.

Ele arrumou a roupa e saiu cuidadosamente da cabine. Fez sinal para que o seguisse, o caminho estava livre. Na saída do banheiro, repetimos o esquema, mas não conseguimos evitar que um sujeito que vinha em nossa direção nos visse saindo. Agora também não importava mais. Apenas rimos.

Fomos direto para o caixa, fechar a conta. Senti o esperma escorrendo por minhas pernas. Pressenti que ainda não seria daquela vez. Mas o esforço não seria em vão.

No dia seguinte, puxei o assunto:

— Otávio, ontem, naquela empolgação, a gente esqueceu a camisinha...

— Pois é, também estou preocupado... Eu até tentei falar, mas você parecia possuída...

— Desculpa, acho que me deixei levar. Mas você não precisa se preocupar. Eu tomo pílula... E também fiz um *check-up* completo há pouco tempo. O HIV deu negativo.

— Bom, eu nunca fiz exame de AIDS, mas, desde que me separei, só transei de camisinha...

— Talvez fosse bom você fazer, sabe? Porque, não é que eu não confie em você, mas dá mais tranquilidade. E esse negócio de camisinha é muito chato.

— Isso é verdade. Eu não consigo me adaptar muito bem. Mesmo antes de me casar, já não gostava...

Quando minha menstruação veio pontualmente, nem me abalei. Seria mesmo muita sorte engravidar de cara. Isso é coisa que só acontece com quem não quer filhos. Mas não faltariam oportunidades. Já tínhamos feito o exame — nunca pensei que pudesse ser tão fácil convencer Otávio — e abolido a camisinha. A confiança ingênua de Otávio é desconcertante. Ele é um cara legal. Em outros tempos, já estaria apaixonada. Mas aprendi com a experiência.

Nas semanas seguintes, transamos quase todos os dias. No período fértil, até mais de uma vez por dia. Às vezes Otávio parecia exausto, mas eu sempre dava um jeito de animá-lo. Comprava *lingerie* sensual, dançava para ele, inventava lugares e posições diferentes, fazia coisas das quais jamais imaginei que fosse capaz. Mas tudo com naturalidade. Sentia-me realmente no cio. Nos dias férteis, procurava transar na cama mesmo e depois ficar em uma posição que ajudasse os espermatozoides a percorrerem seu caminho. Cheguei a me trancar no banheiro e plantar uma bananeira. Quem diria que os anos de ginástica olímpica poderiam ser tão úteis? E agora, finalmente, estava prestes a ver o resultado de meu esforço. Quando a moça me entregou o exame, hesitei um pouco em abri-lo. Não seria melhor levá-lo para casa e abrir com calma, cumprindo uma espécie de ritual para saborear o momento? Mas não dava para esperar. Sentei-me no sofá do laboratório mesmo, respirei fundo e abri. POSITIVO. Minhas taxas de hormônio HCG não deixavam margem para dúvida.

Saí em um verdadeiro transe de felicidade. Ainda na galeria, entrei em uma loja de roupas de bebê e comprei um sapatinho vermelho, um macacãozinho azul e uma blusinha branca, com estampa de patinhos. A caminho de casa, vi um monte de mulheres grávidas e também bebês. Como sempre, aliás. Só que agora podia admirá-los com tranquilidade, sem aquele sentimento de urgência, de vazio, de inveja mesmo. Ia ser mãe. Menino ou menina, pouco importava, seria o bebê mais amado do mundo.

Cheguei em casa no final da tarde e encontrei a secretária eletrônica piscando freneticamente. Oito recados, número bem superior ao normal. Então ouvi o apito do meu celular, que esqueci no sofá da sala. Quinze ligações não atendidas. Comecei a ouvir os recados da secretária, enquanto checava a origem das ligações não atendidas. O primeiro era de minha mãe, apenas para saber notícias. Depois tinha um de Otávio, querendo saber o valor da mão-de-obra do pintor e combinar um jantar. Os recados seguintes eram de uma amiga, do pintor e de um cliente a quem estava devendo o detalhamento de um projeto. No celular, as mesmas chamadas se repetiam de forma mais insistente. Mas não queria falar com ninguém. Queria tomar um belo banho de banheira e relaxar, sonhando com meu bebê. Já a caminho do banheiro, ouvi o último recado. Era Otávio novamente, com uma voz grave e aflita, embora contida:

— Adriana, aconteceu um problema muito sério. Coisa de família. Não dá pra falar pelo telefone. Não vai dar pra te encontrar hoje. Mais tarde te explico. Um beijo, tchau.

Podia ser alguma coisa com os pais dele... Mais provável que fosse algum problema com Antônio, ou até com a ex. Mulherzinha difícil... De qualquer jeito, o tom do recado não era de quem estava pedindo minha ajuda. Tanto melhor, porque ainda não estava preparada para encontrá-lo. Temia sua reação diante da notícia da gravidez. E não dava para encontrá-lo e não contar. Precisava pensar bem no que iria dizer... A noite livre vinha a calhar.

Na manhã seguinte, fui para a casa de Otávio logo cedo. Queria verificar o trabalho do pintor e aproveitaria para combinar um jantar. Revelaria a novidade com calma, em um ambiente romântico. Embora tivesse a chave, toquei a campainha. Procuro ficar atenta para não invadir o espaço de Otávio. Ele mesmo abriu a porta. Na sala, sentados, estavam sua ex-mulher, um senhor grisalho e um sujeito grandalhão, meio mal-encarado. Ele sequer me beijou. Tampouco me apresentou aos presentes. Apenas pediu licença e me levou até o quarto. Estava com uma cara péssima.

— O que houve? — perguntei, apreensiva.

— Meu filho foi sequestrado, Adriana. Não dá pra te contar os detalhes agora e essa informação é sigilosa.

— Meu Deus, Otávio, que horror! — tentei abraçá-lo. — Eles já entraram em contato?

— Desculpa, mas eu não posso entrar em detalhes. Você me entende, não é?

Segurou as minhas mãos e me olhou tristemente. Estava um caco. Olheiras profundas, ombros encurvados, barba por fazer.

— Claro, querido. Não se preocupe. Se precisar de mim, você sabe que estou à disposição a qualquer hora... É só me ligar.

— Obrigado — respondeu, finalmente me abraçando — E desculpa, tá? — concluiu, já abrindo a porta do quarto. Parecia ansioso para se ver livre de mim.

Enquanto esperávamos o elevador, ainda lembrei:

— E o pintor?

— Ele vem hoje? Você pode cancelar? Por ora, não quero ninguém aqui em casa. Preciso de tranquilidade e privacidade.

— Claro, pode deixar que eu me entendo com ele... Me dá notícias, tá?

— Pode deixar.

Saí desnorteada. Coitado do Otávio. Que coisa pavorosa. E se o garoto morresse? Por que o filho de Otávio? Ele está bem de vida, mas não é propriamente rico. E não é de ostentar... Talvez fosse melhor eu me mudar para uma cidade mais tranquila para ter o meu filho... Agora, se Antônio morresse, talvez Otávio gostasse mais da ideia de ter um filho meu... Que coisa horrorosa de pensar, Adriana! Acabaria sendo castigada... Era no irmão de meu filho que estava pensando. Não, ia dar tudo certo. Antônio é um bom menino. Ninguém teria coragem de machucá-lo. E o que eu podia fazer para ajudar? Nada. Absolutamente nada. Em quinze minutos, eu tinha passado de uma alegria quase eufórica — embora ofuscada pelo medo da reação de Otávio à notícia da gravidez — para uma angústia horrível. Percebi que estava só. Tanto na alegria, quanto na aflição. Otávio não podia compartilhar minha alegria e eu não podia compartilhar sua dor.

À tarde, fui ao ginecologista e marquei o primeiro ultra-som para o final da semana seguinte, na esperança de que, até lá, Otávio pudesse — e quisesse — me acompanhar. Ele só deu notícias ontem à noite. Ligou apenas para dizer que Antônio tinha sido libertado e estava bem. A família precisava ficar unida naquele momento. Não queria sair de perto do filho. Eu disse que compreendia — a personagem que criei para ele é muito compreensiva... — mas que, logo que possível, precisava conversar com ele. Assunto sério. Claro, claro, ele respondeu, eu também acho que nós precisamos conversar. Tanta coisa aconteceu. Amanhã. Amanhã eu te pego às oito horas para jantar.

Hoje pela manhã, a história do sequestro estava na primeira página do jornal, encabeçada por uma grande foto de Otávio beijando Luísa. Na legenda lia-se "O fim da tragédia reaproxima os pais do menor sequestrado, separados há quase um ano". Minha primeira reação foi chorar. Não gosto de reconhecer, mas senti ciúme. Senti inveja. Depois tentei me controlar. Era apenas o retrato de um momento. Podia não ter um significado maior. O casal se "reaproximou". Não queria dizer que estivessem juntos, que tivessem reatado. Mas, mesmo assim, estava estampado lá, na primeira página do jornal, que eles tinham um laço muito forte. Maior que o filho resgatado. Um elo que talvez eu nunca viesse a ter. Com homem algum. Talvez estivesse exagerando. Os hormônios deviam estar tomando conta de minhas emoções. Respirei fundo e li a matéria toda. Não havia qualquer detalhe sobre a suposta reaproximação de Otávio e Luísa. O importante é que os meninos estavam bem. Então Otávio poderia me ouvir com serenidade. Mais calma, retomei os preparativos e saí para comprar uma roupa nova para usar à noite. Escolhi um vestido florido, em tons de vermelho e verde, num estilo que nunca usei, com a cintura alta, ajustada abaixo dos seios, fluindo solto até os tornozelos. Na verdade, não me cai tão bem. É muito juvenil, meio *hippie* mesmo. E não dá pra usar com salto, tem que ser com uma sandália rasteira. Mas o importante é que me dá um ar muito feminino, frágil e maternal.

Comecei a me arrumar ainda à tarde. Depilei axilas e pernas e depois tomei um longo banho de espuma. Passei hidratante no corpo todo e o novo creme de amêndoas e ureia na barriga e nos seios. Enquanto isso, preparava minha história para Otávio: Eu não menti. Tomava pílula mesmo. Mas às vezes esquecia. No mês passado, cheguei a esquecer dois dias seguidos. Daí tomei três comprimidos no terceiro dia. Isso já aconteceu diversas vezes. Não sabia que era arriscado. Não planejei engravidar. Aliás, gravidez não estava nos meus planos. Já tinha desistido de ser mãe. Mas agora, diante do fato consumado, estou muito confusa. Pode ser minha última chance. Não sou propriamente contra o aborto, mas não teria coragem. Não nesta situação. Afinal, tenho condições de criar uma criança. Tenho amor a oferecer. E uma criança precisa de um pai...

E se ele não acreditar? E se me acusar ou agredir? Bem, isso é imprevisível... E também tem o assunto do sequestro. A foto no jornal. Ele disse que muitas coisas aconteceram... Melhor não pensar demais. Na hora, saberei o que fazer. O importante é não me confundir com minha história. Tenho que acreditar nela e me apegar a ela. E já começo a acreditar.

Às cinco para as oito, Otávio liga avisando que já está na porta do prédio. Respiro fundo e desço para encontrá-lo. Ele me espera dentro do carro e, quando me vê, apenas aciona o destravamento das portas. Nos cumprimentamos com um selinho.

— Como você está? — pergunto, antes dele arrancar.

— Agora estou bem, mas você não imagina o que foram esses dias... — responde, sério, e começa a contar a história do sequestro desde o início.

Ele vai falando até o restaurante e continua jantar adentro. Quando pedimos a sobremesa, ainda fala sobre o resgate dos meninos. Embora interessada na história, estou ansiosa para esclarecer em que pé está nosso relacionamento. Então, aproveito o momento para tocar no assunto que está me incomodando desde cedo.

— Eu vi a matéria no jornal. E a foto. Deve ter sido muito emocionante... — digo, tentando controlar o tom de ironia.

— É, foi tudo muito forte. Em poucos dias eu perdi meu filho e o recuperei. Minha ex-mulher e a família dela foram muito importantes.

Não sei o que teria feito sem eles. Eu não contei nada aos meus pais. Eles estão velhos, e meu pai tem problemas cardíacos. Achei melhor poupá--los. Só falei com eles ontem, depois que já estava tudo resolvido. Mas Luísa... Não sei, eu queria mesmo conversar com você...

— Vocês voltaram? — pergunto, com a maior calma possível.

— É difícil dizer. Voltar, propriamente, não voltamos. Mas tudo mudou. Eu não sei o que vai acontecer, Adriana, e eu não quero te magoar. Mas acho que preciso de um tempo...

— Eu posso imaginar... Uma situação como essa que você viveu realmente deve abalar as estruturas. E eu acho super-razoável você querer um tempo. Até porque a gente não tem um compromisso sério... Mas, talvez não seja o melhor momento pra te dizer isso... Provavelmente não é mesmo... Mas eu preciso falar...

— Claro, Adriana, seja o que for, eu estou aqui pra te ouvir... O que houve? Você está com algum problema? — pergunta, preocupado.

— Eu ia te falar aquele dia que eu fui na sua casa... Mas é claro que não deu. Foi um choque pra mim e eu nem sei como te contar, então vou ser direta...

— Pode falar...

— Eu estou grávida.

Otávio me encara, estupefato. Fica alguns instantes sem reação. Depois parece acordar:

— Como assim?

— Grávida, Otávio. Esperando um filho seu.

— Mas como? — insiste ele, com alguma indignação surgindo na voz e no semblante — Você não estava tomando pílula?

— Estava... — minha voz começa a tremer e sinto as lágrimas aflorarem aos — Eu também não esperava por isso... Estou tão chocada quanto você...

— Mas como pode uma coisa dessas? Você tem certeza?

— Tenho, eu tenho certeza sim. Eu fiz um exame de sangue, e também fui ao ginecologista...

E começo a chorar. De medo. De angústia. A sorte está lançada.

— Mas você parou de tomar a pílula?

Agora seu tom já é de interrogatório.

— Não, Otávio, eu não parei. Eu posso ter esquecido uma ou

outra, mas sempre tomava no dia seguinte... Eu sempre fiz isso e nunca engravidei... — balbucio.

Otávio sequer disfarça a irritação. Suspira, acende um cigarro e depois joga o maço e o isqueiro na mesa. Chama o garçom.

— Me vê um uísque duplo, por favor. E um cinzeiro...

— Pois não, senhor. Agora, infelizmente, não é permitido fumar no restaurante...

— Tá bem. Então me traz o meu uísque e um cinzeiro, que eu apago esta merda...

— Pois não, senhor. Qual a marca do uísque?

— Red Label.

— Com gelo?

— Por favor — responde ele, tragando profundamente o cigarro. Depois volta-se para mim, que permaneço em silêncio, assustada:

— E o que você pretende fazer?

— Como assim? — agora é a minha vez de bancar a desentendida.

— Como assim, como assim?! Ora, Adriana, preciso ser mais explícito? Você vai fazer um aborto ou está pretendendo ter a criança? — esclarece, sorvendo avidamente o cigarro.

— Olha, Otávio... — inicio, procurando me recompor — Eu pensei muito sobre o assunto. Um filho agora não estava nos meus planos... Eu já tinha me conformado com a ideia de não ser mãe. Mas agora, diante do fato consumado, tudo mudou...

— Ainda não vejo nenhum fato consumado aqui... — interrompe ele, soltando fumaça pela boca e pelo nariz, ao mesmo tempo.

— Mas eu vejo. Estou grávida. É um fato. E pode ser a minha última chance de ser mãe. Outro fato. Tenho condições de criar esse filho. Tanto financeiras, quanto emocionais. Mais um fato...

— E a minha opinião? Não conta?

Antes que eu possa responder, chega o garçom com o uísque e o cinzeiro. Ele hesita um pouco, como quem vai esperar Otávio apagar o cigarro, mas, percebendo o clima tenso, acaba deixando o cinzeiro na mesa e se afastando.

Otávio toma um grande gole de uísque, seguido de uma forte

tragada no cigarro:

— Seria cômico, se não fosse trágico. Primeiro, minha mulher aborta um filho que eu queria, sem me consultar. Depois, minha namorada engravida, de forma inexplicável, diga-se de passagem, e decide ter o filho, também sem me consultar. Vocês devem achar que eu sou um merda mesmo! Que não mereço qualquer consideração... — e apaga o cigarro, amassando-o com força no cinzeiro.

— Não é isso, Otávio... Tenta se colocar na minha posição. Eu estou com trinta e sete anos. Mês que vem eu faço trinta e oito. Se eu tirar esse filho, qual a chance que eu ainda tenho de ser mãe?

— A mesma que você tinha antes de engravidar...

— Só que eu engravidei! Já tem uma vida dentro de mim. E isso muda tudo... Será que você não percebe?

— Eu percebo, sim, Adriana. Eu não sou burro nem insensível. Mas e você? Também não percebe a minha situação? Completamente alijado da decisão? É o *meu* filho. A *minha* vida. E eu não tenho a menor influência na decisão. Tenho que lidar com os fatos consumados e pronto. Não está certo. Eu não quero esse filho. Eu não te amo, porra! — conclui, dando um soco na mesa.

O soco foi na mesa, mas eu senti no meu estômago. Ele não precisava dizer isso... Eu já sabia. Talvez não... Acho que ainda tinha alguma esperança... Não respondo nada. Apenas choro. Ele permanece impassível. Nunca pensei que pudesse ser tão frio e cruel. Não sei o que dizer ou o que fazer. Então vou até o toalete. Assoo o nariz, lavo o rosto e converso comigo no espelho:

— Calma, vai ficar tudo bem. É só seguir o seu plano. Tá tudo dando certo, você vai ser mãe. Ele não pode te impedir.

De volta ao salão, nossa mesa está vazia. Não é que o filho-da-puta foi embora? E a gente pensa que conhece as pessoas...

— Senhora — o garçom interrompe meu devaneio — o senhor pediu para avisar que está aguardando na porta.

Ah, bom! Não estava acreditando que ele tinha me largado, grávida, no restaurante. Pelo menos um mínimo de consideração ele teve. Pego minha bolsa e saio para encontrá-lo.

Ele está fumando, enquanto espera. Me aproximo e, com a dignidade que me resta, pergunto:

— Você me leva em casa ou prefere que eu pegue um táxi?

— É claro que eu te levo, Adriana. E desculpa, tá? Eu me excedi. Não queria te magoar — diz, pegando no meu ombro. — É que é muita coisa de uma vez e eu não estou nem conseguindo pensar direito...

Não tenho tempo de responder nada, pois o manobrista chega com o carro. Partimos em silêncio. Somente quando estaciona junto ao meu prédio, Otávio volta a falar.

— A gente precisa conversar, mas não hoje. A gravidez ainda está bem no início, não está? — pergunta, sério.

— Tá. Tem sete semanas — respondo, amuada.

— Então me dá um tempo... Semana que vem eu te ligo e a gente conversa com calma.

— Você é que sabe...

Dou de ombros. Minha decisão já está tomada, mas não custa deixar Otávio pensar que tem alguma influência. Quem sabe até ele venha a gostar da ideia de mais um filho? Ou mesmo da ideia de viver comigo? As perspectivas não são as melhores, mas eu não perco nada por esperar.

35. Otávio

Maldita a hora em que resolvi conversar com Adriana em um restaurante. Nem sei se foi deliberado, mas acho que, no fundo, pensei que em um lugar público estaria menos sujeito a reações emotivas... Agora ela me larga aqui sentado, com cara de canalha. As pessoas me observam de soslaio. Fodam-se. O garçom se aproxima, retira o cinzeiro e pergunta se quero mais alguma coisa. Um copo de cicuta, penso, mas peço apenas:

— A conta, por favor. E eu vou esperar lá fora...

Na porta do restaurante, acendo outro cigarro. Talvez eu tenha exagerado na reação com Adriana. Hoje devia ser um dia de alegria. Devia estar apenas grato por ter recuperado meu filho. A gravidez de Adriana é um assunto que pode esperar. Não vou deixar que estrague minha noite. Se ela tiver o filho contra a minha vontade, paciência... Se tiver me enganado, não há nada a fazer. Brigar com ela agora só vai piorar a situação. O melhor é dar tempo ao tempo e refletir com calma. O mundo não vai acabar hoje.

Chego em casa exausto. Preciso conversar com alguém. Não sei o que pensar, nem muito menos o que fazer. Mas não estou acostumado a conversar com ninguém sobre meus problemas pessoais. Assuntos financeiros ou de trabalho, ainda discuto com meu pai ou com algum amigo mais próximo, mas questões afetivas nunca. Quando estava casado, conversava com Luísa. Quando brigávamos, não conversava com ninguém. Nunca procurei um amigo para reclamar de meu casamento. E meus amigos tampouco me procuram para falar de intimidades. Ainda bem, porque não saberia o que dizer. Imagina se um amigo viesse me contar sobre seus problemas conjugais? Ou pior, sobre problemas sexuais? Não, isso não acontece. No máximo, algum deles, de porre, chora as mágoas pela mulher ou namorada perdida. Ou então, em tom de piada, se queixa da falta ou do excesso de interesse sexual da companheira. Mas ficar conversando sobre questões íntimas, que só dizem respeito ao casal, jamais.

Eu sei que as mulheres são diferentes. Luísa nunca entendeu como eu podia não saber os detalhes da separação de um amigo. "Quer dizer que ele tinha uma amante há três anos e você não sabia? E você considera esse cara seu amigo íntimo? E ele nunca se queixou da mulher? Mas eles não transavam mais? Ele arranjou uma amante porque não transava mais com a mulher ou parou de transar com a mulher porque tinha uma amante? E ela, também o corneava?" É que as mulheres trocam as confidências mais constrangedoras... E fazem verdadeiras conferências para tomar decisões absolutamente pessoais, tais como ligar ou não para um sujeito que conheceram; qual roupa usar para o próximo encontro; convidar ou não o namorado para o almoço de família; fazer ou não fazer sexo anal (talvez elas não cheguem a tanto, mas não me surpreenderia se alguma delas submetesse a questão a uma mesa redonda). Mas, desta vez, preciso falar com alguém, pedir uma opinião, um conselho, sei lá... Ou talvez baste expor a situação a um bom ouvinte para que eu mesmo possa enxergar as coisas com mais clareza. Não sei como lidar com Adriana, até porque não há como ter certeza se ela diz ou não a verdade. Será que engravidou por acidente mesmo ou será que planejou tudo? A versão do acidente me parece bastante inverossímil, mas, e se for verdade? Não quero ser injusto. A única certeza que tenho é de que não a amo. Mas não precisava ter lhe dito isso de forma tão cruel...

E Luísa? As emoções dos últimos dias foram tão intensas que parecem ter apagado a raiva que sentia dela. O medo de perder nosso filho nos uniu mais do que nunca. Olhava para ela e sabia que era a única pessoa que amava Antônio tanto quanto eu, a única que compreendia o que eu estava sentindo. Diante da possibilidade de perder meu filho, a traição de Luísa se tornou quase irrelevante. E, quando o reencontramos, a felicidade foi tão grande que nada mais importava. Estávamos os três ali — a pequena família que formamos — novamente juntos. Naquele momento, queria que fosse para sempre. Então, quando Luísa me abraçou, por instinto, eu a beijei, como que para assegurar que permaneceríamos juntos. Ou estarei apenas racionalizando? Talvez seja mais simples. Ainda sinto atração por ela, ainda a vejo como minha mulher. Então, na confusão emocional do momento, fiz o que me deu vontade. Agora preciso saber se foi um desejo momentâneo ou se realmente a quero de volta. Sinto saudades. Mas não tenho certeza se são saudades dela ou da família feliz que fomos um dia.

Vou até o quarto de Antônio. Apesar da decoração infantil, da estante com livros e brinquedos, dá pra sentir que não é o verdadeiro quarto de meu filho. Seu urso favorito não está aqui. No armário, há apenas umas poucas roupas. Tudo está muito arrumado. Perambulo pelo apartamento vazio, pensando que preferiria estar na casa de Luísa, com Antônio. Será que ela me aceitaria de volta? Talvez sim. Afinal, fui eu que quis a separação. Mas ela não quis ter mais um filho meu... E não confiou em mim, nem na nossa relação. Não sei se poderia voltar a confiar nela, nem se vale a pena tentar. Qual será sua reação ao saber que Adriana está grávida? Pode ser qualquer coisa, desde um ataque de ciúmes a uma crise de riso. Talvez me ridicularize ou ironize a situação, dizendo que finalmente consegui o que queria. Mas, no final das contas, me ajudará a pensar. Quando lhe contar, tudo ficará mais concreto. É com Luísa que preciso conversar.

36. Luísa

Acordo novamente com chutes de Antônio, que deve estar tendo um pesadelo. Acho melhor não acordá-lo, porque ainda está cedo e ele precisa descansar. Afago sua cabeça até ele se acalmar e me levanto. Antes de chegar à cozinha, já estou pensando em Otávio. Nós precisamos conversar. Sobre Antônio e também sobre nós. A segunda parte da conversa eu terei que inserir meio ao acaso, mas a primeira justifica um telefonema e um encontro especialmente marcado. Então telefono, sem parar para pensar que é cedo e que ele pode estar com a loura. Só me dou conta do risco quando o telefone já está tocando. Felizmente ele atende, com voz de quem já está bem desperto. Diz que precisa passar no escritório, mas que depois vem ver Antônio e podemos sair para jantar. Perfeito. Tudo cheira a reconciliação.

Feliz da vida, resolvo aproveitar o dia para curtir meu filhote. É sexta-feira e não preciso retornar ao trabalho até a próxima terça. Susana meu deu uns dias de folga. Levo Antônio para almoçar com o meu pai, no clube. Depois do almoço, ele pede para brincar um pouco no parquinho. Não dá para recusar. Enquanto sobe no trepa-trepa, fico sentada num banco, fingindo que não estou com medo dele cair. Do outro lado do parque, um grupo de babás conversa tranquilamente, sem prestar a menor atenção às crianças que se penduram pelos brinquedos de forma evidentemente perigosa. Elas é que estão certas. De que adianta ficar olhando as crianças? A única maneira de impedir que se machuquem é ficar ao lado delas, controlando cada movimento... É por isso que eu quase nunca levo Antônio a parquinhos. Prefiro que vá com Alice. O que os olhos não vêem, o coração não sente... Procuro me distrair ensaiando diálogos imaginários para o jantar com Otávio. Empaco justamente no momento crucial, em que preciso desviar a conversa para a nossa reconciliação. Preciso de um gancho para introduzir o assunto. Podia comentar a foto no jornal: "Espero que a sua namorada não tenha ficado chateada com a foto no jornal...". Não, muito cínica. Talvez seja melhor tomar coragem (duas ou três caipirinhas) e entrar de sola. A menos que ele mesmo tome a iniciativa... Sou interrompida pelo toque do celular na parte em que imagino Otávio confessando que sentiu a minha falta.

É Ingrid. Estranho, pois não vínhamos mantendo contato nos últimos tempos. Vai ver que está ligando para prestar solidariedade ou para dar algum recado de Marco. Mas não. Ela viu as notícias, é claro, e pergunta se estamos todos bem. Mas ligou para me fazer uma proposta de trabalho. Tem um amigo *marchand* que está abrindo uma galeria na Gávea. O cara é gringo e mora em Frankfurt, de forma que ela o está ajudando. Em tudo: desde o aluguel e reforma da casa até a contratação de funcionários. Aliás, a galeria vai inaugurar com uma retrospectiva da obra dela...

— É um espaço excelente. A reforma já está quase pronta, você precisa ver...

— Mas ainda não entendi qual é a proposta...

— Então... como ele não mora no Brasil, já contratou uma pessoa da confiança dele para ser uma espécie de gerente, principalmente da parte administrativo-financeira... Porque as decisões comerciais e artísticas ele mesmo é quem toma. Mas vai precisar de mais umas duas pessoas para atendimento aos clientes, contato com os artistas e essas coisas... Daí eu pensei em te indicar...

Ah, bom... Faz sentido. De vendedora de butique a vendedora de galeria de arte. Até que seria uma evolução bem interessante. O xis da questão é o dinheiro... Porque roupa, mesmo a preços exorbitantes, o mulherio tá sempre comprando... Já obras de arte, não sei... A comissão deve ser bem irregular, ao contrário das minhas contas, que chegam todo mês. Mas seria uma mudança boa...

— Poxa, Ingrid, eu adoraria... Mas não sei... Não tenho experiência... E também depende do esquema de remuneração, porque eu preciso de um dinheiro certo todo mês...

— Experiência até que você tem... Com arte e com vendas, ainda que separadamente. Quanto à remuneração, eu ainda não tenho detalhes, mas acho que tudo pode ser negociado... O que eu quero saber é se você se interessa, se gosta da ideia...

— Claro que eu me interesso! Acho a ideia ótima. Desculpa se eu não pareci muito empolgada, mas é muita coisa na minha cabeça...

— Eu imagino, querida. Mas não se preocupe, que eu vou falar com o Hermann que tenho uma amiga interessada e marco para você conversar com ele pessoalmente na semana que vem, quando ele estará no Rio.

— Obrigada, Ingrid, nem sei como te agradecer...

Putz! Seria bom demais... Sair da loja e trabalhar numa galeria de arte na Gávea, pertinho de casa. A proposta de trabalho, ao invés de dispersar a minha ansiedade em relação ao jantar com Otávio, me põe delirante. Já imagino a galeria... A minha sala... Bem, talvez eu não tenha uma sala... Mas vou usar umas roupas mais modernas e estilosas, que combinem com o ambiente artístico. E vou lidar com muita gente interessante, ao contrário do que acontece na loja... Sigo para casa fazendo um pequeno desvio pela Gávea, à procura de alguma casa com cara de galeria em obras. Devia ter perguntado a localização exata para Ingrid... Antônio informa que precisa fazer xixi. Paciência, depois eu descubro onde é.

Começo a me arrumar no final da tarde. Dou uma ajeitada meio improvisada nas unhas porque não estou disposta a enfrentar a fofoca do salão de beleza da esquina. Depois depilo as pernas com folhas de cera fria. Antônio me observa consternado:

— Dói?

— Um pouquinho, meu filho, é como quando a gente arranca um *band-aid*... O importante é puxar rápido...

— Lá no sítio, o Vadinho botou um *durex* grande na boca da gente e depois a Esmeralda arrancou... Acho que ela não puxou muito rápido porque doeu muito... Mas eu nem chorei...

Interrompo a depilação, ainda com uma folha pregada na batata da perna, e, contendo as lágrimas, abraço meu filho:

— Tadinho do meu filhote... Quem é o menino mais corajoso da mamãe?

— Eu!

Cubro meu filho de beijos e esqueço a depilação. Depois, no banho, tento me livrar da cera grudada atrás da perna. O serviço ficou pela metade. Mas, também, se Otávio chegar a reparar que a parte de trás da minha perna esquerda não está bem depilada é porque já estaremos na cama. Daí, não tem mais importância... Enquanto raspo as axilas — aqui não me arrisco mais com cera — penso que a noite pode ser decisiva para a minha vida. Como em um conto de fadas, Otávio me perdoa e nós voltamos a viver juntos. Para completar, não precisando mais trabalhar na loja, posso aceitar o emprego na galeria, independentemente da remuneração. Até porque a galeria seria apenas uma porta de entrada para o mundo das artes plásticas, ao qual eu sempre desejei pertencer. Quem sabe eu não acabaria tendo uma oportunidade de expor? Enfim, toda a minha vida poderia se resolver em um toque de mágica. Eu passaria a ser a esposa perfeita, profissionalmente realizada, mas com tempo para dedicar ao meu marido e ao meu filho. Perfeito. Quando estou me enxugando, ouço a campainha tocar. É Otávio. Meu coração dispara, como se eu fosse uma adolescente prestes a sair pela primeira vez com o candidato a namorado.

Visto-me com capricho. Nada de casual estudado. Se eu não tiver coragem para dizer ao meu ex-marido que ainda o amo e que quero muito recomeçar, ao menos a minha roupa transmitirá a mensagem. Escolho um vestido que sei que ele gosta. Não o uso há tempos, justamente porque me faz lembrar dele. Cai ainda melhor do que de costume, graças aos quilos que perdi desde a separação. Salto alto, maquiagem, perfume, brincos que Otávio me deu no nosso primeiro aniversário de casamento... Minha produção é um verdadeiro *outdoor*, implorando "Volta, Arlindo Orlando, volta para o seio de sua amada!".

Na sala, Otávio está ajudando Antônio a colar figurinhas no álbum que lhe trouxe de presente. Em cima do sofá, em meio a pacotinhos rasgados, caixas e papéis de embrulho, há um carrinho e dois livros. Antônio vem correndo ao meu encontro, brandindo um objeto que parece o controle remoto do carrinho:

— Mãe, mãe, olha o que o papai me deu! Um telefone celular! — e, voltando-se para a bagunça no sofá — E um álbum do Pokemon e um carrinho de controle remoto!

Em outros tempos, me irritaria o consumismo despropositado.

Otávio dá presentes demais a Antônio. O celular, então, comprado sem sequer me consultar, renderia uma boa briga. Mas, depois do que o garoto passou, eu mesma seria capaz de entrar em uma loja de brinquedos e comprar-lhe tudo o que pedisse. Além disso, estou completamente encantada com meu ex-marido, ainda de terno e gravata, sentado no chão, colando figurinhas com o filho. Ele sorri para mim, com aquela cara de quem se lambuzou com o melado. Parece, também, um menino, só que com cabelos meio grisalhos, rugas de expressão em torno dos olhos e fantasia de adulto.

— Que lindo, meu filho! — respondo, genuinamente entusiasmada. — Você precisa me dar o seu número para eu poder te ligar...

— E também tira foto! — acrescenta Antônio, empolgado.

— Vamos tirar uma foto da mamãe toda arrumada — sugere Otávio.

Melhor se tivesse dito "toda bonita", mas ao menos registrou meu esforço. Poso para a fotografia com o meu melhor sorriso. Depois tiro fotos de Antônio com Otávio e, finalmente, Antônio pede para tirar uma foto dos pais, juntinhos. Será o registro da reconciliação?

Vamos jantar em um restaurante japonês que costumávamos frequentar quando casados. O garçom nos recebe com a usual simpatia, sem qualquer comentário relativo à nossa longa ausência. É um profissional experiente. Logo que nos acomodamos, Otávio começa a me contar as novidades sobre as investigações da polícia. Não são muito animadoras. Eles localizaram o cativeiro: um sítio em Vargem Grande. O proprietário é de São Paulo e quem toma conta do local é o dono de uma birosca nas proximidades. Esse sujeito disse que alugou o sítio ao tal Vadinho, que pagou um mês adiantado. A história do cara não está muito bem contada, mas não há nenhum indício de que ele esteja envolvido no sequestro. Quanto a Vadinho, cujo nome é Osvaldo Gomes da Silva, seu corpo foi encontrado em uma lixeira na Cidade de Deus, morto com um tiro à queima-roupa, na cabeça. Um informante da polícia indicou como autor do homicídio um marginal do morro do Pavãozinho, conhecido como Gralha. A polícia segue investigando, mas vai ser difícil estabelecer uma relação entre o sequestro e o assassinato. Parece que o tal Vadinho devia dinheiro ao chefe do tráfico no Pavãozinho. Quanto à Esmeralda, sumiu sem deixar rastro.

— Pelo menos esse filho-da-puta desse Vadinho está morto — digo, depois que Otávio conclui seu relato.

— É verdade. A tal Esmeralda, sinceramente, pouco me importa se encontram ou não. Ela pode ter sido forçada a participar e, mesmo que tenha ajudado por livre e espontânea vontade, é claro que se arrependeu.

— Coitada, vão acabar matando ela também...

— Se é que já não mataram. E era uma pobre infeliz, que veio do Nordeste aos doze anos de idade para trabalhar como doméstica. A senhora na casa de quem ela trabalhou disse que ela é muito burra, mas que era honesta. Não tem nem vinte anos...

Prosseguimos conversando sobre Antônio. Otávio concorda que ele parece bem e que é melhor que volte à escola na semana que vem. Quanto à terapia, acha que não custa ouvir um profissional. Fica de marcar uma consulta preliminar para segunda-feira.

Esgotados os assuntos da nossa "agenda", conto sobre a proposta de trabalho na galeria. Ele não parece muito interessado. Até tenta demonstrar entusiasmo, mas parece ter pressa para mudar de assunto. Talvez queira falar sobre nós. Mas logo percebo que está com uma cara preocupada. Enquanto eu falo sobre os meus temores em relação à eventual mudança de emprego — minha inexperiência, comissões menos regulares etc. —, ele parece não estar prestando a menor atenção. Brinca com o sal na borda do copo de saquê.

— Otávio, tem alguma coisa mais que você queria conversar comigo? É que, de repente, você ficou com uma cara... Não está prestando a menor atenção ao que eu estou dizendo.

— Desculpa, é que eu não estou com cabeça pra essa conversa de galeria de arte — responde, virando o resto do saquê em seu copo.

— Não, eu que peço desculpas, não queria te aborrecer com os meus problemas. Eu sei que você não tem mais nada a ver com isso — retruco, magoada.

— Sem drama, Luísa, por favor. Não foi isso que eu quis dizer. É que eu estou com problemas bem mais graves e urgentes que eu queria tratar com você. Se você tiver interesse em ouvir...

— Claro, fala... É algum problema no escritório?

— Não, não tem nada a ver com trabalho. É pessoal. Tem a ver com Adriana.

— Você quer discutir comigo um problema seu com a sua namorada? — pergunto, com uma pontinha de indignação e, por outro lado, cheia de esperanças. Vai ver ele terminou com a loura e ela o está perseguindo. Alguma coisa tipo *Atração Fatal*.

— Sei que parece estranho, mas você vai entender.

— Então fala logo, que eu já estou ficando aflita.

— Ela está grávida.

Não dá nem pra reclamar que ele disse isso de supetão, porque, se eu não fosse tão estúpida, ao invés de ficar pensando que ele ia me contar do rompimento, devia ter pensado o contrário. O desgraçado quer me dizer que vai casar com a lambisgoia loura. E eu aqui, toda emperiquitada, crente que estamos prestes a nos reconciliar... É muita humilhação. Sinto as lágrimas brotarem nos meus olhos, mas tento me controlar. Respondo apenas:

— É?

— É — confirma, e parece ficar esperando por uma reação. Mas esse gostinho eu não vou lhe dar. Não vou perguntar nada. Se ele quer me contar alguma coisa, que conte... Eu é que não vou ficar fazendo perguntas para ouvir o que eu não quero ouvir.

— Você não vai dizer nada? — pergunta, meio irritado.

— O que você quer que eu diga? Parabéns? Estou aqui ouvindo o que você tem pra me dizer. Preciso ficar comentando?

— Porra, eu tinha me esquecido da sua capacidade de ser irritante... Tudo bem, você quer dificultar, fique à vontade. Eu devia estar mesmo delirando, quando achei que você me ajudaria a pensar... É melhor irmos embora.

— Calma, Otávio. Também não é assim. É claro que eu quero te ajudar — respondo, começando a chorar — Só não quero fazer papel de palhaça... vir aqui jantar com você, toda arrumada.... pensando que talvez você ainda me amasse.... e você vem me dizer que vai ter um filho com outra mulher....

— Luísa, pelo amor de Deus, para de chorar e me escuta... — pede, segurando a minha mão.

Talvez nem tudo esteja perdido... Pelo menos ele não está com uma cara muito contente.

— Tá bem. Espera só um pouco, que eu vou lavar o rosto — respondo, fungando, e levanto-me para ir ao toalete.

Na volta, tropeço no salto e só não caio no laguinho que fica no meio do salão porque um garçom me ampara. O saquê está subindo à cabeça. Otávio observa minha aproximação com um sorrisinho de quem achou engraçado eu quase mergulhar no lago mas, quando eu me sento, diz:

— Adoro esse vestido.

— Eu sei — respondo, possivelmente ruborizando. Já não consigo prever que rumo a conversa tomará, de forma que opto por ser direta e sincera. Se eu for humilhada, será de peito aberto.

— Posso te pedir uma coisa?

— Peça.

— Será que eu poderia te contar a história e você poderia reagir normalmente, fazendo as perguntas naturais?

— Ok. Então a lambisgoia loura está grávida. É seu?

— Lambisgoia loura? — pergunta Otávio, rindo.

— É como eu a chamo na intimidade — respondo, sorridente. Um pouco de humor vai me ajudar a manter o controle durante a conversa — Mas e aí? É seu?

— É.

— Tem certeza?

— Porra, Luísa, certeza mesmo, nenhum homem tem. Só com DNA. Mas a gente tava namorando.

— Tava, no sentido de não está mais? — pergunto, mais animada.

— Sei lá, Luísa. Tava, no sentido de "na época da concepção".

— Ah... E foi acidental?

— Bom, aí é que complica. Ela me disse que tomava pílula e agora diz que pode ter esquecido algumas vezes, mas que sempre tomava no dia seguinte. Não sei, ela diz que foi um acidente, mas eu não sei se dá pra engravidar assim.

— Que dá, dá... A Letícia, amiga da minha mãe, engravidou enquanto tomava pílula. O terceiro filho dela, o Julio, foi um acidente. Não sei se hoje em dia a margem de falha diminuiu... Apesar de que sempre foi bem pequena... Enfim, acho que não dá pra saber. Você não acredita nela?

— Acho que não. Até porque ela resolveu ter o filho, mesmo que eu não queira...

— Nossa, Otávio, nem sei o que dizer... Ela não tem nenhum filho?

— Não. Ela tem trinta e sete anos e não tem nenhum filho. Diz que esta pode ser sua última chance...

— Ela te contou isso tudo ontem?

— Precisamente. Eu ainda não consegui digerir a informação.

— Mas vocês não usavam camisinha?

— Só no começo, depois ela me convenceu a fazer um exame de AIDS para poder parar de usar... Como eu não gosto de camisinha, achei ótimo.

— Mas homem é um bicho muito burro mesmo... — comento com os meus botões.

— Não precisa ofender.

— Desculpe... Mas e aí? O que você vai fazer?

— Não sei se tem alguma coisa que eu possa fazer...

— Mas você quer ter o filho? — pergunto, sentindo que estou cutucando a onça com vara curta.

— Não, Luísa, eu não quero ter o filho — responde ele, parecendo querer que eu diga: "mas você queria tanto um filho, devia estar satisfeito". Mas eu não vou cair nessa. Não senhor. A tentação é grande, mas meus objetivos são maiores.

— E você gosta dela? — pergunto, sem pensar se quero ouvir a resposta.

— Você quer saber se eu amo Adriana?

— É, Otávio, é isso que eu quero saber... — respondo, impaciente.

— Luísa, você acha que, se eu amasse Adriana, estaria aqui conversando sobre esse assunto com você? — pergunta ele, meio exaltado — Não dá pra perceber que é você que eu amo? Que era o seu filho que eu queria ter?

Será que ele está dizendo o que eu estou entendendo? Porque ele disse que me ama, mas logo emendou com a história do filho... Isso quer dizer o quê? Que ele quer voltar? Que ele me perdoa? Ou que ele me amava, mas não me perdoará jamais? Sem saber como reagir, fico meio abobalhada, esperando para ver aonde ele quer chegar com essa conversa.

— Você não vai dizer nada? — pergunta, após alguns segundos — Eu disse que te amo e você não vai dizer nada?

Quando vou responder, aparece o garçom, perguntando se queremos mais alguma coisa. Otávio pede a conta.

— Eu também te amo — respondo, finalmente, começando a chorar. Peço licença e vou de novo ao banheiro. Minhas pernas estão bambas. É muita informação de uma vez só. Lavo o rosto, penteio os cabelos e faço um pouco de hora para tentar me acalmar.

Otávio está me esperando na porta do restaurante. Antes de entrarmos no carro, ele me abraça e me beija.

— Vamos para a minha casa? — sussurra no meu ouvido.

Só se for agora!

37. LUÍSA

Hoje é a inauguração da galeria do Hermann. Vai ter uma baita festa. Ele é um amor e convidou a minha família. Também, quando ele teve dificuldades para conseguir o alvará da Prefeitura, Otávio indicou um despachante maravilhoso que resolveu tudo em dois tempos. Quando precisou de tradução juramentada de documentos, eu mais do que rapidamente acionei o meu querido padrasto. E, como se não bastasse, quando a mulher dele teve uma insolação, meu pai deu toda a orientação por telefone a ainda se dispôs a ir vê-la em casa (o que não foi necessário). Enfim, agora o Hermann me adora e não sabe viver sem mim... O resultado é que hoje, embora esteja "a trabalho", vou poder aproveitar a festa. Só tenho que chegar mais cedo para checar os últimos detalhes da exposição da Ingrid e do bufê (aliás, excelente, de uma amiga minha...). O problema é que estou atrasada e já percebi que o Hermann é um tantinho intolerante nesse particular... Melhor me apressar. Mas não vai dar pra ir com esta roupa. Na loja, eu gostei. Achei que me dava um ar profissional, com um quê artístico. É um terno de linho branco. Não sei onde eu estava com a cabeça na hora em que comprei esta merda. Estou parecendo uma cruza de malandro da Lapa com cantora lésbica. Ainda por cima, estou quase tão branca quanto a roupa e, com este calor dos infernos, já suei tanto que estou com duas manchas enormes embaixo dos braços. Não posso sair assim. Então, o Hermann que me desculpe, mas vou ter que recomeçar do zero e vestir meu modelito reserva. Pretinho básico. Não tem lá muita personalidade, mas me cai bem. Talvez seja mesmo melhor um visual mais discreto. Afinal, não sou a estrela nem a dona da festa...

Chego à galeria meia hora atrasada, mas ainda em tempo de

supervisionar os últimos detalhes. Ingrid está do lado de fora, falando ao celular. Não sei como ela consegue escutar com as enormes tranças grisalhas enroladas sobre as orelhas, num estilo vovozinha alemã. A roupa que ela veste, por outro lado, é completamente *fashion*. Um *jeans* desbotado com uma túnica multicolorida toda bordada e chinelinhos de lantejoulas vermelhas. Passo por ela dando um tchauzinho e entro. Hermann, graças a Deus, saiu para buscar a mulher. Tatiana, nossa gerente, não se incomoda com o meu atraso. É a pessoa mais calma do mundo, chega a dar aflição. São seis e meia e a exposição abre às sete. Tem um sujeito em cima de uma escada no meio do salão principal, consertando não sei o quê no teto e fazendo uma sujeira danada no chão, enquanto ela organiza meticulosamente folhetos sobre uma mesa junto à porta de entrada.

Vou até o segundo andar para ver se pelo menos lá está tudo limpo e arrumado. Depois verifico o banheiro e finalmente, abordo o cara da escada pra saber se ele ainda vai demorar. Está terminando... Vou até a cozinha, onde encontro minha amiga Cíntia, que me garante que está tudo em ordem e me oferece um salgadinho. Delicioso, mas mínimo. É que o bufê de Cíntia é muito chique, não tem canapé de salame, coxinha e essas coisas... Como mais três microbatatinhas recheadas de *cream cheese* com ova de salmão e volto para o salão levando uma vassoura e um pano úmido. Encontro Hermann, um pouco mais vermelho do que o normal, gritando com o homem da escada num misto de português, inglês e alemão.

— Oi, Hermann, pode deixar comigo que eu já vou limpar essa sujeira — o tranquilizo e, voltando-me para o sujeito que parece um pouco assustado: — E você, por favor, pode guardar essa escada e falar com a Tatiana pra ver se pode ir embora ou se tem mais alguma coisa pra fazer.

— Ah, meu filha, que bom que você está aqui! Daqui a pouco os pessoas começam a chegar e não pode estar esse bagunça...

— Fica tranquilo, Hermann, que está tudo certo. Por que você não pede uma bebida ali na cozinha e experimenta um salgadinho? E a Ingrid, cadê? Achei que ela fosse querer dar uma última olhada... Aquele quadro lá de cima, acho que ficou do jeito que ela pediu, mas era bom ela ver...

— Ela fica lá fora conversando com o meu mulher, mas eu vou chamar.

Às sete em ponto, chega um grupo de alemães amigos do Hermann. Fico na porta, recebendo as pessoas, até a chegada de Otávio, por volta das oito, quando Tatiana assume o posto. Depois, chegam minha mãe e Hugo. Aproveito que estão todos juntos para apresentá-los a Hermann e à sua mulher, Brigitte.

— Que bom finalmente conhecer o família de Luise... Este moça tem me ajudado muito...

Ele realmente me adora... E eu também estou amando o meu novo trabalho. Esta galeria vai ser um sucesso. Olha quanta gente... Quem diria que a minha vida ia dar uma reviravolta dessas... Voltei a morar com Otávio dois dias depois da nossa reconciliação. Na semana seguinte, pedi as contas na loja e já comecei a trabalhar na galeria. Antônio está ótimo, nem precisou de terapia. Até voltei a pintar! Enfim, tudo perfeito.

E onde está Ingrid? Tenho que aproveitar para apresentá-la também... Volto-me para procurá-la e dou de cara com Marco Túlio. Tinha até me esquecido de que ele estaria aqui. Veio prestigiar o trabalho de Ingrid, naturalmente. Nos encontramos apenas uma vez desde que ele voltou de viagem. Ele telefonou logo que chegou. Eu já estava de volta ao velho lar, com Otávio e Antônio, mas ele me localizou no celular:

— Trouxe um presente para você. Estou com saudades, queria te encontrar.

— Não precisava... Aconteceu tanta coisa desde que você viajou... Precisamos conversar.

— Eu sei, a Ingrid me contou... Mas queria te ver.

Saímos para tomar um chope. Ele me deu uma echarpe muito linda. Contei tudo o que tinha acontecido. Ele me contou da viagem. Falei do meu novo trabalho. Ele falou das ideias que teve para tomar novos rumos profissionais.

— Você está feliz? — perguntou, no final da conversa.

— Muito — respondi, sincera.

Sorriu satisfeito — os olhos cor-de-mel brilhando no rosto bronzeado de sol, os dentes perfeitos, as covinhas sedutoras — e pediu a conta.

Agora eu o cumprimento um pouco sem jeito. Otávio está a meu lado. Eu os apresento. Otávio reconhece o nome e pousa o braço nos meus ombros, possessivo. Conversamos meio constrangidos por alguns minutos. Até que chega uma mocinha muito bonitinha e se pendura no braço de Marco.

— Oi, tudo bem? — pergunta ela, sorrindo para mim e para Otávio. — Eu sou a Fernanda.

Marco ri e completa a apresentação.

— Você trabalha aqui? — pergunta Fernanda.

— Trabalho.

— Deve ser ótimo. É tão *Sex and the City* trabalhar numa galeria... Pena que eu não entendo nada de arte...

Eu não vou admitir uma coisa dessas em público, mas tem dias em que eu me sinto a própria Charlotte (acho que era ela que trabalhava numa galeria...). Cheguei a convidar Tatiana pra almoçar comigo e com Maria na varanda do Guimas só pra dar um clima do seriado. Antes que eu tenha oportunidade de responder, Otávio, todo simpático, chega mais perto de Fernanda (o que implica em tirar o braço dos meus ombros) e lhe diz baixinho:

— Cá entre nós, eu também não entendo muita coisa...

Fernanda ri. Marco também. Se eu soubesse piscar discretamente com um olho só, eu piscaria para Marco. Queria lhe dizer que a namoradinha é nota dez. Mas apenas rio. Um garçom nos oferece salgadinhos. O telefone de Otávio toca e ele se afasta para atender. Deve ser algum problema de trabalho. Avisto Ingrid e vou atrás dela para apresentá-la a Otávio e minha mãe, mas, quando a alcanço, já não sei mais onde Otávio se meteu. A galeria está lotada de gente. Hermann me puxa pelo braço e me apresenta a umas pessoas. Mais rasgação de seda... Não que eu me incomode. Depois, sem mais nem menos, declara:

— No ano que vem, vou fazer um exposição coletiva com novas artistas... Se você termina aquele quadro que me mostrou e pinta mais alguma coisa boa, pode participar.

Ele é mesmo um amor! Só espero que não esteja de porre... Bem que a Ingrid disse que eu devia mostrar o meu trabalho pra ele, pedir uma opinião... Ele disse que achou interessante, que eu devia continuar trabalhando etc. Achei que era só uma resposta educada, não imaginei que tivesse realmente gostado. Nem acredito! Estou nas nuvens! Preciso encontrar Otávio para contar a novidade. Quando finalmente o localizo no meio da confusão, ele parece um pouco atordoado.

— Você não vai acreditar! — digo, empolgada.

— Ahn? Oi, Luísa, o que foi? — pergunta, distraído.

— Eu é que pergunto, o que houve? Algum problema no escritório?

— Não, nada não... — responde, de forma nada convincente.

— Quem ligou?

— Adriana.

— Ahhh... Tudo bem com ela? — pergunto, fingindo indiferença, quando na verdade, bem lá no fundo, tenho uma asquerosa esperança de que ela tenha perdido o bebê.

— Tudo. Ela pegou o resultado da amniocentese. É uma menina — diz Otávio, sorrindo até a raiz dos cabelos. Nunca pensei que um sorriso sincero, terno, vindo do homem que eu amo, pudesse magoar. Mas magoa. E muito. É castigo, eu sei. Merecido, admito. Se eu fosse mais generosa, ficaria apenas feliz por ele. Mas, como não sou, a primeira coisa que me ocorre é que a lambisgoia loura deve ter calculado com precisão a hora de dar a notícia para Otávio. Bem no meio da festa. Ele naturalmente é demasiado ingênuo para perceber a sutileza da maldade. Tenho que manter a compostura. Obrigo-me a sorrir e digo:

— Que bom. Parabéns! — e lhe dou um abraço.

Graças a Deus somos interrompidos pela chegada de meu pai. Dr. Frederico está de braços dados com uma mulher de seus quarenta e poucos anos, alta, forte (forte mesmo, não é eufemismo para gorda), cabelos curtos e louros (as mulheres não ficam mais grisalhas, ficam louras), bonitona, vestida de *jeans* e camiseta preta. Conheço essa mulher de algum lugar... Ele a apresenta e depois a leva para ver a exposição.

— Não é aquela policial da D.A.S.? — pergunta Otávio.

E não é que ele tem razão?

— Pior é que é... — respondo, boquiaberta, embora nada mais devesse me surpreender.

— Mas você ia me contar alguma coisa...

— Não sei, não lembro... — desconverso. Perdi a vontade de falar.

— Eu estava aqui pensando... O que você acha de eu dar à minha filha o nome de minha mãe? Neuza. Seria uma linda homenagem, não é mesmo?

— Seria... Tem que ver se a Adriana vai concordar... Vai que ela tem outros planos... — pondero, com ar inocente.

— Mas será que nem o nome da minha filha eu vou poder decidir? — responde ele, irritado.

— Poder, até que pode... O pai é que faz o registro... — digo, semeando discórdia como quem não quer nada. Ainda poderia sugerir uma homenagem ao pai dele... Gregória. Lindo nome...

Agradeço a todos que leram, opinaram e me incentivaram a concluir e publicar este livro, especialmente a Sonia Rodrigues, Carmen Hanning, Eric Nepomuceno e Patricya Travassos.

Esta obra foi composta em Minion 11/14.
Impressa com miolo em off-set 90g e capa em cartão 250g,
por Createspace/ Amazon.